Jens Peter Jacobsen, geboren am 7. April 1847 in Thisted/Nordjütland, ist am 30. April 1885 dort gestorben.

Jacobsen, Sohn eines wohlhabenden Kaufmanns, studierte in Kopenhagen Botanik und war maßgeblich an der Einführung der Darwinschen Deszendenztheorie in Dänemark beteiligt. Ende der sechziger Jahre jedoch trat die Beschäftigung mit der Literatur in den Vordergrund. Zusammen mit den Brüdern Brandes gründete er eine neue Literaturgesellschaft, deren oberstes ästhetisches Ziel der Naturalismus war. In *Frau Marie Grubbe* versucht Jacobsen diese Forderungen in Form eines historischen Romans dichterisch umzusetzen. Von 1872 an arbeitete er vier Jahre lang an diesem Werk, unterbrochen von einigen Auslandsreisen und mehreren gefährlichen Blutstürzen. Schon der Untertitel »Interieurs aus dem 17. Jahrhundert« weist auf die objektiv-realistische Erzählhaltung hin, die diese Entwicklungsgeschichte einer Seele prägt, diesen geradezu modernen (individual) psychologischen Roman.

insel taschenbuch 841

Jacobsen

Frau Marie Grubbe

J. P. JACOBSEN
FRAU MARIE GRUBBE

Interieurs aus dem
17. Jahrhundert
Aus dem Dänischen von
Mathilde Mann

Insel Verlag

Originaltitel: *Frau Marie Grubbe. Interieurer fra det syttende Aarhundrede,* 1876

insel taschenbuch 841
Erste Auflage 1985

Vertrieb durch den Suhrkamp Taschenbuch Verlag
Umschlag nach Entwürfen von Willy Fleckhaus
Satz: LibroSatz, Kriftel
Druck: Nomos Verlagsgesellschaft, Baden-Baden
Printed in Germany

1 2 3 4 5 6 – 90 89 88 87 86 85

Frau Marie Grubbe

Interieurs aus
dem 17. Jahrhundert

Erstes Kapitel

Die Luft, die unter den Kronen der Lindenbäume lag, hatte sich über die braune Heide und die dürftigen Äcker hingewiegt; sie war von der Sonne durchglüht und von den Wegen bestäubt; aber jetzt war sie von dem dichten Laubgehänge gereinigt, gekühlt von den frischen Lindenblättern, und der Duft der gelben Lindenblüten hatte sie feucht gemacht und ihr Fülle verliehen. Jetzt lag sie da und blinzelte selig hinauf in die lichtgrüne Wölbung, geliebkost von leise zitternden Blättern und von dem flimmernden Flügelschlag weißgelber Schmetterlinge.

Die Menschenlippen, die diese Luft einatmeten, waren schwellend und frisch, der Busen, den sie hob, war jung und zart. Der Busen war zart, und der Fuß war zart; die Taille schmal, der Wuchs schlank, und es lag eine gewisse magere Kraft in der ganzen Gestalt. Üppig war nur das weiche, dunkelgüldene Haar, das zur Hälfte aufgebunden war und zur Hälfte lose herabhing; denn die kleine, dunkelblaue Sammethaube war heruntergeglitten und hing am Halse an ihren geknoteten Kinnbändern gleich einer kleinen Mönchskapuze auf den Rücken hinab. Sonst war nichts Klösterliches an der Kleidung; ein breiter und gerade geschnittener Linnenkragen fiel auf ein lavendelfarbenes Zwillichkleid mit kurzen und weiten, aufgeschlitzten Ärmeln herab; daraus hervor brauste ein Paar großer Bauschärmel aus feinem, holländischem Linnen. Eine hochrote Schleife saß auf der Brust, und hochrote Schleifen schmückten die Schuhe.

Sie ging, die Hände auf dem Rücken und mit vornüber gebeugtem Kopf. Mit spielenden, zierlichen Schritten ging sie langsam den Steig hinauf, aber nicht geradeaus, sie ging in Windungen; bald war sie im Begriff, auf der einen Seite gegen einen Baum zu stoßen, bald war sie nahe daran, zwischen die Bäume auf der andern Seite zu geraten. Hin und wieder stand sie einmal still, schüttelte das Haar von den Wangen und sah zu dem Licht empor. Der gedämpfte Schein verlieh ihrem kinderweißen Gesicht einen mattgüldenen Ton, der die bläulichen Schatten unter den Augen weniger sichtbar machte; die roten Lippen wurden purpurbraun, und die großen blauen Augen wurden fast schwarz. Sie war wirklich allerliebst: eine gerade Stirn, eine schwachgebogene Nase, eine kurze, scharfgeschnittene Unterlippe und ein festes, rundes Kinn, feingerundete Wangen und ganz kleine Ohren und rein und scharf gezeichnete Brauen . . . Sie lächelte im Gehen, leicht und gedankenlos, dachte an nichts und lächelte in Harmonie mit allem um sie her. Sie kam an das Ende des Steiges, blieb stehen und begann, sich auf dem Absatz herumzuschwingen, halb nach rechts und halb nach links, beständig mit den Händen auf dem Rücken, den Kopf gerade, den Blick emporgewandt, und sie summte eintönig und abgebrochen, im Takt mit ihrem Schwingen.

Es lagen zwei Granitfliesen da und bildeten Treppenstufen nach dem Garten hinab, nach dem Garten und dem grellen weißen Sonnenlicht. Der wolkenfreie, bläulichweiße Himmel sah gerade in ihn hinab, und das bißchen Schatten, das da war, hielt sich dicht an den Fuß der beschnittenen Buchsbaumhecken. Es blendete, selbst die Hecke stand da und sprühte das Licht aus ihren blanken Blättern in scharfen, weißen Blitzen von sich. Das Ambra schleppte sich in weißen Schnörkeln aus und ein, hin und her um durstige Balsaminen, Boberellen, Goldlack und Nelken, die dastanden und die Köpfe zusammensteckten wie Schafe auf offnem Felde. Die Erbsen und die Bohnen dort an der Lavendelreihe waren nahe daran, vor Wärme von den Stangen zu fallen; die Ringelblumen hatten den Widerstand aufgegeben und standen da und sahen der Sonne gerade ins Gesicht, aber die Mohnblüten hatten ihre großen, roten Blumenblätter abgeworfen und standen mit den kahlen Stengeln da.

Das Kind in der Lindenallee sprang über die Stufen hinab, lief durch den sonnenheißen Garten, mit gesenktem Kopf, so wie man bei Regenwetter über einen Hofplatz läuft. Sie stürzte auf ein Dreieck von dunklen Taxusbäumen zu, schlüpfte hinter ihnen herum und ging dann in die große Laube, die ein Überbleibsel aus der Zeit der Belows war. Einen weiten Rundkreis von Rüstern hatten sie oben zusammengeflochten, soweit die Zweige reichten, und das runde Loch in der Mitte hatten sie mit Latten und Sparren vergittert. Schlingrosen und welsche Kaprifolien wuchsen üppig empor zwischen dem Laubwerk der Rüstern und dichteten gut, aber auf der einen Seite waren sie mißraten, und der Hopfen, der nachgepflanzt war, hatte die Zweige der Rüstern verkrüppelt und vermochte selber nicht, das Loch zu schließen.

Vor dem Eingang zu der Laube lagen zwei weißbemalte Meerpferde; drinnen standen eine lange, hölzerne Bank und ein Tisch. Die Platte des Tisches war aus Stein; groß und oval war sie gewesen, jedoch das meiste davon lag an der Erde in drei Stücken, nur ein kleines viertes lag lose über der einen Ecke des Tischrahmens. Daran setzte sich das Kind, zog die Beine auf die Bank herauf, lehnte sich zurück und kreuzte die Arme. Sie schloß ihre Augen und saß ganz still; es traten ein paar kleine Runzeln auf die Stirn; von Zeit zu Zeit bewegte sie die Augenbrauen und lächelte leicht:

»In dem Gemach mit den roten Purpurteppichen und dem vergoldeten Alkoven liegt Griseldis zu den Füßen des

Markgrafen, aber er stößt sie von sich; eben hat er sie von dem warmen Lager in die Höhe gezerrt, jetzt öffnet er die schmale rundbogige Tür, und die kalte Luft strömt herein auf die arme Griseldis, die an der Erde liegt und weint, und es ist nichts zwischen dem kalten Nachthauch und ihrem warmen, weißen Leibe als das dünne, dünne Linnen. Doch er jagt sie hinaus und verschließt die Tür hinter ihr. Und sie preßt die nackte Schulter gegen die kalte, glatte Tür und schluchzt und hört ihn weich gehen dadrinnen auf den Teppichen des Fußbodens, und durch das Schlüsselloch kommt das Licht von der duftenden Kerze und setzt sich wie eine kleine, runde Sonne auf ihren entblößten Busen. Und sie schleicht sich fort und steigt die dunkle Marmortreppe hinab, und es ist ganz still, sie hört nichts weiter als den weichen, klappernden Laut ihrer nackten Füße auf den durchfrorenen, steinernen Stufen. Und dann kommt sie hinaus. Der Schnee . . . nein, es regnet, es regnet in Strömen, und das schwere, kalte Wasser plätschert ihr auf die Schultern nieder; das Linnen klebt fest an ihrem Leibe, und das Wasser treibt herab an ihren nackten Beinen, und sie tritt mit den zarten Füßen in den weichen, kalten Schlamm, der unter der Fußsohle zur Seite gleitet. Und der Wind . . . die Büsche zerren an ihr und zerreißen ihr Kleid . . . nein, sie hat ja gar kein Kleid an . . . wie sie meinen braunen Rock zerrissen! – Es muß gewiß schon Nüsse im Fastruper Hain geben, alle die Nüsse, die auf dem Viborger Markt waren . . . Gott weiß, ob Ane Ruhe in ihren Zähnen bekommen hat . . . Nein! Bruhnhilde! – Das wilde Roß sprengt dahin . . . Bruhnhilde und Grimmild – Königin Grimmild winkt den Männern zu, wendet sich um und geht davon. Und sie schleppen Königin Bruhnhilde herbei, und ein untersetzter, schwarzer Bursch mit dicken, langen Armen, so einer wie Bertel im Schlagbaumhaus, nimmt ihren Gürtel und zerreißt ihn, und er streift ihr das Gewand und das Unterkleid ab, und mit seinen schwarzen Fäusten streicht er ihr die goldenen Ringe von den weißen, weichen Armen, und ein großer, halbnackter, brauner und zottiger Gesell legt seinen behaarten Arm um ihre Taille, und mit seinen plumpen, breiten Füßen tritt er ihr die Sandalen ab, und Bertel wickelt ihre langen, schwarzen Locken um seine Hand und zieht mit ihr davon, und sie folgt ihm mit vornübergeneigtem Leibe, und der Große legt seine schweißigen Handflächen auf ihren nackten Rücken und schiebt sie vorwärts, vorwärts hin zu dem schwarzen, schnaubenden Hengst, und sie werfen sie nieder in den grauen Staub des Weges, und sie knüpfen den langen Schweif des Pferdes um ihre Knöchel . . .«

Und dann kamen die Runzeln wieder und blieben lange da, sie schüttelte den Kopf und sah immer verdrießlicher aus, und endlich schlug sie die Augen auf, richtete sich halb in die Höhe und sah müde und mißmutig um sich.

Die Mücken tanzten dort vor der Öffnung zwischen den Hopfenranken, und von da draußen, vom Garten her, trieb stoßweise ein Duft von Krauseminze und Melisse und hin und wieder ein Duft von Dill und Anis herein. Eine kleine närrische, gelbe Spinne lief kribbelnd über ihre Hand hin und veranlaßte sie, von der Bank aufzuspringen. Sie ging auf den Eingang zu und langte nach einer Rose, die oben in dem Laubwerk saß, konnte sie aber nicht erreichen. Dann ging sie hinaus und pflückte von den Schlingrosen; je mehr sie pflückte, um so eifriger wurde sie, und bald hatte sie den Rock voll. Sie trug sie in die Laube und setzte sich an den Tisch. Eine nach der andern nahm sie aus dem Schoß und legte sie auf die Steinplatte, dicht nebeneinander, und bald war der Stein verborgen unter einer rosenfarbenen, duftenden Schicht.

Die letzte Rose war genommen; sie glättete die Falten

des Rockes, und die losen Blütenblätter und die grünen Blätter, die sich in die Wolle des Kleides festgesetzt hatten, strich sie ab und blieb dann sitzen, die Hände im Schoß, und betrachtete den Rosenflor.

Dieser Blütenton, der sich in Licht und Schatten kräuselte, vom Weiß, das errötet, bis zum Rot, das blaut, vom feuchten Rosa, das fast schwer ist, bis zu einem Lila so leicht, daß es kommt und geht, als schwebe es in der Luft. – Jedes einzelne, gerundete Blütenblatt, anmutig gewölbt, weich im Schatten, doch im Licht mit tausenden kaum sichtbaren Funken und Blitzen; mit all seinem holden Rosenblut, in Adern gesammelt und in die Haut zerstreut . . . und dann der schwere, süße Duft, der treibende Brodem des roten Nektars, der auf dem Kelchgrunde der Blume braut.

Schnell streifte sie ihre Ärmel auf und tauchte die nackten Arme in die milde, feuchte Kühle der Rosen hinein.

Sie wühlte damit in den Rosen herum, die mit losgelösten Blättern zur Erde flatterten, dann sprang sie auf und fegte mit einer Bewegung alles das weg, was auf dem Tische war, und ging in den Garten hinaus, an ihren Ärmeln zupfend. Mit glühenden Wangen und hastigen Schritten ging sie die Steige hinab und hinaus, und langsam an dem Gartenwall entlang, auf den Fahrweg zu. Auf dem war, kurz vor der Einfahrt zum Hofe, ein Fuder Heu umgestürzt; mehrere Fuder hielten dahinter und konnten nicht vorwärts kommen. Der Verwalter prügelte den Kutscher mit einem braunen Stock, dessen Politur in der Sonne glänzte.

Der Laut der Schläge machte einen unheimlichen Eindruck auf das Kind; sie hielt sich die Ohren zu und ging hastig nach dem Hof hinauf. Die Kellertür zum Brauhaus stand offen; sie schlüpfte da hinein und schlug die Tür hinter sich zu.

Das war die vierzehnjährige Marie Grubbe, die Tochter von Herrn Erik Grubbe auf dem Tjeler Edelhof.

*

Das blaue Licht der Dämmerung lag über Tjele. Der Tau war gefallen und hatte dem Heueinfahren ein Ende gemacht.

Die Mägde des Hofes waren im Stall und molken; die Knechte rumorten im Wagenschuppen und in der Geschirrkammer herum; die Fronbauern standen in Scharen vor dem Tor und warteten darauf, zum Abendbrot zusammengeläutet zu werden.

In dem offenen Fenster stand Erik Grubbe und sah auf den Hofplatz hinaus; langsam und eines nach dem andern kamen die Pferde, ganz frei von Geschirr und Halfter, zur Stalltür heraus und gingen nach dem Wassertrog. Mitten auf dem Hofe stand ein Junge mit roter Mütze an einem der Portalsteine und setzte neue Zähne in seinen Rechen, und hinten in einer Ecke spielten zwei junge Windhunde Haschen zwischen dem hölzernen Pferd und dem großen Schleifstein.

Wie die Zeit vorrückte, kamen die Knechte immer häufiger in den Stalltüren zum Vorschein, sahen sich um und zogen sich pfeifend oder trällernd zurück, eine Magd mit gefülltem Milcheimer kam in schnellem, kleinschrittigem Stapfen über den Hof, und die Fronbauern begannen, sich in das Tor hineinzuschieben, als wollten sie die Abendbrotglocke zur Eile antreiben. Unten aus der Küche schallte ein stärkeres Tummeln und Rasseln mit Eimern, Schüsseln und Bricken, dann wurden ein paar kräftige Züge an der Glocke getan, und sie schüttelte zwei Abteilungen rostiger Töne von sich, die jedoch bald erstarben in dem Holzschuhgeklapper und dem Geräusch von Türen, die gegen die Rahmen schurrten. Und dann war der Hof leer, nur die beiden Hunde standen da und kläfften um die Wette zum Tor hinaus.

Erik Grubbe zog das Fenster zu und setzte sich bedächtig nieder. Er saß in der Winterstube. Die benutzten sie im Sommer wie im Winter sowohl als Wohnstube als auch als Eßstube, sie hielten sich fast nie in anderen Räumen als in diesem auf. Es war ein geräumiges, zweifenstriges Zimmer mit hohem Brustpaneel aus dunklem Eichenholz, die Wände waren mit einer Täfelung aus holländischen Steingutfliesen bekleidet, sie waren glasiert, weiß im Grunde und mit großen, blauen Rosen bemalt. Der Kamin war aus gebrannten Mauersteinen aufgemauert, eine Truhe war vor die Öffnung gestellt, sonst würde es ziehen, wenn man durch die Türen ging. Ein Tisch aus poliertem Eichenholz mit zwei großen, halbrunden Klappen, die fast bis auf den Fußboden hinabhingen, einige hochlehnige Stühle mit Sitzen aus hartem, blankgeschliffenem Leder und ein kleiner, grüngemalter Schrank, der hoch oben an der Wand hing, – weiter war nichts dadrinnen.

Wie Erik Grubbe jetzt in der Dämmerung dasitzt, kommt seine Haushälterin, Ane Jensdatter, mit einem Licht in der einen Hand und einem Stüberchen euterwarmer Milch in der andern, herein. Das Stüberchen stellt sie vor ihn hin, sie selbst setzt sich an den Tisch, und das Licht stellt sie vor sich hin, doch läßt sie den Leuchter nicht los, sondern sitzt da und dreht ihn herum mit ihrer großen, roten Hand, die von vielen Ringen und großen Steinen glitzert.

»Ach ja, ja ja, ja ja!« sagte sie, während sie sich setzte.

»Nun, was gibt's?« fragte Erik Grubbe und sah sie an.

»Na, man dörpt doch woll stöhnen, wenn man sick afmaracht hät, dat man knapp miehr bei Sinn un Verstand is!«

»Ja, geschäftige Zeiten! – Die Leute müssen in den

Sommermonaten die Wärme erjagen, mit der sie in den Wintermonaten warm dasitzen wollen.«

»Ja. Ji hewt god snaken! Äwersens allens hät sine Grenzen. De Räders in' Grawen und de Diksel in't Gras führen, dat is'n slichtes Führen. Ick möt allens sülwst dohn. De Dirns sünd alltohop to nix nich' to bruken; Lewesgeschichten und Dörpsnak, ja, dorup verstahn se sik; dohn se wat, denn maken se dat verkiehrt, un' dahn warden möt dat und zworstens gründlich; un wer anners möt dat denn dohn as ick. Wulburg is krank, und Stine und Buel, de Dammeldirns, de stahn dor un' rackern sich af, dat se sweten ward, un kamen dorbi doch nich ut de Stell. Man künn ja doch ok'n beten Hülp von Mari hebben, wenn Ji man mit ehr snaken wullt, owers de dörpt jo nix nich anfaten.«

»Nun, nun; du redest dich ja von Atem und Verstand und um die Landessprache obendrein. Beklag dich nicht über mich, klage dich lieber selbst an; hättest du diesen Winter Geduld mit Marie gehabt und sie recht glimpflich angelernt und ihr den rechten Griff für alles gezeigt, dann würdest du jetzt Nutzen von ihr gehabt haben; aber du hattest keine Geduld, du warst heftig, und sie ward trotzig, ihr waret ja kurz davor, euch bei lebendigem Leibe zu zerreißen. Es ist, weiß Gott, mehr als Dank wert, daß die Sache jetzt ein Ende hat.«

»Ja, so is dat nu! Nehmt Ji man Mari in' Schutz. Ji west jo ok de nächste dorto; äwersten, wenn Ji ehr in' Schutz nehmt, denn nehm ik min in' Schutz, Ji mögt det nu krumm nehmen oder dohn, wat Ji willt, weten sallt Ji dat doch, dat dor mihr Obstinatschigkeit in Mari is, as womit se dörch de Welt kamen kann. Äwer dat is nur ehr Sak, blots dat se so boshaft is – ja! Ji seggt nee, äwerst se is boshaft, nie nich kann se de lütt Ane in Ro laten, nie nich; se föhrt öwer ehr her mit Knuffen und Puffen un böse

Wühr, solang as de Dag is; dat arme Göhr künn sik würklich wünschen, det se nie up de Welt kamen wier, un det küm ick mi ok man wünschen, un ick wünsch mi dat ok, so bedrövelich as dat ok is. Ach, du leewe Herrgott, seh in Gnaden up uns dahl. Ji west nich de sülwig Vadder för de beiden Kinners, öwers dat versteiht sich, allens wat recht is, de Vadder ehre Sünden sall'n heimsöcht warden an de Kinners bet in't drürre un vierte Glied, un de Mudder ehre Sünden likerwelts, un de lütt Ane is ja man blots'n Hurenkind, – ja! ick sägg dat grad herut, se is'n Hurenkind, 'n Hurenkind vör Gott un Minschen; – öwers Ji, da Ji ehr Vadder wesen deit, Ji süllt Jug schämen, dat süllt Ji – ja, det segg ick, un' wenn Ji dorüm ok Hand an mi leggen wullt, as den Micheliabend for twe Johr, Ji sallt Jug wat schämen, ja, pfui, schämen sallt Ji Jug, dat egen Kind föhlen laten, dat se in Sünden empfangen is, un Ji lat ehr dat föhlen, Ji und Mari ok, Ji lat' ehr un mi dat föhlen, ja, un wenn Ji mi ok slagen doht, – Ji lat ehr dat föhlen . . .«

Erik Grubbe sprang auf und stampfte hart auf den Fußboden.

»Schandpfahl und Rad! sag ich, bist du denn ganz von Sinn und Verstand, Weib? – Du bist betrunken, das bist du, raus mit dir und leg dich auf dein Bett und schlaf dir den Rausch und die Galle weg! Du verdientest, daß ich dich hinter die Ohren schlüg, du wütig Weibsbild! – nein, kein Wort mehr! – Marie soll fort, morgen am Tage soll sie von hier fort – Frieden will ich haben in diesen Friedenszeiten!«

Ane schluchzte laut.

»Ach Gott, ach Gott! dat mi dat passieren möt! Ne ewige Schand. Mi dat Supen beschülligen. Bün ick ok man een Mal in all de Tid, dat wi uns kennt heben un all de Tid vörher mit n'dußeligen Kopp in de Köck rümgahn? Häwt Ji mi ok man een Mal tüderigen Kram snaken hürt? Wo is de Stell, wo Ji mi duhn hewt liggen sehn? Dat is de Dank, den man hät! Ick mi 'n Swips wegslapen! – Ja, Gott gew, dat ick inslapen künn, Gott gew, dat ick dor vor Jug henfallen dehr, vör Jug, de Ji Spott und Scham öwer mi bringen doht . . .«

Die Hunde da draußen auf dem Hofe schlugen an, und unter den Fenstern ertönte Hufschlag.

Ane trocknete hastig ihre Augen, und Erik Grubbe öffnete das Fenster und fragte, wer da sei.

»Ein reitender Bote aus Fovsing«, antwortete einer von den Knechten des Hauses.

»Dann nimm sein Pferd und laß ihn hereinkommen«, und damit wurde das Fenster geschlossen.

Ane setzte sich im Stuhl zurecht und beschattete die rotgeweinten Augen mit der Hand.

Und dann kam der Bote herein und brachte Gruß und Freundschaft von dem Stiftsamtmann Christian Skeel auf Fovsing und Odden, der vermelden ließ, daß er heute eine Stafette erhalten habe, daß der Krieg unter dem ersten Juni erklärt sei; derohalben sei es notwendig, daß er um verschiedener Ursache willen nach Aarhus ziehe und von dort möglicherweise nach Kopenhagen, und er lasse nun dieserhalb fragen, ob Erik Grubbe ihm das Geleit geben wolle, soweit die Umstände die Fahrt bestimmen würden, sie könnten alsdann die Sache zu Ende führen, die sie gemeinsam gegen ein paar Aarhuser Leute anhängig gemacht hätten, und in Bezug auf Kopenhagen, so wisse der Stiftsamtmann, daß Erik Grubbe dort mehr als genug Geschäfte habe. Auf alle Fälle wolle er, Christian Skeel, gegen vier Uhr nach Mittag auf Tjele sein.

Erik Grubbe sagte hierauf, daß er zur Reise bereit sein werde.

Mit dem Bescheid ritt dann der Bote heim.

Nun redeten Ane und Erik Grubbe lange darüber, was

geschehen sollte, während er abwesend war, und es wurde denn auch bestimmt, daß Marie mit nach Kopenhagen reisen und dort bei ihrer Vaterschwester Rigitze ein Jahr oder auch zwei verbleiben sollte.

Der nahe bevorstehende Abschied hatte sie beide ruhiger gestimmt, aber der alte Zwist war nahe daran, wieder zu entflammen, als sie darauf zu sprechen kamen, welche von den Schmucksachen und Kleidern ihrer seligen Mutter Marie mit sich führen sollte; das wurde jedoch in Güte geordnet, und Ane ging früh schlafen, da es wohl notwendig sein konnte, daß der morgende Tag so lang wie möglich gemacht wurde.

Nach einer Weile meldeten die Hunde neue Gäste.

Diesmal war es jedoch kein anderer als der Gemeindepfarrer von Tjele und Vinge: Herr Jens Jensen Paludan.

Mit einem: »Guten Abend allhie!« trat er ein.

Er war ein breitschulteriger, starkknochiger Herr mit langen Gliedern und gebeugtem Kopf; rundrückig war er auch, und sein Haar war dicht wie ein Krähennest, graugesprenkelt und verfilzt, und sein Gesicht hatte eine wunderlich starke, gleichmäßige und zugleich reine, blaßrote Farbe, die nicht gar gut zu den groben, knolligen Gesichtszügen und den buschigen Brauen paßte.

Erik Grubbe bat ihn, sich zu setzen, und fragte, wie es mit seiner Heuernte stehe. Die Unterhaltung drehte sich dann eine Weile um die wichtigsten Feldarbeiten der Jahreszeit und erstarb in einem Seufzer über den schlechten Kornertrag des vergangenen Jahres.

Der Pfarrer saß da und schielte eifrig nach dem Stüberchen hinüber und fragte dann: »Ew, Wohlgeboren sind immer sonderlich mäßig! halten sich immer an natürliche Getränke. – Ist auch das gesundeste; frisch gemolkene Milch ist ein Segen des Himmelreichs, das ist es, für einen schwachen Magen wie auch für eine enge Brust.«

»Freilich! Gottes Gaben sind alle gut, mögen sie uns zugemolken oder gezapft werden. – Ihr sollt jetzt eine Tonne echter Mumme kosten, so wir letzthin aus Viborrig hereinkommen ließen; sie ist sowohl gut als auch deutsch, wiewohl ich nicht entdecken kann, daß der Zöllner sie gestempelt hat.«

Bierkrüge und eine große Schneppenkanne aus Ebenholz und mit silbernen Ringen verziert, wurden aufgetragen.

Und dann tranken sie einander zu.

»Heydenkamper! echter, adeliger Heydenkamper!« rief der Pfarrer mit einer Stimme aus, die vor Begeisterung und Rührung zitterte; und als er sich selig in den Stuhl zurücklegte, hatte er fast Tränen in den Augen.

»Ihr seid ein Kenner, Herr Jens!« schmunzelte Erik Grubbe.

»Ach was Kenner! wir sind von gestern und wissen nichts«, murmelte der Pfarrer geistesabwesend; »übrigens denke ich daran«, fuhr er mit erhobener Stimme fort, »ob es wohl seine Richtigkeit mit dem haben sollte, was ich mir von dem Brauhaus der Heydenkamps habe erzählen lassen. – Ein Freimeister hat es mir erzählt, einmal dort oben in Hannover, zu der Zeit, als ich mit Junker Jörgen reiste. Seht! er sagte, sie begönnen mit ihrem Brauen immer in einer Freitagsnacht, aber ehe irgend jemand Erlaubnis erhalte, Hand an irgend etwas zu legen, müsse er zu dem Altgesellen gehen und seine Hände auf das große Gewicht legen und bei Feuer und Blut und Wasser schwören, daß er keine gehässigen und bösen Gedanken mit sich herumtrüge, denn dieses würde dem Bier Schaden tun. Er erzählte auch, daß am Sonntagmorgen, wenn die Kirchenglocken zu gehen anhüben, sie alle Türen und Fenster und Luken weit öffneten, damit es über das Bier hinläuten könne; das Fürnehmste aber, das werde getan, wenn das Bier hingesetzt wäre, um zu gären; dann käme der Meister selbst mit einer prächtigen Lade, aus selbiger zöge er schwere, goldene Ringe und Ketten und köstliche Steine, auf denen eigenartige Zeichen seien, und das würde alles in das Bier hineingelegt; und das kann man sich ja denken, daß solcherlei edle Reichtümer dem Trunk Los und Anteil an den geheimen Kräften geben müssen, so von Natur an in ihnen wohnen.«

»Ja, darüber kann man nicht gut etwas wissen«, meinte Erik Grubbe, »ich habe nun mehr Glauben zu dem Braunschweiger Hopfen und dem andern Kräuterwerk, so sie hinzusetzen.«

»Hm!« sagte der Pfarrer ernsthaft und schüttelte den Kopf, »das dürfen wir nicht sagen, da ist viel Verdecktes in dem Reich der Natur, das ist ganz sicher. Jedes Ding, tot wie lebendig, hat sein Mirakulum in sich, es kommt nur darauf an, daß man Geduld hat zu suchen und offne Augen zu finden – ach, in alten Tagen, als noch nicht so lange Zeit verflossen war, seit Gott der Herr seine Hände von der Erde genommen hatte, da war jedes Ding so angefüllet von Gottes Kraft, daß Heilung und alles Gute, ewig wie zeitlich, aus ihm entsprang; jedoch jetzt, wo das Erdreich nicht mehr fein noch neu ist und entheiliget von den Sünden mannigfaltiger Geschlechter, jetzt machen sie sich nur bei besonderen Gelegenheiten bemerkbar, zu gewissen Stunden und an gewissen Stätten, wann merkwürdige Himmelszeichen zu gewahren sind; das sagte ich auch vorhin zu dem Schmied, als wir dastanden und von dem gräulich flammenden Schein redeten, so in den letzten Nächten ringsum an dem halben Himmel zu sehen gewesen ist. – Übrigens kam damals gerade eine reitende Stafette an uns vorüber – hier hinauf, glaube ich!«

»So war es, Herr Jens.«

»Er ritt wohl mit nichts anderem, als was gut war?«

»Er ritt damit, daß der Krieg jetzt erkläret ist.«

»Herr Jesus, nein wirklich! – ja, ja, einmal mußte es ja kommen.«

»Ja, aber haben sie so lange gewartet, hätten sie auch warten können, bis die Leute ihre Ernte geborgen haben.«

»Es sind wohl die Schooninger, die es beschleunigt haben; sie spüren noch den sauren Schmerz von dem letzten Krieg und erwarten, daß sie das süße Jucken in diesem fühlen werden.«

»Ach, es sind nicht die Schooninger allein, die Seelandsfahrer wollen allzeit Krieg, sie wissen ja wohl, daß sie immer verschonet bleiben – ja, es sind gute Zeiten für Schelme und Toren, wenn die Räte des Reichs alle miteinander toll sind.«

»Sie sagen ja freilich, daß der Marschall nur ungern daran wollte.«

»Ja, das glaub der Teufel! – es kann ja freilich doch sein; aber man spürt es nur sehr schwach, wenn Ruhe in einem Ameisenhaufen gepredigt wird, – nun, Krieg haben wir, und da gilt es, daß ein jeder das Seine hütet. Da ist genug zu tun nach allen Richtungen hin.«

Das Gespräch kam dann auf die bevorstehende Reise und drehte sich nun eine Zeitlang um die schlechten Wege, kehrte nach Tjele zurück zu Mastvieh und Stallfütterung und ging wieder auf Reisen. Sie hatten währenddes keineswegs die Kanne vernachlässigt, das Bier war ihnen arg zu Kopf gestiegen, und Erik Grubbe, der gerade von seiner Fahrt nach Ceylon und Ostindien mit der »Perle« erzählte, hatte Mühe, durch sein eigenes Lachen hindurchzukommen, jedesmal, wenn ihm eine neue Possierlichkeit einfiel.

Der Pfarrer wurde immer ernsthafter, je weiter die Zeit vorrückte; er lag zusammengesunken in dem Stuhl, aber hin und wieder schüttelte er mit dem Kopf, sah wütend vor sich hin und bewegte die Lippen, als spräche er; gestikulierte darauf mit der einen Hand, eifriger und eifriger, bis er versehentlich auf den Tisch auftrumpfte; dann sank er wieder zusammen, mit einem erschrockenen Blick zu Erik Grubbe hinüber. Endlich, als sich der bei der Schilderung eines über alle Maßen einfältigen Küchenjungen festgefahren hatte, gelang es dem Pfarrer, sich aufzurichten, und mit einer dumpfen, feierlichen Stimme begann er zu reden.

»Wahrlich«, sagte er, »wahrlich! ich will es mit meinem Mund bezeugen – mit meinem Mund – daß Ihr ein Ärgernis und ein Gegenstand des Ärgernisses seid – es wäre Euch besser, Ihr würdet ins Meer geworfen – wahrlich! mit einem Mühlstein und zwei Tonnen Malz – zwei Tonnen Malz, die schuldet Ihr mir, das bezeuge ich feierlich und mit meinem Mund, – zwei gehäufte Tonnen Malz und in meinen eigenen, neuen Säcken – denn es waren nicht meine Säcke – niemals in alle Ewigkeit – es waren Eure eigenen, alten Säcke, und meine neuen, die behieltet Ihr – und es *war* verdorbenes Malz, – wahrlich! sehet die Ruchlosigkeit des Verderbens, und die Säcke gehören mir, und ich will es Euch heimzahlen – die Rache ist mein, sage ich. – Zittert Ihr nicht in Eurem alten Gebein – Ihr alter Lüderjan! – christlich solltet Ihr leben – ist das christlich, mit Ane Jensdatter zu leben und sie einen christlichen Gemeindepfarrer betrügen zu lassen? – Ihr seid ein – Ihr seid ein – christlicher Lüderjan – ja –«

Erik Grubbe hatte beim Anfang der Rede des Pfarrers über das ganze Gesicht gelächelt und freundschaftlich seine Hand über den Tisch hinüber nach ihm ausgestreckt, später stieß er mit dem Ellbogen aus, als wolle er einen unsichtbaren Zuhörer in die Seite puffen, damit er sehen solle, wie unbezahlbar trunken der Pfarrer war; aber allmählich muß er eine Art Verständnis für die Rede bekommen haben, denn er wurde auf einmal kreideweiß im Gesicht und nahm die Schneppenkanne und warf sie nach dem Pfarrer, der rücklings in den Stuhl sank und von da auf den Boden niederglitt. Er fiel jedoch nur vor Schrecken, denn die Kanne erreichte ihn nicht, sie blieb am Rande der Tischplatte liegen; der Inhalt trieb über den ganzen Tisch und rann in kleinen Strömen auf den Fußboden und auf den Pfarrer herab.

Das Licht war im Leuchter niedergebrannt und flackerte, daß es bald hell im Zimmer war und bald so dunkel, daß die blaue Morgendämmerung zu den Fenstern hereinsah.

Noch immer sprach der Pfarrer. Den einen Augenblick war seine Stimme tief und drohend, den andern pfeifend und winselnd.

»Da sitzet Ihr in Gold und Purpur, und ich liege hier, und die Hunde lecken meine Schwären – und was legtet Ihr in Abrahams Schoß? – welches Opfer brachtet Ihr dar? – Ihr legtet nicht ein silbernes Achtschillingstück in den Schoß des christlichen Abraham. – Und jetzt werdet Ihr schwer gepeinigt – allein keiner soll Eurethalben seinen Finger ins Wasser tauchen«, und er schlug mit der Hand in das verschüttete Bier, »ich aber wasche meine Hände – alle beide – ich habe Euch gewarnt – hi, – da gehet Ihr – ja, da gehet Ihr in Sack und Asche – in meinen beiden neuen Säcken – Malz . . .«

Er lallte noch eine Weile, dann schlief er ein, aber Erik Grubbe machte währenddes einen Versuch, sich zu rächen; er umklammerte die Stuhllehne krampfhaft, machte sich lang und stieß aus Leibeskräften gegen das Tischbein, in der Hoffnung, daß es der Pfarrer sei.

Bald regte sich nichts mehr, man vernahm nur das Schnarchen der beiden alten Herren und das einförmige Plätschern des Bieres, das noch immer von der Tischplatte heruntertropfte.

Zweites Kapitel

Das Haus der Frau Rigitze Grubbe, der Witwe des seligen Hans Ulrik Gyldenlöve, lag an der Ecke der Östergade und der Pilesträde.

Zu jener Zeit war die Östergade ein ziemlich aristokratischer Aufenthaltsort; hier wohnten Mitglieder der Familien Trolle, Sehested, Rosenkrantz und Krag; Joachim Gersdorff wohnte neben Frau Rigitze, und in Carl van Manderns neuem, rotem Hause logierten in der Regel zwei oder mehrere ausländische Residenten. Doch war nur die eine Seite der Straße von so feinen Leuten bewohnt; auf der Nikolaj-Seite waren die Häuser niedrig, und hier wohnten hauptsächlich Handwerker, Krämer und Schifferleute. Ein paar Wirtshäuser lagen ebenfalls dort.

Es war an einem Sonntagvormittag zu Anfang September.

In dem Mansardenfenster von Frau Rigitzens Hause stand Marie Grubbe und sah hinaus; nicht *ein* Wagen! Keine Geschäftigkeit, lauter bedächtige Schritte und der schleppende Gesang eines vereinzelten Austernverkäufers. Der Sonnenschein zitterte über Dächer und Pflastersteine hinab, und alle Schatten waren scharf und kräftig, fast vierschrötig. Alles Ferne lag in einem leichten, rauchblauen Wärmenebel.

»Paßt au . . .f!« ward hinter ihr von einer weiblichen Stimme gerufen, die mit Geschick ein von vielem Kommandieren heiseres Organ nachahmte.

Marie wandte sich um.

Es war die Kammerzofe Lucie, die rief. Sie hatte eine Weile still oben auf einem Tisch gesessen und ihre ziemlich wohlgeformten Beine mit einem kritischen Blick betrachtet. Schließlich war sie dessen überdrüssig geworden und hatte gerufen, und nun saß sie da und lachte aus Leibeskräften und baumelte ausgelassen mit den Beinen hin und her.

Marie zuckte die Achseln und wollte sich mit einem halb verdrießlichen Lächeln wieder nach dem Fenster umwenden, aber Lucie sprang vom Tisch herunter, faßte sie um die Taille und zwang sie, sich auf einen kleinen Strohstuhl zu setzen, der daneben stand.

»Höre Sie, Jungfer!« sagte sie, »weiß Sie was?«

»Nun?«

»Sie vergißt, Ihre Briefschaften zu schreiben, und um halb zwei kommen die Gäste, so daß Sie nur knapp vier Stunden hat. Weiß Sie, was die haben sollen? Güldensuppe, Flundern und so einen andern breiten Fisch, gebratene Hühner mit Trisanet und Mansfelder Kuchen mit süßem Pflaumenmus. Fein ist es, aber fett ist es gerade nicht. Der Jungfer Bräutigam kommt ja auch.«

»Ach was, Unsinn!« rief Marie ärgerlich aus.

»Gott Vater bewahr uns! ist doch weder Aufgebot noch Verlöbnis, weil ich das sage. – Ich kann wirklich nicht begreifen, Jungfer, daß Sie sich nicht mehr aus Ihrem Vetter macht! Er ist das herrlichste, lustigste Mannsbild, das ich kenne. Was für Füße er hat! – Und königlich Blut ist in ihm; das kann man schon allein an seinen Händen sehen, so winzig klein wie die sind! – ach, und dabei so, als wären sie gegossen – bloß seine Nägel, die sind nicht größer als halbe Sechslinge und so rot und rund. – Was für ein Paar Beine hat er aufzuweisen! Wie Stahlfedern, wenn er dahergegangen kommt – hu hei! Und seine Augen, die blitzen und funkeln . . .«

Sie schlang die Arme um Marie und küßte sie so heftig und saugend stark auf den Hals, daß das Kind errötete und sich ihrer Umarmung entwand.

Lucie warf sich auf das Bett und lachte wie eine Besessene.

»Wie du dich heute anstellst!« rief Marie aus, »wenn du so fortfährst, dann gehe ich hinunter.«

»Aber was in aller Welt! Man darf doch wohl einmal etwas lustig sein. Es gibt wahrhaftig Trübseligkeit genug hier in der Welt. Ich habe wenigstens mehr davon, als ich mit mir herumschleppen kann. Ist nicht mein Bräutigam in Krieg gezogen und muß alles mögliche Böse und Schlimme ausstehen? Es ist der reine Jammer, wenn man daran denkt. Wenn sie ihn nun tot oder zum Krüppel geschossen haben! Gott sei mir armen Mädchen gnädig, ich würde ja nie wieder ein Mensch werden.«

Sie verbarg ihr Gesicht in den Kissen des Bettes und schluchzte: »Ach, nein, nein, nein, mein teurer, teurer Lorenz – ich will dir so treu sein, so treu sein, wenn der liebe Gott dich mir nur heil heimkehren läßt – ach, Jungfer, Jungfer! dies ist wirklich nicht zum Aushalten!«

Marie suchte sie mit Worten und mit Liebkosungen zu beruhigen. Endlich brachte sie es dahin, daß Lucie sich aufrichtete und die Augen trocknete.

»Ja, Jungfer«, sagte sie, »niemand weiß, wie ich mit mir selbst zu kämpfen habe. Man kann ja unmöglich immer so sein, wie man sollte. Und es nützt nichts, daß ich mir vornehme, mich nicht an alle die jungen Burschen zu kehren; kommen sie mit Lustigkeit und Komplimenten, und wenn es sich auch um mein Leben handelte, ich könnte sie nicht wegbeißen und mich ihnen entziehen; es juckt mir auf der Zunge, ihnen wieder zu antworten, und dann wird ja gar leicht mehr Geschäker daraus, als ich, strenge genommen, vor Lorenzen verantworten kann. Aber wenn ich dann daran denke, welchen Gefahren er ausgesetzt ist, ach! da reut es mich mehr, als irgendeine Menschenseele es sich auszudenken vermag. Denn ich liebe ihn, Jungfer, und keinen andern als ihn, das kann Sie mir glauben. Ach! wenn ich ins Bett kommen bin und der Mond da so hell auf den Estrich scheint, dann werde ich ein ganz anderer Mensch; es wird mir so traurig ums Herz, und da wein ich und weine, und es drückt hier oben im Halse, als sollt ich ersticken – ach, es ist eine Qual; ich liege und wälze mich im Bett und bete zu dem lieben Gott, und weiß knapp, um was ich bete, und zuweilen bin ich ganz von Sinnen, und dann setze ich mich aufrecht im Bett hin und halte meinen Kopf fest, und mir wird so schrecklich bange, daß ich vor Sehnsucht noch den Verstand verliere. – Aber, Herrgott, Jungfer! Sie weint ja; Sie geht doch nicht herum und sehnt sich heimlich nach jemand, so jung sie ist?«

Marie errötete und lächelte leise; es lag etwas Schmeichelhaftes für sie in dem Gedanken, daß sie verliebt sein und sich sehnen könne.

»Nein, nein«, sagte sie, »aber es ist so traurig, was du da sagst; es ist, als wäre alles nichts als Kummer und Verdruß.«

»Ei bewahre! es gibt zuweilen auch etwas anderes«, sagte Lucie und erhob sich, als man unten nach ihr rief, und dann ging sie, indem sie Marie schelmisch zunickte.

Marie seufzte, trat an das Fenster und sah hinaus, hinunter auf den grünen, kühlen St. Nikolaj-Kirchhof, auf die roten Mauern der Kirche, hinüber nach dem Schloß mit dem patinagrünen Kupferdach, hinweg über den Holm und die Reiferbahn, herum nach dem Ostertor mit dem spitzen Turm und nach Hallendaas mit seinen Gärten und Holzschuppen und mit dem bläulichen Sund da draußen, der mit dem blauen Himmel verschwamm, unter dem weiße, weichgeformte Wolken langsam dahintrieben, hinüber nach der Küste von Schoonen.

Seit drei Monaten war sie nun in Kopenhagen. Damals,

als sie von Hause abreiste, hatte sie geglaubt, in der Residenzstadt zu leben, sei etwas ganz Verschiedenes von dem, was es, wie sie jetzt wußte, war. Es war ihr niemals eingefallen, daß es *dort* noch einsamer sein könne als auf dem Tjeler Edelhofe, wo sie doch einsam genug gelebt hatte.

An ihrem Vater hatte sie keine Gesellschaft gehabt, er war allzeit so ganz er selbst, daß er nie etwas für andere sein konnte; er wurde nicht vierzehn Jahre alt, wenn er mit einer Vierzehnjährigen sprach, und er wurde kein weibliches Wesen, weil er mit einem kleinen Mädchen plauderte; er war immer jenseits der Fünfzig, und er war immer Erik Grubbe.

Die Buhlerin des Vaters, die herrschte, als sei sie Frau im Hause, konnte Marie nicht ansehen, ohne daß nicht alles, was an Stolz und Bitterkeit in ihr war, gleich wachgerufen ward. Dies grobe, herrschsüchtige Bauernweib hatte sie so oft verletzt und gequält, daß Marie nicht einmal den Schall ihrer Schritte hören konnte, ohne sich gleich und fast unbewußt hart zu machen, trotzig und gehässig zu werden. Ihre Halbschwester, die kleine Ane, war kränklich und verhätschelt, Umstände, die sie keineswegs umgänglich machten, und nun kam noch dazu, daß die Mutter, Erik Grubbe gegenüber, Marien immer durch sie zu schaden suchte.

Was für Gesellschaft hatte sie da?

Ja, sie kannte jeden Weg und Steg im Bigumer Walde, jede Kuh, die auf der Wiese weidete, jeden Vogel auf dem Hühnerhof. Und der freundliche Gruß des Gesindes und der Bauern, wenn sie an ihnen vorüberging, sagte: die Jungfer leidet Unglimpf, und wir sehen es, wir sind betrübt darüber, und wir haben dieselbe Gesinnung gegen das Weibsbild droben wie Ihr.

Aber in Kopenhagen?

Hier hatte sie Lucie, und sie hielt große Stücke auf Lucie, aber sie war ja doch nur eine Dienerin; sie besaß Luciens ganzes Vertrauen und war froh darüber und dankbar dafür; aber Lucie besaß ihr Vertrauen nicht. Sie konnte ihren Klagen ihr gegenüber nicht Luft machen; sie wollte nicht, daß man zu ihr sagte, es sei traurig, so wie sie gestellt sei; und sie konnte durchaus nicht zugeben, daß eine dienende Person über ihre unglücklichen Familienverhältnisse sprach; nicht einmal über die Muhme wollte sie ein Wort hören. Und doch liebte sie die Muhme gar nicht, hatte auch keinen Grund dazu.

Rigitze Grubbe hatte die sehr strengen Anschauungen der Zeit über das Heilsame einer harten und wenig glimpflichen Erziehung, und sie nahm sich vor, Marie demgemäß zu erziehen. Sie hatte keine Kinder, hatte auch niemals welche gehabt, sie war daher eine äußerst ungeduldige Pflegemutter, dazu sehr unbeholfen, da die Mutterliebe sie niemals die kleinen und äußerst nützlichen Kunstgriffe gelehrt hatte, die es für Kind und Lehrmeister so viel leichter machen, auf dem Wege vorwärts zu kommen. Und doch – so eine barsche Erziehung hätte Marie am dienlichsten sein können. Sie, deren Sinnen und Denken auf der einen Seite fast verkrüppelt war aus Mangel an wachsamer und fester Aufsicht, und auf der anderen Seite halbwegs verstümmelt infolge von unverständiger und launenhafter Grausamkeit, müßte es fast als Frieden und Linderung empfunden haben, sicher und harthändig den Weg geführt zu werden, den sie gehen sollte, von jemand, der vernünftigerweise nichts anderes als Gutes mit ihr im Sinne haben konnte.

Aber sie wurde nicht auf diese Weise geführt.

Frau Rigitze hatte so viel auf Händen an Politik und Intrigen, lebte so viel mit den Hofkreisen, daß sie ganze und halbe Tage vom Hause fern oder daheim so beschäftigt war, daß Marie mit sich und ihrer Zeit machen konnte, was sie wollte. Hatte Frau Rigitze endlich einen Augenblick für das Kind übrig, so machte ihre eigene Versäumnis sie doppelt ungeduldig und doppelt strenge. Das ganze Verhältnis mußte Marie daher als die reine, pure Ungereimtheit erscheinen und war nahe daran, ihr die Vorstellung beizubringen, daß sie ein Aschenbrödel sei, das alle haßten und niemand liebte.

Wie sie nun dort am Fenster stand und über die Stadt hinaussah, überkam sie dies Gefühl der Verlassenheit und Einsamkeit; sie lehnte den Kopf gegen den Fensterrahmen und starrte versunken zu den langsam dahinziehenden Wolken hinauf.

Sie verstand so gut das Traurige, das Lucie von der Sehnsucht gesagt hatte; es war, als brenne es in einem, und es war nichts anderes dabei zu machen, als es brennen zu lassen, wie es wollte, – sie kannte das ja so gut. – Was sollte daraus werden? – Der eine Tag so wie der andere. – Nichts, nichts – nie etwas, worüber man sich freuen durfte; konnte es so weitergehen? – Ja! noch lange; – auch noch, wenn man sechzehn Jahre alt geworden war? – Es ging doch nicht für alle Menschen so weiter; – es war doch unmöglich, daß sie noch immer mit der Kindermütze gehen sollte, wenn sie schon sechzehn Jahre alt war. – Das hatte Schwester Ane Marie doch nicht getan; – die war jetzt verheiratet. – Sie konnte sich so deutlich all des Lärms und der Lustbarkeit erinnern, die es bei der Hochzeit gegeben, noch lange, nachdem sie schon zu Bett geschickt worden war, – und der Musik. – Sie könnte sich ja doch auch gern verheiraten. Aber mit wem wohl nur? vielleicht mit dem Bruder ihres Schwagers? – Der war ja freilich schrecklich häßlich; aber wenn es sein *mußte* . . . darauf konnte sie sich unmöglich freuen. Was gab es eigentlich in der Welt, worauf man sich freuen konnte? Gab es überhaupt irgend etwas? – nichts, soviel sie sehen konnte.

Sie trat von dem Fenster zurück, setzte sich nachdenklich an den Tisch und begann zu schreiben:

»Meinen gar freundlichen Gruß vorerst im Namen des Herrn, liebe Ane Marie, gute Schwester und Freundin, Gott bewahre Dich allzeit und sei bedankt für alles Gute. Ich habe beschlossen, Dir zu schreiben *pour vous congratuler,* alldieweil Deine Niederkunft glücklich gewesen ist und Du nun munter und bei guter Gesundheit bist. Liebe Schwester, mir geht es gut, und ich bin sowohl munter als auch gesund. Die Muhme lebt ja in viel Größe, und hier sind oft zahlreiche Gäste, die meisten sind Kavaliers vom Hofe, und außer einigen alten Frauen kommen nur Mannsleute hierher. Es sind viele unter ihnen, die unsere Mutter sel. gekannt haben und sie ob ihrer Schönheit und mancherlei mehr rühmen. Ich sitze immer mit den Fremden zu Tisch, aber niemand spricht mit mir, außer Ulrik Frederik, wovon ich am liebsten verschont wäre, sintemal er immer mehr für Schikane und Raillerie als für vernünftige Konversation ist. Er ist noch sehr jung und hat nicht das beste Lob und besucht sowohl Herbergen als auch Bierstuben und dergleichen. Nun weiß ich kaum weiter etwas Neues, als daß wir heute Assemblee haben und daß er auch mit dabei ist. Jedesmal, so ich Französisch spreche, lacht er und sagt: es sei hundert Jahre alt, was ja wohl auch der Fall sein kann, sintemal Herr Jens noch ganz jung war, als er auf Reisen ging; im übrigen erteilt er mir viel Lob, dieweil ich es so gut zusammensetzen kann, er sagt, keine Hofdame könne es besser, aber das sind, glaube ich, Komplimente und ich mache mir nichts daraus. Seit geraumer Zeit habe ich von Tjele nichts vernommen. Die Muhme schimpft und wird jedesmal böse, wenn sie von der Enormität spricht, nämlich, daß unser lieber Vater mit der lebt, mit der er lebt, mit einem Frauenzimmer von so niedriger Extraktion. Ich kränke mich oft darüber, was jedoch nichts nützt. Lasse Du nun Stycho diesen Brief nicht sehen, aber grüße ihn von Herzen.

September 1657.

Deine liebe Schwester
Marie Grubbe.

Der wohlgeborenen Frau, Frau Ane Marie Grubbe, Stycho Höeghs auf Gjordslev Gemahlin, meiner guten Freundin und Schwester freundlichst zugeschrieben.«

*

Man hatte sich von Tische erhoben und war in den Saal gegangen, wo Lucie das Goldwasser herumreichte. Marie war in eine Fensternische geflüchtet und wurde von der faltigen Gardine halb versteckt. Ulrik Frederik ging zu ihr hin, verneigte sich übertrieben ehrerbietig vor ihr und sagte mit einem äußerst ernsthaften Gesicht, es tue ihm leid, daß er bei Tische so entfernt von Mademoiselle gesessen habe. Wie er so sprach, legte er seine kleine, braune Hand auf das Fensterbrett. Marie sah ihn an und wurde rot wie tropfendes Blut.

»Pardon, Mademoiselle, ich sehe, Ihr werdet ganz rot vor Zorn, daß ich mir erlaube, Euch meine schuldigst untertänige Reverenz zu machen. Es ist nun wohl auch zu dreist, zu fragen, womit ich so jämmerlich gewesen bin, Euch zu erzürnen?«

»Ich bin führwahr weder erzürnt noch rot.«

»Es gefällt Euch, diese Couleur weiß zu nennen? Bien? Es sollte mich nur verlangen zu wissen, wie Ihr die Couleur benennet, die die sogenannte *rote* Rose hat?«

»Aber könnet Ihr denn nie ein vernünftiges Wort sagen?«

»Ja – laßt mich sehen! – ja, ich muß bekennen, daß es mir wirklich schon vorgekommen ist – aber nur selten.

Doch Chloë, Chloë zürne nicht!
Toll brennet deiner Augen Licht
Mich, wie das Hundsgestirn die Hunde,
Und Worte schäumen mir vom Munde,
Dem Geifer gleich der Wasserscheu . . .«

»Ja, das könnt Ihr wohl sagen!«

»Ach, Mademoiselle, Ihr kennt nur wenig von Amors Macht! – Werdet Ihr es glauben? es gibt Nächte, wo ich mich liebeskrank nach dem Silkegaard hinabschleiche, mich über die Mauer von Christen Skeels Garten schwinge, und da stehe ich wie eine Statue zwischen duftenden Rosen und starre zum Fenster in Eurer Kammer hinauf, bis die schmächtige Aurora ihre rosigen Finger durch meine Locken gleiten läßt.«

»Ah, Monsieur! ich vermeine, Ihr hättet im Namen fehlgegriffen, als Ihr Amor nanntet; Evan hättet Ihr füglich sagen sollen – und mag sein, daß man leichtiglich irregeht, wenn man bei nächtlicher Weile umherschwärmet; mitnichten seid Ihr in Skeels Garten gewesen, Ihr waret bei »Mogens in Cappadocia« unter Römern und Bouteillen; und habet Ihr Euch nicht regen können und waret still wie eine Statue, da sind es nimmermehr Liebesgedanken gewesen, so bewirket haben, daß Ihr Eure Beine nicht vom Fleck bewegen konntet.«

»Ihr tut mir schweres Unrecht; geschiehet es hin und wieder einmal, daß ich in die Häuser der Weinküper komme, da ist es nicht des Pläsiers oder der Lustigkeit halber, es ist ganz allein, um den nagenden Kummer zu vergessen, der mich erstickt.« – »Ah!«

»Ihr trauet mir nicht, Ihr habet keinen Glauben an die Beständigkeit meiner Amour – Himmel! sehet Ihr das östliche Schalloch auf St. Nikolaj? Drei Tage habe ich da gesessen und auf Euer holdes Antlitz herabgestarret, wie Ihr an Eurem Nährahmen saßet.«

»Wie ungeschickt Ihr doch seid! Ihr könnet fast nie Euren Mund auftun, ohne daß man Euch auf loser Rede ertappen kann; niemals habe ich an meinem Nährahmen nach Nikolaj hinaus gesessen. Kennet Ihr den Reim:

Schwarz war die Nacht und kühl,
Der Kobold dem Mann in die Hände fiel.
Zum Kobold sprach der Mann:
›Willst frei du sein, sag an,
Willst heim du in dein Reich,
So lehre mich sogleich
Ohne Lug,
Ohne Trug
Das Wahrste, was dir bekannt.‹
›Hör!‹ sprach der Kobold und schwieg wie gebannt.
Der Mann gab ihn frei, und der Kobold entschwand.
Niemand kann den Kobold anklagen,
Weil er eine Lüge tät sagen.«

Ulrik Frederik verbeugte sich ehrerbietig vor ihr und ging, ohne ein Wort zu sagen.

Sie sah ihm nach, wie er über den Estrich dahinschritt; ja, sein Gang *war* hübsch; seine seidenen Strümpfe waren so schimmerndweiß und saßen so stramm, es war weder Kniff noch Falte darin; die Partie unten am Knöchel war so schön! und der lange, schmale Schuh – es war so ergötzlich, ihn anzusehen; – sie hatte nie zuvor bemerkt, daß er eine kleine rosenrote Narbe an der Stirn hatte. Sie guckte verstohlen auf ihre Hände nieder, verzog den Mund ein wenig – es schien ihr, als seien die Finger zu kurz.

Drittes Kapitel

Der Winter kam. Es wurden harte Zeiten für die Tiere des Waldes und die Vögel des Feldes; es wurden kärgliche Weihnachten innerhalb lehmverstrichener Wände und der Spanten der Ewer. Die Westküste war übersäet von Wracken; da waren vereiste Schiffsrümpfe, zersplitterte Masten, zertrümmerte Boote und tote Schiffe. Reichtum lag da und rollte in die Brandung, ward zu nutzlosen Trümmern zerrieben und zermalmt, sank, trieb weg oder wurde im Sande begraben; denn Sturm und arge See und mörderliche Kälte hielten an, so daß Menschenhänden kein Zugreifen möglich war. Himmel und Erde verschwammen in eins in dem stiebenden Frostschnee; er wälzte sich herein über Armut und Lumpen, durch undichtes Fachwerk und zerbrochene Luken, zwängte sich hinein unter Dachfirste und Türen zu Wohlstand und verbrämten Mänteln. Bettler und verirrte Wanderer erfroren im Schutz von Gräben und Deichen, der arme Mann starb vor Kälte auf seinem Strohlager, und dem Vieh des Reichen erging es kaum besser.

Da legte sich der Sturm, und es ward stiller, klingender Frost. Es wurden teure Zeiten für Reiche und Länder, Winterbuße folgte der Sommertorheit – das schwedische Heer *ging* über die dänischen Gewässer.

Dann kam der Friede. Dann kam der Lenz mit hellem Laub und hellem Wetter, aber die seeländischen Burschen ritten in diesem Jahr den Mai nicht ein; es wimmelte überall von schwedischen Soldaten; es war Friede, aber dennoch waren die Lasten des Krieges zu tragen, und der Friede sah nicht danach aus, als werde er lange leben.

Das tat er auch nicht.

Als das Maienlaub unter dem Brand der Mittsommersonne dunkel und hart geworden war, zog der Schwede gegen die Wälle Kopenhagens heran.

Am zweiten Sonntag im August verbreitete sich während des Nachmittagsgottesdienstes plötzlich das Gerücht, daß der Schwede in Korsör gelandet sei.

Alsbald wimmelte es in allen Gassen. Die Leute gingen ruhig und gesetzt einher, aber sie redeten viel; sie redeten allesamt, und der Schall ihrer Stimmen und ihrer Fußtritte vereinigte sich zu einem starken, gemischten, summenden Klang, der niemals lauter ward, niemals schwächer, auch nicht aufhörte, sondern anhielt – mit einer wunderlich drückenden Einförmigkeit anhielt.

Das Gerücht drang mitten während der Predigt in die Kirchen. Mit hastigem, atemlosem Flüstern sprang es von der untersten Stuhlreihe zu einem, der in der zweiten saß, zu dreien in der dritten, vorüber an einem alleinsitzenden Greis in der vierten, zu denen in der fünften und weiter, ganz hinauf. Leute in der Mitte wandten sich zu denen hinter ihnen um und nickten bedeutungsvoll; ganz oben waren einzelne, die sich erhoben und spähend nach dem Ausgang hinsahen. – Nach einer Weile gab es auch kein Gesicht mehr, das zu dem Prediger hinaufsah; alle saßen gesenkten Hauptes, wie um die Gedanken über die Worte des Geistlichen zu sammeln, aber sie flüsterten einander zu, hielten wohl einmal inne, horchten einen Augenblick gespannt auf den Pfarrer, wie um zu mutmaßen, wieweit es noch bis zum Schlusse sei – dann flüsterten sie weiter. Das dumpfe Geräusch von der Menschenmasse draußen auf der Straße war deutlich zu hören, ward unerträglich zu hören; die Kirchgänger begannen mit geschäftiger Hast, die Gesangbücher heimlich in die Tasche zu stecken.

»Amen!«

Alle Gesichter sahen zu dem Prediger hinauf.

Während des allgemeinen Teils des Kirchengebets dachten alle daran, ob der Pfarrer wohl etwas wisse. Dann wurde für das Königshaus gebetet, für die Räte des Reichs und den gemeinen Adel, für alle, die einer hohen Bestallung oder einem Amt vorzustehen hatten; und es waren viele, die Tränen in den Augen hatten; aber als der folgende Teil des Gebetes kam, begannen einige zu schluchzen, und leise, aber dennoch vernehmlich klang es von hunderten von Lippen: »Gott wende ferner mildiglich von diesen Landen und Reichen Krieg und Blutvergießen, Pestilenz und jähen Tod, Hunger und Teurung, Sturm und Unwetter, Wassersnot und Feuersbrunst, auf daß wir auch für solch väterliche Gnade seinen heiligen Namen loben und preisen mögen.«

Ehe der Gesang noch zu Ende war, hatte sich die Kirche schon geleert, nur die Töne der Orgel sangen dadrinnen.

Am folgenden Tage hatten die Volksmassen, die wieder auf den Beinen waren, ein bestimmtes Ziel zum Nachgehen erhalten; denn die schwedische Flotte hatte in der Nacht vor Dragör Anker geworfen. Es herrschte an diesem Tage jedoch weniger Unruhe unter den Leuten, vermutlich weil es allgemein bekannt war, daß zwei von den Räten des Reiches abgereist waren, um mit dem Feind zu unterhandeln, und wie es hieß: mit so weitgehender Vollmacht, daß es zum Frieden führen *müsse*. Aber als die Räte am Dienstag zurückgekehrt waren, mit dem Bescheid, daß Friede nicht zu erlangen sei, erfolgte ein jäher und gewaltsamer Umschlag.

Das waren nicht länger Scharen gesetzter Bürger, die durch große und gefährliche Nachrichten rastlos geworden waren. Es war ein ganzer Mahlstrom seltsamer Gestalten, derengleichen nimmer innerhalb der Stadtwälle war gesehen worden und die gar nicht aussahen, als wohnten sie in diesen ruhigen, nüchternen Häusern mit ihren vielen Zeichen aller möglichen einfachen und alltäglichen Hantierungen. Diese Leidenschaftlichkeit in Flaschenjacken und Schoßröcken! Dieser Höllenlärm von diesen ernsten Lippen, und solch gewaltsame Gesten mit diesen Armen in diesen engen Rockärmeln! Keiner will allein sein, keiner will drinnen sein; da stehen sie mitten auf der Straße mit ihrer Angst und Verzweiflung, mit ihrem Jammer und ihren Tränen.

Seht den stattlichen alten Mann mit dem entblößten Haupt und den blutunterlaufenen Augen; er wendet sein aschfahles Gesicht der Mauer zu und hämmert mit den geballten Fäusten darauf los! Hört die Verwünschungen des dicken Schinders über die Reichsräte und diesen unseligen Krieg! Fühlt, wie das Blut in seinen jungen Wangen vor Haß erglüht gegen den Feind, der alle die Schrecknisse mit sich bringen wird, die er nun schon in seiner Phantasie durchlitten hat!

Wie sie brüllen vor Wut darüber, daß sie so ohnmächtig sind, wie sie glauben, und Gott im Himmel, welche Gebete, welche wahnsinnigen Gebete!

Die Wagen halten mitten auf der Straße still, Dienstboten stellen ihre Körbe und Eimer hin, in Beischläge und Torwege, und hier und dort kommen einzelne hastig aus den Häusern, mit ihren besten Kleidern angetan, rot im Gesicht vor Anstrengung, und sie sehen sich erstaunt um, sehen an sich selbst herab, fahren zwischen den Leuten umher und schwatzen eifrig, um die Aufmerksamkeit von ihrem geputzten Aussehen abzulenken.

Worauf sinnen sie? und woher kommen alle diese zerlumpten, betrunkenen Mannsleute? Es wimmelt von ihnen, sie schwenken und rufen, zanken und fallen, sie sitzen auf den Treppenstufen und sind krank, sie wollen sich ausschütten vor Lachen, jagen hinter den Frauenzimmern drein und wollen mit den Männern raufen.

Das war der erste Schrecken – der Schrecken des Instinkts. Nachmittags war er vorüber. Man war nach den Wällen gerufen worden, hatte mit Feiertagskräften gearbeitet, hatte unter seinem Spaten Gräben sich vertiefen und Brustwehren sich erhöhen sehen; Soldaten waren vorübergezogen; Handwerksburschen, Studenten und Diener der Edelleute hielten Wache mit allerhand seltsamen Waffen; Kanonen waren aufgefahren; der König war über den Wall geritten, und man wußte, er würde bleiben, – es war Vernunft in den Dingen, man wurde selbst vernünftig.

Am Tage darauf wurde gegen Nachmittag die Vorstadt draußen vor dem Wassertor in Brand gesteckt. Der Brandgeruch trieb über die Stadt herein und machte die Leute unruhig; und als sich in der Dämmerung, während das Feuer seinen roten Schein über die wettergrauen Mauern des Frauenturms warf und in den goldenen Kugeln auf der Spitze des Petri-Kirchturms spielte, das Gerücht verbreitete, der Feind komme über den Valbyer Hügel heran, da ging es wie ein banger Seufzer durch die ganze Stadt. Durch alle Straßen, Gänge und Gassen erscholl es angstvoll und beklommen: »Die Schweden, die Schweden!« Knaben liefen durch die Stadt und riefen es mit gellender Stimme aus, Leute stürzten an die Türen und starrten ängstlich gen Westen, die Läden wurden geschlossen, die Eisenkrämer sammelten schleunigst ihren Kram zusammen; es war, als erwarteten die biederen Leute, daß das gewaltige Heer des Feindes sofort die Stadt überschwemmen werde.

Längs des Walles und in den anstoßenden Straßen war es schwarz von Menschen, die nach dem Feuer starrten;

doch waren auch viele an Orten versammelt, wo man nichts von dem Brande sehen konnte, so vor dem geheimen Gang und der Wasserkunst. Gar mancherlei ward dort bemerkt: zuvörderst und vor allem, wann die Schweden ihren Angriff beginnen würden – jetzt in der Nacht oder morgen?

Gert Pyper, der Färber dort bei der Wasserkunst, meinte nun, es würde losgehen, sobald sie sich nach dem Marsche geordnet hätten. Worauf sollten sie auch warten?

Der isländische Kaufmann Erik Lauritzen drüben aus der Färbergasse meinte, es sei eine gewagte Sache, in Nacht und Finsternis eine fremde Stadt anzugreifen, wo man kaum weiß, was Land und was Wasser sei.

»Wasser«, sagte Färber Gert; »Gott gebe, wir wüßten selbst nur halb so gut Bescheid mit unseren Anstalten, wie es der Schwede weiß! Sprecht mir nicht davon! Er hat seine Spione, will ich Euch sagen, wo man es am wenigsten glauben sollte. Ja! Das wissen der Bürgermeister und Rat auch nur zu gut, denn vom frühen Morgen sind die Rottmeister rundherum in allen Häusern und Wohnungen gewesen, um seine Spione herauszufinden; aber belauert die mal, wenn Ihr könnt! Der Schwede ist habil, das ist er, sonderlich in *dem* Geschäft; das ist eine natürliche Anlage; ich weiß es ja von mir selbst – es ist nun wohl an die zehn Jahre her, ich vergeß ihm das nie von wegen dem Schabernack ... Indigofarbe, seht, die macht schwarz, und die macht dunkelblau, und die macht hellblau, einzig und allein je nachdem die Beize ist; auf die Beizung aber kommt es an. Brühen und Farbkessel herrichten, das kann jedweder Bursch, indes kommts nur auf den Handgriff an, aber beizen! – richtig beizen – das ist eine Kunst. Beizt man zu stark, so verbrennt man das Garn oder das Zeug, oder was es nun sein mag, so daß es in allen Stücken mürbe wird; und beizt man zu schwach, so kann die Farbe niemals halten und färbte man mit dem allerkostbarsten Blauholz. Seht, darum ist die Beizerei auch ein verschlossen Geheimnis, das man nicht weiterlehrt – seinen Sohn wohl, aber niemals den Gesellen. Nein . . .«

»Jawohl, Meister Gert«, sagte der Kaufmann, »wohl, sehr wohl!«

»Nun«, fuhr der Färber fort, »wie ich erzählen wollte, so hatt ich vor ein Stücker zehn Jahren einen Burschen, der hatt ein schwedisches Weibsbild zur Mutter, und der hatt sich nun vorgesetzt, er wolle herauskriegen, was für eine Beize es war, die ich zum Zimmetbraun gebrauchte. Aber dieweil ich immer die Beize bei verschlossenen Türen abwäge, war das Ding ja nicht so bequem anzugreifen. Auf was, glaubt ihr wohl, daß der Teufelsbube verfällt? Hört nur! Es ist so schlimm mit den großen Tieren da auf der Wasserkunst, die zernagen uns Wolle und auch Twist, und derohalb hängen wir immer das, was uns zum Färben gebracht wird, in großen Segeltuchsäcken unter der Decke auf. Bringt er da nicht, dies Satanspack, einen von den Lehrjungen dazu, ihn in einen von den Säcken da hinaufzuhissen und – ich komme herein, und ich wäge und mische und richte zu und bin schon halb zu Ende damit, da schicket es sich so künstlich, daß der Krampf eines seiner Beine da oben im Sack packt, und er fängt an zu zappeln und zu schreien: ich möcht ihm herunterhelfen . . . und ob ich ihm half! – Tod und Teufel! aber es war auch ein rechter Canaillenstreich, den er mir da gespielt hat, ja, ja, ja! Und so sind sie allesamt, die Schweden, man kann ihnen nie über die Schwelle trauen!«

»Nein, darin habt ihr ganz recht; sie sind gar arge Leute, die Schweden«, sagte Erik Lauritzen; »zu Hause haben sie nichts zu beißen und zu brechen, und kommen sie dann einmal hinaus, so hören sie gar nicht wieder auf zu schlemmen und zu prassen; sie sind geradeso wie die Armenhauskinder: sie essen sowohl für den gegenwärtigen Hunger wie auch für den zukünftigen und den vergangenen dazu. Stehlen und an sich raffen, das können sie besser als Rabengezücht und Lumpengesindel; – und so mordgierig sind sie! nicht umsonst sagt man: ihm sitzt das Messer so lose wie dem schwedischen Lasse.«

»Und so leichtfertig!« fiel der Färber ein, »es soll ja nie vorkommen, daß der Schinder ein Weibsbild zur Stadt hinauspeitscht und man da fragt, was das wohl für eine Kreatur ist, daß man nicht die Antwort bringt: es sei eine schwedische Dirne.«

»Ja, das Blut der Menschen ist so verschieden, und das der Tiere auch. Der Schwede ist nun unter den Menschen, was die Meerkatz unter den unvernünftigeren Biestern ist; da ist so viel unzüchtig Vernunft und hastig Glut in seinen Lebenssäften, daß die natürliche Vernünftigkeit, mit der Gott ja alle Menschen beschenket hat, seine argen Triebe und sündigen Begierden nicht zu zügeln vermag.«

Der Färber nickte ein paarmal zu dem, was der Kaufmann vorbrachte, und sagte dann: »Richtig, Erik Lauritzen, richtig; der Schwede ist von einer eigenen und absonderlichen Natur, andersartig als wir anderen Menschen. Ich kann allemal riechen, wenn eine fremdländische Person zu mir in meinen Laden tritt, ob er ein Schwede ist oder aus anderlei Volk. Der Schwede hat einen so scharfen Geruch an sich wie Ziegenböcke oder Fischlake. Ich hab so oft meine eigenen Gedanken bei der Sach gehabt, aber es ist so, wie Ihr es ausleget, es sind Dünste von seinen hitzigen und bestialischen Säften, so ist es.«

»Es ist doch kein Wunderzeichen«, warf ein altes Weib hin, das danebenstand, »wenn Schweden und Türken anders riechen als wie Christenmenschen tun.«

»Ach, was die da schwatzt, Mette Senfkökerin!« unterbrach sie der Färber, »glaubt Sie, daß der Schwede kein Christenmensch ist?«

»Ihr könnt sie ja Christen nennen, Färber Gert, wenns Euch so gefällt, aber Finnen und Heiden und Zauberer, das sind nach meinem Postillenbuch nie Christenmenschen gewesen; und das ist doch so wahr wie Gold, daß es zu Lebzeiten des hochseligen König Christian, damals als der Schwede in Jütland lag, also zuging, daß ein ganzes Regiment in einer Neumondnacht, als sie im besten Marschieren waren und es gerade Mitternacht wurde, auseinanderrannte wie die Werwölfe und anderes Teufelspack und heulend umherlief durch alle Wälder und Moore und Unheil anrichtete unter Menschen und Vieh.«

»Aber sie besuchen doch Sonntags die Kirche, weiß ich, und haben Pfarrer und Küster so wie wir.«

»Jawohl! könnt Ihr mir das bloß weismachen! Die Kirche besucht das Teufelspack wohl desselbigengleichen wie die Hexen zum Vespergottesdienst fahren, wenn der Böse Johannismette auf dem Blocksberg hält. Nein, und sie sind verhext und kugelfest; bei ihnen beißt nicht Kugel noch Blei, und sie haben einen bösen Blick, die Hälfte von ihnen; oder für was, glaubet Ihr, haben die Pocken jedesmal grassiert, sobald die Höllenkumpane ihre vermaledeiten Füße hier in das Land gesetzt haben? Antwortet mir auf das, Meister Färber! antwortet mir auf das, wenn Ihr könnt!«

Der Färber wollte just antworten, als Erik Lauritzen, der eine Weile dagestanden und sich unruhig umgesehen hatte, ausrief: »Still, still, Gert Pyper, was ist das wohl für eine Person, die dort so wie predigend redet und so dicht von den Leuten umdränget wird?«

Sie eilten zu dem Schwarm hin, und währenddes berichtete Färber Gert, daß es ihn bedünke, es sei ein gewisser Jesper Kiim, der die Predigt in der Heiligengeistkirche gehalten habe, der aber, wie er gelahrte Leute haben sagen hören, nicht so ganz richtig in seinem Glauben sei, wie es seiner Seligkeit und geistlichen Karriere dienlich wäre.

Es war ein doggenähnlicher, kleiner Mann von etwa dreißig Jahren mit langem, glattem und schwarzem Haar, breitem Gesicht, dicker, kleiner Nase, lebhaften, braunen Augen und roten Lippen. Er stand oben auf einer Haustürtreppe, gestikulierte stark und sprach schnell und feurig, aber ziemlich rauh und lispelnd.

... »Im sechsundzwanzigsten Kapitel«, sagte er, »schreibt der Evangelist Matthäus 51-54 also: ›Und siehe, einer von denen, die mit Jesu waren, reckte die Hand aus und zog sein Schwert und schlug des Hohenpriesters Knecht und hieb ihm ein Ohr ab. Da sprach Jesus zu ihm: ›Stecke das Schwert an seinen Ort; denn wer das Schwert nimmt, der soll durchs Schwert umkommen. Oder meinest du, daß ich nicht könnte meinen Vater bitten, daß er mir zuschickte mehr denn zwölf Legionen Engel? Wie würde aber die Schrift erfüllet? Es muß also gehen.‹

Ja, lieben Landsleute! es muß also gehen. – Nun lieget vor den niedrigen Wällen und der schwachen Befestigung dieser Stadt ein allmächtiger Haufe von wohlgerüsteten Kriegsleuten, und ihr König und Kriegsoberster hat seinen Mund aufgetan und Order und Befehl an sie ergehen lassen, daß sie mit Feuer und Schwert, mit Brennen und Belagerung sich diese Stadt und alles, so darinnen ist, untertan und gänzlich zu eigen machen.

Und die, so in der Stadt sind und sehen ihre Wohlfahrt bedräuet und ihren Ruin unmenschlich beschlossen, die legen Waffen an, die bringen Feuermörser und anderes schädliches Kriegsgerät auf die Wälle, und sie reden sich selber zu und sagen: Geziemet es uns nicht, mit brennender Lohe und blankem Schwert den Friedensstörern aufs Fell zu rücken, so uns platterdings wollen zugrunde richten? Wozu hat wohl Gott im Himmel Kuraschigkeit und Furchtlosigkeit in des Menschen Brust erwecket, wenn nicht, um solch einem Feind zu widerstehen und ihn zu verderben? Und wie der Apostel Petrus ziehen sie ihr Schlachtschwert und wollen plötzlich Malcho sein Ohr abhauen. Aber Jesus sagt: ›Stecke das Schwert an seinen Ort; denn wer das Schwert nimmt, der soll durchs Schwert umkommen.‹ Wohl mag das für die Unvernunft der Zornigen wie eine wunderliche Rede klingen und scheinen wie eine Torheit für die unsehende Blindheit des Haßerfüllten. Aber das Wort ist nicht wie der Schall einer Trompete, bloß zu hören; – gleichwie ein Schiffsraum, der mit vielen nützlichen Dingen beladen ist, also ist das Wort geladen mit Vernünftigkeit und Bedenken, denn das Wort ist ein Sinn zum Auffassen und Verstehen. Derohalben lasset uns das Wort erforschen und sukzessive herausfinden, wie es richtig ausgeleget werden muß. – Aus welcher Ursache soll das Schwert an seinem Orte verbleiben und der, so das Schwert ziehet, durchs Schwert umkommen? Solches haben wir in dreien Stücken zu betrachten:

Dieses ist nun das erste Stück, daß der Mensch ist ein weiser und über alle Maßen herrlich eingerichteter Mikrokosmus oder wie man es deuten kann: eine kleine Erde, eine Welt von Gutem als auch von Schlechtem; denn ist, wie der Apostel Jakobus sagt, schon die Zunge eine Welt von Unrecht, um wieviel mehr ist da der ganze Körper eine Welt! sowohl die begehrlichen Augen als auch die hastigen Füße und die greifenden Hände; sowohl der unersättliche Bauch wie die betenden Knie und die wachsamen Ohren? Und ist der Körper eine Welt, um wieviel mehr ist da nicht unsere kostbare und unsterbliche Seele eine Welt, ja, wie ein Garten voll süßer und bitterer Kräuter, voll gefräßiger Raubtiere der bösen Lüste und weißer Lämmer der Tugenden? Und ist nun der, so da eine solche

Welt zerstöret, für besser zu achten als Brandstifter oder ein Gewalttäter oder ein Marktdieb? und ihr wisset, was für eine Strafe einem solchen zu erleiden und zu erdulden geziemet.«

Es war jetzt ganz dunkel geworden, und der Volkshaufe um den Prädikanten erschien nur wie eine große, schwarze, leise bewegte beständig wechselnde Masse.

»Das zweite Stück ist dieses, daß der Mensch ein Mikrotheos ist, das heißt: eine Abspiegelung oder ein Gleichnis von Gott dem Allmächtigsten. Und ist der, so sich an Gottes Ebenbild vergreifet, nicht für schlimmer zu achten als der, der die heiligen Gefäße oder Gewänder der Kirche stiehlet oder Gewalt wider ein Gotteshaus verübet? und ihr wisset, welche Strafe einem solchen zu erleiden und auszustehen gebühret.

Das letzte und dritte Stück ist dieses, daß der Mensch erst Pflichten habet gegen seinen Gott und ist schuldig, für ihn ohn Unterlaß zu kämpfen und zu streiten, angetan mit der schimmernd blanken Rüstung eines reinen Lebens und umgürtet mit dem schneidenden Schwerte der Wahrheit. Also gerüstet, zieme es ihm zu streiten, ein Streiter des Herrn, der den Rachen der Hölle zerreißet und den Bauch der Hölle zertritt. Derohalben gebühret es uns, das leiblich Schwert an seinem Ort bleiben zu lassen, denn wahrlich, wir haben genug, uns mit dem geistigen zu mühen!«

Von beiden Enden der Straße sah man hin und wieder Leute kommen, die sich mit kleinen Handlaternen nach Hause leuchteten. Allmählich, wie sie auf die Versammlung stießen, stellten sie sich unter den äußersten auf, so daß sich bald ein gewundener Halbkreis von blinkenden kleinen Lichtern bildete, die verloschen und aufleuchteten, je nachdem sich die Leute bewegten; und dann und wann wurde auch eine Laterne emporgehoben und ließ ihren Schein suchend auf den weißgetünchten Mauern und dunklen Fensterscheiben der Häuser herumflackern, bis er auf dem ernsten Antlitz des Prädikanten Ruhe fand.

»Aber wie! sprechet ihr in euren Herzen und saget: sollen wir uns denn selber, an Händen und Füßen gebunden, unserm Feind überantworten, zur bitteren Trübsal und der Knechtschaft und Erniedrigung? – O, meine Geliebten, sprechet nicht also! denn da seid ihr zu rechnen gleich denen, so da meinen, daß Jesus seinen Vater nicht bitten könne, daß er ihm zwölf Legionen Engel und noch mehr zusende. O, fallet nicht in Verzweiflung, murret nicht in euren Herzen wider des Herrn Ratschlag und machet eure Leber nicht schwarz wider seinen Willen! Denn der, den der Herr niederschlagen will, der wird zermalmet; der, den der Herr aufrichten will, der lebet in Sicherheit. Und er ist der, so viele Wege hat, uns aus den Wüsten und Wildnissen der Fährlichkeit zu führen; oder vermag er nicht das Herz des Feindes zu wenden, oder ließ er nicht den Todesengel durch Sancheribs Lager schreiten, oder habet ihr vergessen die verschlingenden Wasser des Roten Meeres oder König Pharaos hastigen Untergang? . . .«

Hier ward Jesper Kiim unterbrochen.

Die Menge hatte ihn ziemlich ruhig angehört; nur draußen aus den äußersten Reihen war hin und wieder ein gedämpftes, drohendes Murmeln erklungen. Da war es, daß Mette Senfkökerins scharfe Stimme ihm gellend zuschrie: »Hu, du Höllengast! Willst du schweigen, schwarzer Hund, der du bist! – höret nicht auf ihn, es ist schwedisches Geld, das aus seinem Munde spricht!«

Es wurde einen Augenblick ganz still, aber dann brach der Lärm los: Hohnworte, Flüche und Verwünschungen regneten auf ihn herab. Er versuchte zu reden, aber da wurden die Rufe noch stärker, und die, so der Treppe zunächst waren, drängten drohend auf ihn ein. Ein weißhaariges Männchen ganz vorn, das die ganze Zeit während der Predigt geweint hatte, stach nun wütend nach ihm mit seinem langen, silberknopfigen Stock.

»Nieder mit ihm!« schrie man, »nieder mit ihm! er soll widerrufen, was er gesagt hat; er soll gestehen, was er gekriegt hat, um uns zu verführen. Nieder mit ihm! Gebt ihn uns hierher zum Geständnis! Wir wollen es ihm schon abzwacken!«

»Er soll in den Keller, das soll er«, riefen andere, »er soll in den Ratsstubenkeller! Langt ihn herab! langt ihn herab!«

Ein paar starke Kerle hatten ihn schon gepackt. Der Unglückliche klammerte sich an das Holzgeländer der Treppe; da rissen sie dieses und auch ihn auf die Straße hinab, hinunter unter die Menge. Er wurde mit Fußtritten und Faustschlägen empfangen. Alle Weiber zerrten an seinem Haar und seinen Kleidern, so daß kleine Jungen, die an der Hand ihres Vaters dastanden und zusahen, vor Vergnügen hüpften.

»Laßt Mette vorkommen!« wurde von hinten hergeschrien, »geht beiseite! beiseite! Mette soll ihn in Verhör nehmen.«

Mette kam hervor. »Will Er seine Teufelspredigt wieder zurücknehmen? will Er das, Meister Lurifax?«

»Nimmermehr, nimmermehr! Man soll Gott mehr gehorchen denn den Menschen, wie geschrieben stehet.«

»Soll man das!« sagte Mette und zog ihren Holzpantoffel aus und bedrohte ihn damit, »aber die Menschen haben Holzpantoffel, das haben sie, und du bist ein Soldknecht des Satans und nicht Gottes des Herrn, ich werd dich schlagen, das werd ich, daß dein Gehirn da nebenan auf der Mauer sitzen soll!« und sie schlug ihn mit dem Pantoffel.

»Versündiget Euch nicht, Mette«, stöhnte der Magister.

»Da soll denn doch der Satan!« kreischte sie.

»Still, still«, rief man, »nehmt euch in acht, nehmt euch in acht und dränget nicht so; da kommt Gyldenlöv, der Generalleutnant!«

Eine hohe Gestalt ritt vorüber.

»Lange lebe Gyldenlöv! der tapfere Gyldenlöv!« brüllte die Menge.

Man schwenkte mit Hüten und Mützen, und die Rufe wollten kein Ende nehmen; dann ritt die Gestalt weiter, dem Walle zu.

Es war der Generalleutnant der Miliz, Oberst zu Pferde und zu Fuß, Ulrik Christian Gyldenlöve, des Königs Halbbruder.

Die Menge zerstreute sich, es wurden weniger und weniger, bald waren es nur noch ein paar einzelne.

»Es ist gleichwohl kurios«, sagte Färber Gert, »da schlagen wir dem den Kopf entzwei, der von Friedfertigkeit redet, und rufen uns heiser für den, der am meisten schuld an dem Kriege ist.«

»Gott befohlen, Gert Pyper, Gott befohlen und eine geruhsame gute Nacht!« sagte der Kaufmann abbrechend und eilte von ihm weg.

»Der denkt an Mettes Pantoffel!« murmelte der Färber; dann ging auch er.

Drüben auf der Treppe saß Jesper Kiim ganz allein und hielt sich den schmerzenden Kopf; und oben auf dem Wall gingen die Wächter auf und nieder und spähten über das dunkle Land hinaus, wo alles still war, ganz still, obwohl Tausende von Feinden da draußen lagen.

Viertes Kapitel

Gelbrote Lichtflecke schossen über der meergrauen Nebelbank am Horizont auf und entzündeten die Luft über sich, so daß sie in einer sanften, rosengüldenen Flamme brannte, die sich weiter und weiter ausbreitete, bleicher und bleicher, bis hinauf zu einer langen, schmalen Wolke; sie griff nach ihrem welligen Saum, machte ihn glühend, goldig, blendend. Über dem Kallebostrand war es hell von violettem und rötlichem Widerschein aus den Wolken der Sonnenecke. Der Tau zitterte auf dem hohen Gras des Westerwalles, und die Spatzen zwitscherten auf den Dächern dahinter und in den Gärten davor, so daß die Luft ein einziges bebendes Klingen war. Aus den Gärten trieb ein leichter, feiner Dunst in schmalen Streifen, und die Bäume neigten langsam die fruchtschweren Zweige vor dem Lufthauch draußen vom Sunde her.

Ein langgezogenes, dreimal wiederholtes Hornsignal erscholl vom Westertor und ward aus den andern Stadtecken beantwortet. Die einsamen Schildwachen längs des Walles begannen schneller auf ihren Posten hin und her zu gehen, schüttelten die Mäntel und richteten an ihrer Kopfbedeckung: jetzt kam ja die Ablösung.

Draußen auf der nördlichen Station vor dem Westertor stand Ulrik Frederik Gyldenlöve und sah den weißen Möwen nach, die in segelndem Fluge über der blanken Wasserfläche des Wallgrabens auf und nieder strichen.

Flüchtig und leicht, bald matt, bald nebelhaft, bald farbenreich, stark, glühend, lebendig und klar jagten seine zwanzigjährigen Erinnerungen ihm an der Seele vorüber. Sie kamen im Duft starker Rosen und im Duft frischer, grüner Wälder; sie kamen im Klang von Jägerhallo, zum Ton von Geigen und im Rauschen knisternder Seide. Das Kindheitsleben da unten in der holsteinischen Stadt mit den roten Dächern zog fern, aber sonnenbeleuchtet vorüber; er sah die hohe Gestalt seiner Mutter, der Frau Margrete Pappen, ihr schwarzes Gesangbuch und ihre weißen Hände; die sommersprossige Kammerzofe mit den dünnen Knöcheln sah er, und den aufgedunsenen Fechtmeister mit dem rotblauen Gesicht und den schiefen Beinen. Der Garten von Gottorp zog vorüber und die Wiesen mit den frischen Heuschobern unten an der Förde, und da stand des Jägers täppischer Heinrich, der wie ein Hahn krähen und so prächtig flache Steine auf der Wasserfläche dahintanzen lassen konnte. Die Kirche kam mit ihrem wunderlichen Halbdunkel, ihrer stöhnenden Orgel, mit dem geheimnisvollen eisernen Gitter der Kapelle und dem mageren Christus, der die rote Fahne in der Hand hatte.

Vom Westertor erscholl wieder ein Hornsignal, und im selben Augenblick brach das Sonnenlicht hervor, grell und warm, und verjagte alle Nebel und dunstigen Töne.

Und dann war da die Jagd, wo er seinen ersten Hirsch schoß und der alte von Dettmer ihm die Stirn mit dem Blut des Tieres zeichnete, während die armen Jägerburschen wildschmetternde Fanfaren bliesen. Und dann war da der Blumenstrauß für des Schloßvogts Marlene und die ernste Szene mit dem Hofmeister, und dann war da die Reise ins Ausland mit dem ersten Duell im taufrischen Morgen, mit Annettens Kaskaden von klingendem Gelächter, mit dem Ball beim Kurfürsten und der einsamen Wanderung vor die Tore der Stadt, da sein Kopf von dem ersten Rausch schmerzte. Dann kam ein goldener Nebel mit dem Klang von Bechern und dem Duft von Wein, und da war Lieschen, und da war Lotte und da waren Marthas weißer Nacken und Adelaïdens runde Arme. Endlich die

Reise nach Kopenhagen, der gnädige Empfang seines königlichen Vaters, das geschäftig langweilige Hofleben der Tage und wilde Nächte, wo der Wein in Strömen floß und der Kuß raste, unterbrochen von dem lustigen Lärm prachtvoller Jagdfeste und dem zärtlichen Geflüster nächtlicher Stelldicheins im Ibstrupschen Garten oder in den goldenen Sälen des Hilleröder Schlosses.

Aber weit klarer als dies alles sah er Sofie Urnes brennend-schwarze Augen, weit mehr hingerissen lauschte er in der Erinnerung ihrer wollustweichen, schönen Stimme, die einen gedämpft wie mit weichem Armen an sich lockte und erhoben entfloh wie ein Vogel, der aufsteigt und einen mit übermütigen Trillern verspottet, während er davonfliegt . . .

Ein Rascheln unten im Buschwerk des Wallabhanges erweckte ihn aus seinen Träumen.

»Wer da!« rief er.

»Es ist bloß Daniel, Herr Gyldenlöve, Daniel Knopf«, kam die Antwort, und ein kleiner, gichtbrüchiger Mann kam aus dem Gebüsch heraus und verbeugte sich.

»Was! ›Die leibhaftige Kürze‹? Was tausend Seuchen macht Er da?«

Der Mann sah betrübt vor sich nieder.

»Daniel, Daniel!« sagte Ulrik Frederik und lächelte, »Er ist diese Nacht nicht ungeschädigt aus dem ›feurigen Ofen‹ hervorgegangen; der deutsche Brauer hat Ihm wohl zu stark eingeheizt.«

Der Gichtbrüchige schickte sich an, den Wallabhang hinaufzuklimmen. Daniel Knopf, auf Grund seiner Natur auch ›die leibhaftige Kürze‹ genannt, war ein reicher Großkaufmann von einigen zwanzig Jahren und war ebenso bekannt wegen seines Reichtums wie seiner scharfen Zunge und seiner Fechtkunst halber. Er pflegte viel Umgang mit dem jungen Adel, das heißt mit einem bestimmten Kreis, der unter dem Namen *»le cercle des mourants«* bekannt war und insonderheit aus jüngeren, dem Hofe zunächststehenden Leuten bestand. Ulrik Frederik war die Seele in diesem Kreis, der mehr lebenslustig als intelligent, mehr berüchtigt als beliebt, aber eigentlich ebenso bewundert und beneidet wie berüchtigt war.

Halb als Hofmeister, halb als Hofnarr lebte Daniel mit diesen Menschen. Er verkehrte nicht mit ihnen auf öffentlicher Straße oder in adeligen Häusern, aber auf dem Fechtboden, in Weinhäusern und in Herbergen war er ihnen ganz unentbehrlich. Keiner konnte so wissenschaftlich über Ballspiel und Hundedressur oder so salbungsvoll über Finten und Paraden reden. Keiner kannte den Wein wie er. Er hatte tiefsinnige Theorien über Würfelspiel und Liebeskunst und konnte lange und gelehrt über das Verwerfliche reden, die inländischen Stuten mit Salzburger Hengsten zu kreuzen. Er wußte endlich Anekdoten über alles, und was den andern jungen Leuten außerordentlich imponierte, er hatte seine bestimmten Ansichten über alles.

Dann war er in hohem Grade fügsam und dienstwillig, vergaß niemals den Unterschied zwischen sich und dem Adel und hatte ein so fabelhaft lächerliches Aussehen, wenn sie ihn aus Übermut und Trunkenheit auf irgendeine tolle Art ausstaffierten. Er ließ sich uzen und ausschelten, ohne böse zu werden, und war überhaupt so gutmütig, daß er sich manch liebes Mal selber preisgab, wenn er dadurch einem Gespräch Einhalt tun konnte, das für den Frieden in der Gesellschaft eine gefährliche Wendung zu nehmen begann.

Das war es auch, was es ihm möglich machte, mit diesen Leuten Umgang zu pflegen, und er *mußte* mit ihnen umgehen; für ihn, den bürgerlichen Krüppel, waren die Adeligen Halbgötter; nur sie lebten, nur ihre Freimaurersprache war menschliche Rede; über ihrem Dasein lag ein Tag von Licht und ein Meer von Luft, während die anderen Stände das Leben in farbenarmem Dunkel und qualmiger Luft verbrachten. Er verwünschte, daß er bürgerlich geboren war, als ein weit größeres Unglück denn seine Mißgestalt und grämte sich darüber, wenn er allein war, mit einer Bitterkeit und Heftigkeit, die dem Wahnwitz ziemlich nahe kam.

»Nun, Daniel«, sagte Ulrik Frederik, als der Kleine zu ihm heraufgekommen war, »es ist keineswegs ein geringer Nebel gewesen, so Er heute nacht vor den Augen gehabt hat, sintemal Er sich hier auf dem Westerwall festgesegelt hat; oder stieg der Kräuterwein gestern abend so hoch, sintemal ich Ihn hier sicher und trocken liegend antreffe, wie die Arche Noä auf dem Berge Ararat?«

»Prinz von Kanarien, Ihr redet irre, wenn Ihr meinet, ich sei heut nacht mit Euch beim Gelage gewesen!«

»Aber was zu allen Teufeln ist es denn mit Ihm?« rief Ulrik Frederik ungeduldig.

»Herr Gyldenleu«, antwortete Daniel ernsthaft und sah mit Tränen in den Augen zu ihm auf, »ich bin ein elendiger Mensch!«

»Er ist ein Krämerhund, das ist Er! Ist Ihm bange um eine Heringsschute, daß der Schwed Ihm die wegnimmt? Oder jammer Er darüber, daß ein Stillstand in Seinem Handel eintreten kann, und meint Er, daß Sein Safran die Kraft verliere und der Schimmel in Seinen Pfeffer und Sein Paradieskorn fallen könnt? Krämerseele, die Er ist! Als hätt ein guter Bürger sich nichts weiter zu Herzen zu nehmen, wie daß Sein schäbiger Kram zum Teufel geht, jetzt, wo es für König und Reich nach Untergang aussieht!«

»Herr Gyldenleu!«

»Ach, scher Er sich zum Teufel mit Seinem Geflenn.«

»Nein, Herr Gyldenleu«, sagte Daniel feierlich und trat einen Schritt zurück; »denn weder klage ich um Geschäftsabbruch noch über den Verlust von Geld oder Geldeswert; ich scher mich den Düwel und ein Deut um Heringe und Safran, aber weggeschickt werden wie ein Aussätziger oder Landes-Unehrlicher von Offizieren und Gemeinen, das ist ein Sündenunrecht wider mich, Herr Gyldenleu; – deswegen hab ich heut nacht im Gras gelegen und gewinselt wie ein räudiger Hund, der ausgeschlossen ist; deswegen hab ich mich gekrümmt und gewunden wie das elendigste kriechende Tier und zu dem Gott des Himmelreichs geschrien in meiner Kümmernis und Ohnmacht, und bin mit ihm ins Gericht gegangen, warum ich allein soll platterdings verworfen sein, warum mein Arm für verdorret und untauglich gelten soll, Waffen und Gewehr zu führen, alldieweil Diener und Handwerksburschen ausgerüstet werden . . .«

»Aber wer, zum Teufel, hat Ihn denn abgewiesen?«

»Ja, Herr Gyldenleu, ich lief zu den Wällen so wie die anderen, die liefen; aber kam ich zu der einen Abteilung, so sagten sie, sie könnten mitnichten mehr sein, und kam ich zu der nächsten, so sagten sie spöttischerweis, sie seien nur geringe Bürgersleut, dies sei kein Platz für Adelspersonen und vornehmes Volk, und mehr dergleichen Gewäsch; aber es gab auch Abteilungen, wo sie sagten, sie wollten nichts mit Gebrechlichen zu schaffen haben, sintemal sie Unglück brächten und die Kugeln nach sich zögen, und sie wären mitnichten gewillt, ihr Leben und ihre Glieder zu hazardieren, indem sie solch einen Menschen unter sich hätten, den Gott der Herr gezeichnet hätt. Da supplizierte ich an Generalmajor Ahlefeld, daß mir ein Platz möcht angewiesen werden, aber der schüttelt bloß den Kopf und lacht: so verzweifelt arg sei es denn doch auch noch nicht, daß sie die Reihen mit so verkrüppelten Stümpfen ausfüllen müßten, die ihnen mehr zu Ungelegenheit denn zu Hilfe sein würden.«

»Aber warum ging Er nicht zu einigen der Offiziere, mit denen Er bekannt ist?«

»Das tat ich auch, Herr Gyldenleu, ich dachte gleich an den Zirkel und kam denn auch mit zwei Mourants in Rede, mit des Königs Unterrock und dem Ritter Vergylt.«

»Nun, und die halfen Ihm?«

»Ja, Herr Gyldenleu, die halfen mir. – Herr Gyldenleu, die halfen mir, so daß Gott sie dafür heimsuchen mög! Daniel, sagten sie, Daniel, geh Er nach Haus und laus er seine Zwetschen! Sie hätten geglaubt, sagten sie, ich hätt so viel Konduite, daß ich nicht hierher kommen würd mit meinen Affenstreichen. Ein ander Ding sei es, daß ich ihnen gut genug wär als Komödiantenspieler und Possenreißer bei einer lustigen Pokulage, aber wenn sie in ihrem Amt wären, sollt ich ihnen aus den Augen bleiben. War das nun recht geredet, Herr Gyldenleu, nein, es war sündhaft, sündhaft war es! Daß sie sich mit mir in den Weinstuben gemein gemacht hätten, bedeutete mitnichten, daß sie mich für ihresgleichen ansähen, so daß ich hierher kommen dürft und mir einbilden, ich könnt ihren Umgang und ihre Gesellschaft haben, jetzt, wo sie in ihrer Bestallung wären. Ich sei ihnen zu aufdringlich, Herr Gyldenleu! ich solle nicht glauben, daß ich mich könnt in ihre Kompagnie eindrängen hier an diesem Ort, hier brauchten sie keinen Lustmajor! Das sagten sie zu mir, Herr Gyldenleu! Und ich verlangte ja doch nur, mein Leben Seite an Seite mit den andern Bürgern der Stadt aufs Spiel zu setzen.«

»Na ja«, sagte Ulrik Frederik und gähnte, »ich begreife wohl, daß es Ihn kränkt, daß Er von dem Ganzen ausgeschlossen sein soll. Und es wird Ihm ja auch ziemlich schwer fallen, an Seinem Pult still zu sitzen und zu schwitzen, dieweil die Zukunft des Reiches hier auf den Wällen entschieden wird. Na, Er *soll* mit dabei sein. Denn . . .« er blickte mißtrauisch auf Daniel nieder, »es steckt doch wohl keine Heimtücke dahinter, Mosjö?«

Der Kleine stampfte vor Wut auf die Erde, er wurde bleich wie eine gekalkte Wand, und seine Zähne knirschten gegeneinander.

»Na, na«, fuhr Ulrik Frederik fort, »ich verlasse mich auf Ihn; aber Er kann doch auch nicht verlangen, daß man Ihm trauen soll, als hätt Er ein adlig Wort zu vergeben; – und bedenke Er: seine eigenen Leute haben Ihn zuerst verworfen und . . . pst!«

Es donnerte ein Schuß draußen von einer der Stationen am Ostertor, der erste, der in diesem Krieg gelöst wurde.

Ulrik Frederik richtete sich auf, das Blut schoß ihm in die Wangen, sein Auge starrte begehrlich und gefesselt nach dem weißen Rauch, und als er sprach, klang ein seltsames Beben in seiner Stimme.

»Daniel!« sagte er, »im Laufe des Vormittags kann Er sich bei mir melden, und scher Er sich nicht an das, was ich gesagt hab.« Dann schritt er hastig den Wall entlang.

Daniel sah ihm bewundernd nach, dann seufzte er tief, setzte sich ins Gras und weinte, wie ein unglückliches Kind weint.

*

Es war um die Nachmittagszeit. Ein starker, stoßweiser Wind wehte durch die Straßen der Stadt und wirbelte Wolken von Spänen, Strohhalmen und Staub von einer Stelle weg und nach der andern hin. Er riß Dachziegel los, drängte den Rauch in die Schornsteine hinab und verfuhr übel mit den Schildern.

Die langen, dunkelblauen Fahnen der Färber schleuderte er in dunklen Bogen in die Höhe, klatschte sie in schwarzen Windungen hinaus und wickelte sie rund um die schwankenden Stangen herum. Die Räder der Rokkendreher schaukelten rastlos hin und her, die Kürschnerschilder schlugen mit den zottigen Schwänzen, und die prachtvollen Glassonnen der Glaser schwangen und blitzten in wirrer Unruhe um die Wette mit den blankgeputzten Becken der Bartscherer.

In den Hinterhöfen klappten Luken und Läden, die Hühner mußten sich hinter Tonnen und Schuppen verkriechen, und selbst die Schweine wurden unruhig in ihren Koben, wenn der Wind durch sonnenhelle Ritzen und Fugen zu ihnen hineinpfiff.

Trotz des Windes war es drückend heiß; es wehte Wärme herab.

Drinnen in den Häusern saßen die Leute und schnappten vor Hitze; nur die Fliegen summten lebhaft umher in der schwülen Luft.

Auf der Straße war es nicht zum Aushalten, und in den Beischlägen zog es; deswegen flüchteten auch alle, die Gärten hatten, da hinaus. In dem großen Garten, der hinter Christoffer Urnes Haus in der Vingaardsträde lag, saß ein junges Mädchen im Schatten einer der großen Ahornbäume. Sie saß und nähte.

Es war eine große, schlanke Gestalt; fast schmächtig war sie, aber der Busen war breit und voll. Ihr Teint war bleich, und ward noch bleicher durch das reiche, schwarze, gelockte Haar und die ängstlich großen, schwarzen Augen. Die Nase war scharf, aber fein, der Mund groß, aber nicht voll, und mit einer krankhaften Süße im Lächeln. Die Lippen waren sehr rot und das Kinn ein wenig spitz, dabei aber stark und kräftig geformt. Ihre Kleidung war nicht sehr ordentlich: eine alte schwarze Sammetrobe mit verblichener Goldstickerei, ein neuer, grüner Filzhut mit großen, schneeweißen Straußenfedern und Lederschuhe mit rotgeschlissenen Spitzen. Sie hatte Daunen im Haar, und weder ihr Halskragen noch ihre langen, weißen Hände waren ganz rein.

Es war Christoffer Urnes Brudertochter Sofie. Ihr Vater, der Reichsrat und Marschall Jürgen Urne zu Alslev, Ritter des Elefantenordens, war schon in ihrer Kindheit gestorben, die Mutter, Frau Margarete Marsvin, vor einigen Jahren. Sie hatte daher ihren Aufenthalt jetzt bei dem alten Oheim, und da er Witwer war, so war sie, jedenfalls dem Namen nach, die Lenkerin des Hauses.

Sie saß da und nähte und summte dazu, während sie im Takt den einen ihrer Schuhe auf der Spitze des Fußes schaukelte.

Über ihrem Kopf rauschten und schwankten die dichtbelaubten Kronen in dem starken Winde mit einem Geräusch wie von brausendem Wasser. Die hohen Stockrosen schwenkten ihre blütenknopfigen Spitzen hin und her in unbeständigen Bogen, wie von unruhigem Wahnsinn ergriffen; und das Himbeergestrüpp duckte sich verzagt und kehrte die helle Rückseite der Blätter nach außen, so daß es bei jedem Windhauch die Farbe wechselte. Dürre Blätter segelten durch die Luft, das Gras legte sich platt an die Erde, und auf den hellen Laubwellen der Spiräenstauden wiegte der weiße Blütenschaum auf und nieder in ewigem Wechsel.

Dann wurde eine Weile alles still, alles richtete sich auf, noch gleichsam zitternd vor Angst und in atemloser Erwartung, und im nächsten Augenblick kreischte der Wind wieder herab, und die Unruhwellen mit ihrem Brausen und ihrem Glitzern, ihrem wilden Wogen und rastlosen Wechseln breitete sich wieder über den Garten aus.

»Phyllis saß in ihrem Kahn,
Als sich Charidon tät nahn,

Laut er seine Flöte blies,
Sie die Ruder sinken ließ,
Und der Kahn trieb auf den Sand,
Und der Kahn trieb . . .«

Unten von der Pforte am andern Ende des Gartens her kam Ulrik Frederik gegangen. Sofie sah einen Augenblick verwundert da hinab, dann beugte sie sich wieder über ihr Nähzeug und summte weiter.

Ulrik Frederik schlenderte langsam den Steig hinauf, stand hin und wieder still und betrachtete die Blumen und tat überhaupt so, als habe er nicht gesehen, daß jemand im Garten war. Er bog dann in einen Seitenpfad ein, blieb hinter einem großen Jasminbusch stehen und richtete an seiner Uniform und seinem Gürtel, nahm den Hut ab und fuhr sich durchs Haar und ging dann weiter.

Der Steig beschrieb einen Bogen und mündete gerade vor Sophie.

»Ah, guten Tag, Jungfer Sofie!« rief er ganz überrascht aus.

»Guten Tag«, sagte sie ruhig und freundlich, befestigte nachdenklich ihre Nadel im Nähzeug, glättete es mit der Hand, sah dann lächelnd auf und nickte. »Willkommen, Herr Gyldenlöve.«

»Das nenn ich blindes Glück«, sagte er und verneigte sich; »ich erwartete, nur den Herrn Cousin der Jungfrau hier draußen zu finden.«

Sofie sah ihn schnell an und lächelte. »Er ist nicht hier«, sagte sie und schüttelte den Kopf.

»Nein«, sagte Ulrik Fredrik und sah vor sich nieder.

Nach einer kleinen Pause seufzte Sofie und sagte: »Was für eine schwüle Wärme es doch heut auch ist!«

»Ja, es zieht sich sicherlich zu einem Gewitter zusammen, wenn der Wind sich legt.«

»Ja-a«, sagte Sofie und starrte gedankenvoll zum Hause hinauf.

»Hörtet Ihr den Schuß heute morgen?« fragte Ulrik Frederik und richtete sich auf, wie um anzudeuten, daß er gehen wolle.

»Ja; es sind herzlich schwere Zeiten, denen wir diesen Sommer entgegengehen. Es könnt einem flugs schwach zumute werden, wenn man an die Fährlichkeiten für Menschen wie für Habseligkeiten denkt und wenn man so viele liebe Verwandte und gute Freunde hat wie ich, die allesamt in dieser unglücklichen Affäre mit dabei sind, und ausgesetzet, Leben oder Gesundheit, oder was sie sonst besitzen, zu verlieren, so ist da auch mehr als Ursach genug, auf allerhand trübe und wunderliche Gedanken zu verfallen.«

»Nein, Herzensjungfrau Sofie! Ihr dürfet um des lebendigen Gottes willen nicht in Tränen ausbrechen, Ihr malet Euch alles zu düster aus.«

»Tousiours Mars ne met pas au jour
Des objects de sang et de larmes.
Mais«

– und er ergriff ihre Hand und führte sie an seine Lippen. –

». . . tousiours l'Empire d'amour
Est plain de troubles et d'alarmes.«

Sofie sah naiv zu ihm auf.

Wie war sie nicht schön! Des Auges mächtige, saugende Nacht, wo der Tag in Schwärmen von wimmelnden Lichtfunken hervorquoll wie ein schwarzer Demantstein, der im Sonnenschein spielt; der Lippen schmerzlich schöner Bogen; der Wangen stolze Lilienblässe, die langsam in rosig glühender Röte entschwand, gleich einer Wolke, die die Morgensonne beleuchtet; und dunkelgeädert wie zarte

Blumenblätter die feinen Schläfen, die sich geheimnisvoll in dem dunklen Haar verloren ...

Ihre Hand zitterte in der seinen, kalt wie Marmor; sie zog sie sanft zurück und schlug die Augen nieder. Das Nähzeug glitt von ihrem Schoß, Ulrik Frederik beugte das eine Bein zur Erde, um es aufzuheben, und blieb in der knienden Stellung liegen.

»Jungfrau Sofie!« sagte er.

Sie legte ihre Hand auf seinen Mund und sah ihn milde ernst, fast schmerzlich an.

»Lieber Ulrik Frederik!« bat sie, »nehmet es mir nicht in bösem Sinne auf, daß ich Euch beschwöre, Euch nicht von einem augenblicklichen Sentiment verlocken zu lassen, eine Veränderung in dem angenehmen Verhältnis provozieren zu wollen, das bisher zwischen uns bestanden hat. Es frommet zu nichts, außer uns beide in Verdruß und Mißvergnügen zu bringen. Erhebet Euch aus dieser unvernünftigen Positur, und setzet Euch manierlich zu mir hier auf die Bank, daß wir in aller Ruhe miteinander reden können.«

»Nein, ich will mein Schicksalsbuch jetzt in dieser Stunde abgeschlossen haben«, sagte Ulrik Frederik und blieb liegen. »Ihr wisset nur wenig, wie groß und brennend die Amour ist, die ich für Euch hege, wenn ihr habet denken können, ich sollt mich genügen lassen, schlecht und recht Euer guter Freund zu sein. Um Christi blutigen Schweißes willen, glaubet doch nicht an eine so platterdings unmögliche Sach! Meine Liebe zu Euch ist keine träge schwelende Glut oder Funke, so Ihr mehren oder schwächen könnet mit dem Odem Eures Mundes, ganz wie es Euch beliebet; *par dieu!* sie ist ein lodernd und verzehrend Feuer, aber es stehet bei Euch, ob es sich soll zerstreuen und auslöschen in tausend wirren Flackerflammen und irrendem Wetterleuchten oder ob es erwärmend und ruhig fortbrennen soll, hoch und zum Himmel aufleuchtend.«

»Aber lieber Ulrik Frederik, seid doch barmherzig und habet Mitleid mit mir und führet mich nicht in eine Versuchung, der ich vielleicht nicht widerstehen kann; denn Ihr möget glauben, Ihr seid mir von Herzen lieb und wert; allein just aus der Ursach will ich mich bis zum Äußersten dawider verwehren, Euch in eine falsche und unvernünftige Situation zu bringen, so Ihr keineswegs fideliter könntet maintenieren. Ihr seid wohl an die sechs Jahre zum mindesten jünger als ich, und das, so Euch an meiner Gestalt jetzo vielleicht zum Behagen ist, kann das Alter leichtiglich entstellen oder in Häßlichkeit verkehren. Ja! Ihr lächelt, aber supponieret einmal, daß Ihr, wenn Ihr die Dreißig hinter Euch habet, Euch mit einer runzeligen Hexe von Eheliebsten herumschleppet, die Euch nur eine geringe Mitgift zugebracht hat und Euch auch auf keine andere Weise zur Förderung gewesen ist; denket Ihr nicht, Ihr wollet Euch da wünschen, Ihr hättet, als Ihr in den Zwanzigern wart, Euch mit einer jungen, fürstlichen Person vermählet, was sowohl Eurem Alter als auch Eurer Geburt allermeist gemäß war und was Euch auch besser hätt vorwärtsbringen können, als das einfache Adelsmädel getan hätt? Herzens-Ulrik Frederik, sprächet Ihr mit Euren hohen Verwandten, sie würden Euch dasselbige sagen; aber sie würden Euch nicht sagen, daß, wenn Ihr das adelige Fräulein heimführet, so da älter war als Ihr, sie Euch zu Tode quälen würde mit Ihrer Eifersucht; eifersüchtig würd sie sein auf jeden Eurer Blicke, ja auf Eure innersten Herzensgedanken; denn just weil sie wüßt, daß Ihr so viel habet fahren lassen, um sie zu fangen, würd sie sich anstrengen, daß ihre Liebe Euch die ganze Welt sein könnt. Glaubet mir, sie würd Euch mit ihrer abgöttischen Liebe umgeben wie mit einem Käfig aus Eisen, und spürte sie, Ihr sehnet Euch eine Minute da heraus, sie würd sich Tage und Nächte grämen und würd Euch jede Stunde verbittern in ihrem hoffnungslosen Schmerz.«

Sie erhob sich und reichte ihm die Hand. »Lebet wohl, Ulrik Frederik; es ist bitter wie der Tod, daß wir scheiden müssen, aber nach vielen Jahren, wenn ich ein altes, verblühtes Mädchen bin oder eines alten Mannes ältliche Eheliebste, da werdet Ihr finden, daß Sofie Urne recht hatte. Gott Vater halte seine Hand über Euch. – Erinnert Ihr Euch in dem spanischen Romanbuch an die Stelle von dem indianischen schlingenden Kraut, das in seiner Jugend seine Stütze an einem Baum hat, aber fortfährt, sich um ihn zu winden, lange nachdem der Baum morsch und eingegangen ist, und ist zuletzt dasjenige, das den Baum hält, der nichts mehr stützen kann. Glaubet mir, Ulrik Frederik, also wird auch mein Gemüt gestützet und getragen werden von Eurer Liebe, lange nachdem sie verwelket und hingeschwunden ist.«

Sie sah ihm gerade in die Augen hinein und wandte sich, um zu gehen, aber Ulrik Frederik hielt ihre Hand fest.

»Willst du mich denn ganz und gar rasend machen! Muß ich dir denn sagen, daß jetzo, da ich weiß, daß du mich lieb hast, keine Macht des Lebens Trennung zwischen uns bringen kann? Ahnest du denn nicht, daß es töricht ist, davon zu reden, was *du* willst oder was *ich* will? Ist nicht mein Blut wie trunken von dir, bin ich meiner selbst jetzt mächtig? Ich bin besessen von dir, so daß du, und wenn du auch in dieser Stunde dein Gemüt von mir abwenden tätest, dennoch mein werden solltest, dir zum Trotz, mir zum Trotz; ich liebe dich, als ob ich haßte – ich denke nicht an *dein* Glück, was rührt es mich, ob du in Glück oder Unglück kommst, wenn bloß *ich* mit bin in deiner Freude, wenn bloß *ich* mit bin in deinem Leide, wenn bloß *ich* . . .«

Er riß sie mit einem Ruck an sich und preßte sie an seine

Brust. Langsam erhob sie ihr Antlitz zu ihm empor und sah ihn lange mit tränengefüllten Augen an, lächelte dann: »Wie du also willst, Ulrik Frederik«; und sie küßte ihn leidenschaftlich mehrere Male hintereinander.

Drei Wochen darauf ward das Verlöbnis mit viel Pracht gefeiert. Der König hatte willig seine Zustimmung gegeben, um doch einmal dem gar lustigen Junggesellendasein Ulrik Frederiks ein Ende zu machen.

Fünftes Kapitel

Nach den Hauptausfällen am zweiten September und zwanzigsten Oktober war die Stadt voll von Ulrik Christian Gyldenlöves Ruhm. Oberst Satan, wie die Bürger ihn nannten. Sein Name war in aller Munde; es gab kein Kind in der Stadt, das nicht Bellarina, seinen Fuchs mit den weißen Socken, kannte; und wenn er vorüberritt, guckten die Schönjungfrauen der Stadt bewundernd der schlanken, hohen Gestalt nach in dem breitschößigen, blauen Trabantenrock mit den gewaltigen, weißen Aufschlägen, der roten Schärpe und dem spannenbreiten Degengehenk, und sie waren stolz, wenn ihr schönes Gesicht ihnen ein Nicken oder einen Blick von dem frechen Soldaten einbrachte. Ja, selbst die gesetzten Familienväter und ihre tollenhäubigen Matronen, die doch wußten, wie schlimm er war, und alle seine schönen Geschichten kannten, nickten einander vergnügt zu, wenn sie ihm begegnet waren, und vertieften sich in die schwierige Frage, wie es wohl der Stadt ergangen sein möchte, wenn er nicht gewesen wäre.

Daß die Soldaten und Wallmannschaften ihn vergötterten, war kein Wunder, denn er besaß ganz die volksgewinnenden Gaben seines Vaters, des Königs Christian. Allein auch in andern Beziehungen artete er ihm nach, er hatte sowohl seine Heftigkeit wie seine Unmäßigkeit geerbt, aber auch einen Teil seiner Begabung, seine Entschlossenheit und seinen Überblick. Er war sehr geradezu; ein mehrjähriger Aufenthalt an fremden Höfen hatte keinen Hofmann aus ihm gemacht, ja, er war nicht einmal sonderlich höflich; im täglichen Verkehr war er abstoßend wortkarg, und im Dienst tat er niemals den Mund auf, ohne zu fluchen und zu schwören wie der gemeinste Matrose.

Aber Soldat, das war er. Trotz seines jugendlichen Alters – er zählte nur achtundzwanzig Jahre – ordnete er die Verteidigung der Stadt und leitete die gefahrvollen, aber wichtigen Ausfälle mit einer so überlegenen Einsicht und einer so großen Reife der Pläne, daß die Sache wohl kaum bei irgendeinem andern von Frederiks des Dritten Männern in so guten Händen gewesen wäre.

Es war daher begreiflich, daß sein Name alle anderen verdunkelte und daß die Winkelpoeten in ihren versifizierten Berichten über die Ausfälle ihm zuriefen: »Du sieggekrönter Gyldenlöv, du Dänmarks Feind-Erretter«, oder ihn mit einem: »O, heil dir, heil du nordischer Mars, du tapferer David der Dänen«, begrüßten und ihm wünschten, daß sein Leben möge werden wie ein *cornu capiae* oder Füllhorn, voller Lob und Ehre, Gesundheit, Wohlstand und Glück; und es war äußerst natürlich, daß manche stille Abendandacht mit einem Gebet zu Gott endete, auch fernerhin Herrn Ulrik Christian zu erhalten; ja, es gab wohl einzelne fromme Gemüter, die zu dem Herrn seufzten, daß sein Fuß möge hinweggeleitet werden von den schlüpferigen Adelswegen der Sünde und sein Sinn von allem abgewendet bleibe, was böse sei, dem schimmernden Lichtkranz der Tugenden und der Wahrheit zu, auf daß derjenige, der in so vollem Maße die Ehre dieser Welt errungen habe, auch teilhaftig werden möge der einzigen wahren und rechten Ehre!

Marie Grubbe beschäftigte sich in Gedanken viel mit diesem nahen Anverwandten ihrer Muhme. Zufälligerweise war sie niemals mit ihm zusammen gewesen, weder bei Frau Rigitze noch anderswo; nur auf der Straße hatte sie ihn gesehen, einmal in der Dämmerung, als Lucie ihn ihr gezeigt hatte. Alle sprachen von ihm; fast jeden Tag wurden neue, mutige Züge von ihm erzählt; sie hörte und las auch, daß er ein Held war, und das jubelnde Murmeln, das in jener Dämmerungsstunde, als er vorüberritt, durch die Volksmenge gegangen war, hatte einen unauslöschlichen Eindruck auf sie gemacht.

Der große Name, wie es der Name des Helden ist, hob ihn ganz aus den Reihen der gewöhnlichen Menschen heraus. Sie hatte sich Helden eigentlich niemals wie andere Menschen vorgestellt. König Alexander von Mazedonien, Holger Danske, Ritter Bayard und ihresgleichen, das waren Helden, große, feine, strahlende Gestalten, die mehr Muster waren und so was, als daß sie Menschen waren wie andere Leute. So wie sie, als sie noch klein war, niemals geglaubt hatte, daß jemand es dahin bringen könne, so zierlich zu schreiben wie die Vorschriften, nach denen man schrieb, so war es ihr auch niemals eingefallen, daß jemand so weit gelangen könne, ein Held zu werden. Helden waren etwas Vergangenes, etwas, das gewesen war. Daß man einem Helden begegnen könne, einem wirklichen Helden, ihm zu Pferde in der Store-Färgesträde begegnen könne, so wild hatte sie niemals geträumt. Das Leben sah plötzlich ganz anders aus, es gab etwas anderes auf der Welt als das Alltägliche; das Große, Schöne, buntfarbig Reiche, wovon in den Geschichtsbüchern und den Liedern stand, das konnte einem alles begegnen. Es gab also wirklich etwas, wonach man sich mit ganzer Seele sehnen konnte; alle diese Worte, von denen Menschen und Bücher voll waren, sie bedeuteten etwas, waren etwas; es war ein Sinn in ihren unklaren Träumen, in ihrem Sehnen, es war nichts, was sie allein empfand; erwachsene Leute glaubten daran. Das Leben war reich, strahlend reich. –

Noch ahnte sie es nur; sie war davon überzeugt, daß es so wahr sei, aber sie konnte nicht sehen und fühlen, daß es so war. Er allein war das Handgreifliche für sie, war ihr ein Pfand dafür, daß es so war. Deswegen drehten sich alle ihre Gedanken und Träume ewig und beständig um ihn, und manch liebes Mal stürzte sie ans Fenster, wenn sie unten auf der Straße Huftrab vernahm, und sie überredete oft die willige Lucie, wenn sie draußen waren, einen Umweg mit ihr nach dem Schloß zu machen, aber sie sahen ihn niemals.

Und dann geschah es an einem der allerletzten Tage im Oktober, am Spätnachmittag, daß sie in einer der Fenstervertiefungen in dem langen Zimmer, wo der Ofen stand, saß und klöppelte. Frau Rigitze saß am Kamin, sie hatte ein kleines Becken mit glühenden Kohlen bei sich und nahm von Zeit zu Zeit einige getrocknete Blumen und Zimmetrinde aus einer Büchse, die sie auf dem Schoße hielt, und legte sie auf die Kohlen. Die Luft in dem niedrigen Zimmer war heiß und erstickend und süß, und zwischen den breiten, dunkelgeblümten Gardinen kam nur sehr wenig Licht herein. Aus der anstoßenden Kammer hörte man einen Rocken schnurren, und dazwischen nickte Frau Rigitze ein wenig ein in ihrem gepolsterten Stuhl.

Marie Grubbe war matt von der Wärme. Sie suchte, ihre heißen Wangen an den kleinen, betauten Fensterscheiben zu kühlen, und guckte gleichzeitig auf die Straße hinaus, wo eine dünne Schicht frisch gefallenen Schnees die Luft blendend hell machte. Sah sie dann wieder in die Stube hinein, wurde es da doppelt dunkel und drückend. Plötzlich trat Ulrik Christian so rasch zur Tür herein, daß Frau Rigitze zusammenfuhr. Er sah Marie nicht und setzte sich gleich drüben an den Kamin. Dann äußerte er ein paar entschuldigende Worte, daß es so lange her sei, seit er dagewesen war, sagte, daß er müde sei, setzte sich vornüber auf den Stuhl, die Hand unter der Wange, und schwieg still, Frau Rigitzens lebhafter Rede nur halbwegs lauschend.

Marie Grubbe war ganz bleich vor Erregung geworden, als sie ihn eintreten sah; sie schloß eine Weile die Augen, als schwindele es ihr, dann wurde sie glühendrot und hatte Mühe, Atem zu holen. Sie hatte ein Gefühl, als sinke der Fußboden unter ihr ein oder als schwebe das ganze Zimmer mit Stühlen, Tischen und Menschen durch die Luft hinab, und alles, was drinnen war, sah sie so wunderlich scharf und bestimmt, aber doch so unruhig; es war, als könne sie es nicht so recht mit dem Blick festhalten, und dann sah außerdem alles so neu und fremd aus. Indessen währte es nicht lange, bis dies vorüberging und sie wieder zu sich kam. Da war er also. Sie wünschte, sie wäre weit weg von hier oder bloß oben in ihrer Kammer, in ihrer friedlichen, kleinen Kammer; ihr war so bange; sie konnte merken, wie ihre Hände zitterten. Wenn er sie nur nicht sah!

Sie drückte sich lautlos tiefer in die Fensternische und richtete erst jetzt bestimmt den Blick auf den Gast ihrer Muhme.

So also sah er aus! Nicht viel viel größer? und seine Augen waren ja gar nicht funkelnd schwarz; blau waren sie, gute blaue, schwermütige Augen, das hatte sie sich gar nicht gedacht. Er war so blaß und sah so betrübt aus; – jetzt lächelte er, aber nicht wirklich fröhlich; seine Zähne waren so weiß, und wie sein Mund schön war, so fein und klein!

Je länger sie ihn ansah, desto schöner erschien er ihr, und sie fing an, sich darüber zu wundern, daß sie ihn sich größer und überhaupt anders gedacht hatte. Sie vergaß ganz ihre Furcht und dachte nur an all das Lob und Berühmen, das sie über ihn gehört hatte. Die ganze Zeit sah sie ihn an, und sie stellte sich ihn an der Spitze seiner

Scharen vor, vorwärtsstürmend unter dem Jubel des Volkes, und alles wich, oder es wurde beiseite geschleudert, wie die Wellen beiseite geschleudert wurden, wenn sie schäumend gegen die breite Brust eines Seglers anspringen. Die Kartaunen donnerten, Pallasche blitzten, und Kugeln pfiffen in dem gewitterdunklen Rauch, doch er sprengte vorwärts, keck und aufrecht, und an seinem Steigbügel schleifte der Sieg, wie in der Chronik stand, die sie gelesen hatte.

Voller Bewunderung und Begeisterung strahlte ihr Auge ihn an.

Bei einer plötzlichen Bewegung fing er den Blick. Er drehte den Kopf zur Seite, sah nieder und hatte Mühe, ein triumphierendes Lächeln zu unterdrücken; dann erhob er sich und tat, als bemerke er erst jetzt Marie Grubbe.

Frau Rigitze sagte, es sei ihre kleine Bruderstochter, und Marie machte ihr Kompliment.

Ulrik Christian war überrascht, auch ein wenig enttäuscht, zu erfahren, daß die Augen, die ihn so angesehen hatten, die eines Kindes waren.

»*Ma chère*«, sagte er ein wenig spitz und sah auf ihre Arbeit nieder. »Sie ist die größeste Meisterin darin, geheim und still zu arbeiten, die ich jemals gekannt habe; man hat ja die ganze Zeit nicht das geringste von Ihren Klöppelstöcken gehört.«

»Ach!« sagte Marie, die ihn wohl verstand, »als ich den Generalleutnant sah«, und sie schob das schwere Klöppelkissen auf die Fensterbank, »da kam es mir in den Sinn, daß es jetzt eher Zeit sei, für Verbandzeug zu sorgen als für Haubenstaat.«

»Da bedünket mich doch, Hauben kleiden ebenso scharmant in Kriegszeiten wie sonst«, sagte er und sah sie an.

»Ja, aber wer hat Gedanken dafür in Zeiten wie die heurigen!«

»Viele«, sagte Ulrik Christian, der anfing sich an ihrem Ernst zu ergötzen, »zum Beispiel ich!«

»Ja, ich verstehe«, sagte Marie und sah ernsthaft zu ihm auf, »es ist ja nur ein Kind, mit dem Ihr redet.« Sie machte einen zeremoniellen Knicks und griff nach der Klöppelarbeit.

»Warte Sie ein wenig, Jungfräulein!«

»Ach nein, lasset mich Euch nicht länger inkommodieren.«

»Hör Sie jetzt«, sagte er und packte sie hart bei den Handgelenken und beugte sie über den Klöppeltisch zu sich hinüber, »Sie ist mir bei Gott eine schwierige Person, aber«, flüsterte er, »hat Sie mir einen Guten Tag geboten mit einem Blick wie der, mit dem Sie mich angesehen hat, so will ich mitnichten, daß Sie mich eine Handwendung später mit so einem kärglichen Lebewohl grüßet; das will ich mitnichten – so – küsse Sie mich nun!«

Marie drückte mit Tränen in den Augen ihre bebenden Lippen auf die seinen, er ließ sie los, und sie sank neben dem Tisch nieder, den Kopf auf den Armen ruhend.

Marie war ganz verwirrt. Sowohl an diesem Tage wie an den folgenden hatte sie eine dumpfe Empfindung von Knechtschaft, daß sie nicht mehr frei sei. Es war ihr, als sei ihr ein Fuß auf den Nacken gesetzt, als sei sie in den Staub getreten und könne sich nicht wieder erheben. Aber es war kein bitteres Gefühl, es war kein Trotz in ihren Gedanken, kein Wunsch nach Rache war da. Eine wunderbare Ruhe war über ihr Gemüt gekommen, kein fliegender Schwarm bunter Träume und auch keine Sehnsucht mehr. Ulrik Christian gegenüber empfand sie nichts Bestimmtes, sie wußte nur, daß, wenn er sagte: komm, so mußte sie kommen, wenn er sagte: geh, so mußte sie sich entfernen. Sie verstand das nicht, aber so war es, es würde so bleiben, und anders konnte es niemals werden.

Sie klöppelte und nähte den ganzen Tag mit einer ungewöhnlichen Ausdauer, und während sie arbeitete, summte sie alle die traurigen Lieder, die sie kannte, vor sich hin: von den Rosen der Liebe, deren Farbe erblich und nie wieder blühte; von dem Burschen, der seine Maid verlassen und in das fremde Land ziehen mußte, woher er niemals, niemals wieder zurückkehrte; und von dem Gefangenen, der in dem tiefen Turm so traurig lange saß, und wie dann zuerst sein edler Falke starb, darnach sein treuer Hund starb und zuletzt sein gutes, graues Roß starb, während sein treuloses Weib, Malvina, fröhlich und froh und ohne Sorge lebte. Diese Lieder sang sie und viele andere, und zuweilen seufzte sie, zuweilen war sie dem Weinen nahe, so daß Lucie glaubte, sie sei krank, und haben wollte, daß sie Wegerichblätter in ihre Strümpfe legte.

Als Ulrik Christian ein paar Tage darauf wieder einsah und sanft und freundlich zu ihr redete, war auch sie, als ob nichts zwischen ihnen gewesen wäre; aber sie sah mit einer kindischen Neugier auf die großen, weißen Hände, die sie so hart angefaßt hatten, und sie spähte danach, was in seinem Auge und in seiner Stimme wohl gewesen sein konnte, was sie so hatte einschüchtern können, und auch den Mund mit dem schmalen, herabgebogenen Schnurrbart betrachtete sie, aber verstohlen und mit einer heimlich kitzelnden Angst.

In der nächstfolgenden Zeit kam er fast jeden oder jeden zweiten Tag, und Marie Grubbe wurde mehr und mehr von ihm eingenommen. Wenn er abwesend war, so erschien ihr das alte Haus öde und leblos, und sie sehnte sich nach ihm, wie der Schlaflose sich danach sehnt, daß es Tag werden möge; aber wenn er dann kam, war ihre Freude doch niemals voll und frei, sie fühlte sich ihm gegenüber immer so unsicher.

Eines Nachts träumte sie, daß sie ihn durch die dichtgefüllten Straßen reiten sehe, so wie an jenem ersten Abend; allein es erscholl kein Jubel, und alle Gesichter blickten kalt und gleichgültig nach ihm; ihr selber wurde angst in dem Schweigen, und sie wagte nicht, ihm zuzulächeln, sondern verbarg sich hinter dem Haufen; da sah er sich mit einem fragenden, seltsamen, wehmütigen Blick um, und er richtete sich auf sie, dieser Blick, und sie drängte sich vor durch das Volksgewimmel, warf sich nieder, gerade vor seinem Pferd, und das setzte seine kalten, eisernen Hufe auf ihren Nacken.

Sie erwachte, setzte sich aufrecht im Bett hin und sah sich verwundert um in der kalten, mondhellen Kammer; ach, es war nur ein Traum! und sie seufzte, sie wollte ihm doch so gern zeigen, wie sehr sie ihn liebte. – Ja, so war es, sie hatte es bisher noch nicht gewußt, sie liebte ihn. Es ward ihr bei diesem Gedanken, als liege sie im Feuer, es flimmerte ihr vor den Augen, und alle Pulse des Herzens pochten, pochten, pochten. Sie liebte ihn; wie wunderlich war es zu sagen: sie liebte ihn! so herrlich war es, so stolz, so gewaltig wirklich, aber doch so unwirklich. Herrgott, was konnte es helfen, sie liebte . . . und ihr kamen Tränen in die Augen aus Mitleid mit sich selbst – aber bei alledem! und sie barg sich wieder warm und weich unter dem Federbett, es war doch schön, dazuliegen und so an ihn und ihre Liebe zu denken, an ihre große, große Liebe.

Das nächste Mal, als Marie Ulrik Christian sah, war kein Gefühl der Unsicherheit in ihr, im Gegenteil, das Geheimnis, das sie in sich trug, machte sie bedeutend in ihren eigenen Augen, und die Furcht, es zu verraten, machte ihr Wesen beherrschter, fast gereift. Es kam nun eine herrliche Zeit, voller Träume und voller Sehnen, eine phantastisch herrliche Zeit; oder war es etwa nicht herrlich, wenn Ulrik Christian fortging, vor ihm und allen andern verborgen, ihm Hunderte von Handküssen nachzuwerfen, oder wenn er kam, sich vorzustellen, wie ihr geliebter Freund sie in die Arme schließen, sie bei allen süßen Namen der Welt nennen und sich zu ihr setzen würde, und wie würden sie einander dann in die Augen sehen – lange; und sie würde ihre Hand durch sein weiches, braunes, lockiges Haar gleiten lassen. Was machte es denn, daß es nicht geschah, im Gegenteil, sie wurde ganz rot bei dem Gedanken, daß es etwas sei, was wirklich geschehen könne.

Es waren schöne, glückliche Tage; aber da geschah es, daß Ulrik Christian Ende November gefährlich erkrankte. Seine Gesundheit, die lange durch Ausschweifungen nach allen möglichen Richtungen hin geschwächt war, hatte vielleicht das anhaltende Nachtwachen und die anstrengende Arbeit, die mit seinem Posten verbunden war, nicht aushalten können, oder vielleicht waren es neue Ausschweifungen gewesen, die den Bogen zu straff gespannt hatten. Ein schmerzhaftes, zehrendes Siechtum mit wilden Fiebergesichten und ewiger Unruhe brach aus und nahm nach Verlauf von kurzer Zeit eine so gefährliche Wendung, daß es offenbar war: der Name dieser Krankheit war der Tod.

Es war am elften Dezember.

In dem großen, lederbraunen Gemach, das zu Ulrik Christians Krankenzimmer führte, schritt der königliche Konfessionarius Hans Didrichsen Bartscheer unruhig auf und nieder über den mit kunstvoll geflochtenen Strohmatten belegten Estrich. Er blieb geistesabwesend vor den Gemälden an den Wänden stehen und betrachtete scheinbar mit großer Aufmerksamkeit die nackten, üppigen Nymphen, die ausgestreckt im Schatten dunkler Bäume lagen, die badenden Susannen und die süßliche Judith mit den kräftigen, nackten Armen; aber lange vermochten sie ihn nicht zu fesseln, er trat an das Fenster und ließ den Blick ratlos von dem grauweißen Himmel zu den feuchten, glänzenden Kupferdächern schweifen und zu den länglichen Haufen schmutzigen Tauschnees unten im Schloßhofe. Dann begann er von neuem seine unruhige Wanderung, murmelnd und gestikulierend.

Es deuchte ihm, als gehe die Tür, er blieb plötzlich stehen und lauschte: nein! dann holte er schwer Atem und ließ sich in einen Stuhl niederfallen, und da saß er und seufzte und rieb beklommen die Handflächen gegeneinander, als die Tür wirklich aufging und ein ältliches Frauenzimmer mit einer großen Fabelhaube aus rotgetüpfeltem Stoff ihm vorsichtig winkte.

Der Geistliche nahm sich zusammen, schob die Agende unter den Arm, glättete seine Samarie und trat in das Krankenzimmer.

Es war ein großer, ovaler Raum; von der Diele bis zur Decke mit dunklem Getäfel, aus dessen stark vertieften Mittelfüllungen eine Reihe häßlicher, buntgemalter Türken- und Mohrenköpfe mit weißen Zähnen hervorgrinsten. Ein dünnes, blaugraues Tuch, mit dem das schmale, tiefe Gitterfenster von unten verhangen war, hielt die untere Hälfte des Zimmers in einem tiefen Halbdunkel, während das Licht frei auf den Deckengemälden spielte, wo Pferde, Waffen und nackte Leiber zu einem unauflöslichen Wirrwarr vereint waren, und auf dem Baldachin des Himmelbettes mit seinen silbergefransten Vorhängen aus gelbem Damast.

Eine warme, von Salben und anderen Medikamenten beklommene Luft schlug dem Geistlichen entgegen, als er eintrat, und war nahe daran, ihm den Atem zu benehmen. Er griff nach einem Stuhl, und auf den gestützt, sah er in seiner Schwindligkeit alles sich an ihm vorüberdrehen: den Tisch mit Flaschen, Phiolen und Uringläsern, das

Fenster, die Krankenwärterin mit Schaube, das Bett mit dem Kranken, den Waffenständer und die offene Tür in das Nebenzimmer hinein, wo das Feuer im Kamin flammte.

»Gottes Friede, Herr!« grüßte er mit zitternder Stimme, als der Schwindel sich etwas gelegt hatte.

»Was zum Teufel will Er hier?« brüllte der Kranke und richtete sich im Bett auf.

»Gemach, gnädigster Herr, gemach«, beschwichtigte Ane Schuhmachersch, die Krankenfrau, und ging auf das Lager zu und strich liebkosend über das Federbett hin, »es is der hochwürdige Konfessionar Seiner Majestät, der hiegeschicket is und Euch beichten soll.«

»Gnädigster Herr! edler Herr Gyldenlöv!« begann der Geistliche und näherte sich dem Bett, »wohl weiß ich, Ihr habet nicht gehört zu den einfältigen Weisen oder weisen Einfältigen, so des Herrn Wort gehabt haben zu ihrem immerwährenden Stützestab und sein Haus zu ihrer stetigen Herberge, und obwohl der Gott, der die Kartaunen des Donners dröhnen lässet, auch der Gott ist, der die goldenen Palmen des Sieges oder die bluttraufenden Zypressen der Niederlage in seiner Hand hält, so ist es doch bei den Menschen, wo nicht zu entschuldigen, so doch zu begreifen, daß der, dem vieles Volk gegeben ist, darüber zu gebieten und ihm voranzugehen mit seinem vaillanten Exemplum, für eine Weile vergessen kann, daß wir wie eitel Nichts sind, wie ein schwankend Rohr, ja, wie kraftlose Pfropfreiser in des Weltenschöpfers gewaltigen Händen, und daß er törichtlich denket: dieses habe ich ausgerichtet, diese Tat ist eine Frucht, die ich zur Reife und zur Vollendung gebracht habe. Allein, teurer Herr! nun Ihr hier auf Eurem harten Schmerzenslager ruhet, nun hat sicherlich der Gott, der der huldreiche Gott der Liebe ist, Euren Verstand erleuchtet und sich Euer Herze zugewendet, so daß Ihr mit Angst und Beben harret, Eure unabgewaschenen Sünden zu bekennen, auf daß Ihr mit Vertröstung die Gnade und Vergebung empfahen könnet, die er mit beiden liebreichen Händen Euch zur Annahme entgegenstrecket. Der Wurm der Reue mit den scharfen Zähnen . . .«

»Bekreuzt mich vorn und bekreuzt mich hinten, Buße und Besserung, Vergebung der Sünden und das ewige Leben«, höhnte Ulrik Christian und setzte sich ganz aufrecht im Bette hin; »glaubt Er, glaubt Er, sauertöpfischer Glatzkopf, der Er ist, weil einem die Knochen in Stücken und Splittern aus dem Leibe herausschwären, daß man um diesetwillen geneigter sein sollt, sein Pfaffengeschwätz anzuhören?«

»Gnädigster Herr, Ihr mißbrauchet höchlich das Privilegium, das Euer hoher Stand und mehr noch Eure bedauerliche Krankheit Euch verleihen, unnötig einen geringen Diener der Kirche auszuschelten, der nur seine Pflicht erfüllet, indem er Eure Gdanken auf das zu wenden suchet, so für Euch sicherlich allein vonnöten ist. Ach, hoher Herr, es frommet wenig, wider den Stachel zu lecken! Hat nicht die verzehrende Seuche, so Euern Leib geschlagen hat, Euch gelehret, daß niemand dem Strafgericht des Herrn entgehen kann und daß die Geißelhiebe des Himmels auf Hohe wie auf Niedere fallen?«

Ulrik Christian unterbrach ihn lachend: »Da schwatzet Ihr, verzehr mich die Hölle, wie ein einfältiger Bube; das, was mich plaget, hab ich mir ehrlich und redlich selber verschaffet, und wenn Ihr wähnet, daß Himmel und Hölle einem dergleichen zuschicken, so will ich Euch sagen, daß man das durch Trinken und durch Nachtschwärmerei und durch Galanterie und solcherlei Dinge bekommt, darauf könnt Ihr Euch verlassen. Na, nun nehm Er mir aber seine hochgelehrten Beine zur Kammer hinaus, so geschwind

Er kann, sonst werd ich . . .« Hier bekam er einen seiner Anfälle, und während er sich unter großen Schmerzen wand und wimmerte, schwur und fluchte er so lästerlich und so kurios erschrecklich, daß der Geistliche bleich ward vor Ärgernis und Grauen, und er flehte zu Gott um Stärke und überzeugende Kraft, daß es ihm doch vergönnet sein möge, diese so hart verwahrloste Seele der Wahrheit und dem herrlichen Trost der Religion zugänglich zu machen; und als der Kranke wieder ruhig geworden war, begann er von neuem: »Herre, Herre, mit weinender Stimme rufe ich Euch an und flehe zu Euch, Ihr wollet ablassen von so garstigem Fluchen und Schwören, bedenket doch, daß die Axt schon an der Wurzel des Baumes liegt und daß er jählings abgehauen und ins Feuer geworfen wird, wenn er in seiner Unfruchtbarkeit beharret und nicht in der elften Stunde in Blüten ausbricht und Frucht ansetzet. Lasset ab von Eurer unseligen Widerspenstigkeit und werfet Euch voll Reue und Gebet vor die Füße Eures Erlösers . . .«

Ulrik Christian hatte sich, als der Pfarrer begann, auf das Kopfende des Bettes gesetzt, und nun wies er drohend nach der Tür und rief einmal über das andere: »Raus, Pfaff! raus, marsch! Ich duld Ihn nicht länger!«

»Und, lieber Herre«, fuhr der Geistliche fort, »wenn Ihr Euch verstecket, weil Ihr verzweifelt, Gnade zu finden, sintemal Euer Sündenberg so ohne Maßen, so höret denn mit Jubel, daß Gottes Gnadenquell unerschöpflich ist . . .«

»Toller Pfaffenhund, geht Er jetzt!« fauchte Ulrik Christian zwischen den zusammengebissenen Zähnen hervor, »eins – zwei –!«

»– und wenn Eure Sünden rot wären wie Blut, ja wie türkischer Purpur . . .«

»Rechtsum!«

»– er wird sie doch weiß machen wie des Libanons . . .«

»So soll doch Sankt Satan und alle seine heiligen Engel!« brüllte Ulrik Christian, indem er aus dem Bette sprang, einen Degen vom Waffenständer riß und heftig nach dem Pfaffen stieß; der aber hatte sich hurtig ins Seitengemach hinein geborgen und die Tür hinter sich zugeschlagen. Ulrik Christian rannte jetzt wütend gegen die Tür, fiel dann machtlos zu Boden und mußte ins Bett hinaufgehoben werden, doch er nahm den Degen mit.

Der Rest des Vormittags verging in schläfriger Ruhe, er hatte keine Schmerzen, und die Mattigkeit, die über ihn gekommen war, fand er angenehm und wohltuend. Er lag da und starrte die kleinen Lichtpunkte an, die sich zwischen den Fäden des Tuches hereindrängten, das vor das Fenster gehangen war, und zählte die schwarzen Ringe am Eisengitter. Dazwischen lächelte er vergnügt, wenn seine Gedanken auf die Priesterjagd kamen, und ward nur jedesmal verdrießlich, wenn Ane Schuhmachersch haben wollte, daß er die Augen schließen und versuchen sollte zu schlafen.

Bald nach Mittag wurde hart an die Tür geklopft, und unmittelbar darauf trat der Pfarrer an St. Trinitatis, Magister Jens Justesen, ein. Der große, wohlbeleibte Mann mit den groben, kräftigen Zügen, dem kurzen, schwarzen Haar und den großen, tiefliegenden Augen trat gleich an das Bett und grüßte: »Guten Tag.«

Sobald Ulrik Christian sah, daß wieder ein Geistlicher vor seinem Bett stand, wurde er so wütend, daß er an allen Gliedern bebte, und Flüche und Schimpfworte entfuhren ihm wider den Pfarrer, wider Ane Schuhmachersch, die seinen Frieden nicht besser wahren konnte, und wider Gott im Himmel und alle heiligen Dinge.

»Schweigt still, Menschenskind!« donnerte Herr Jens, »ist das eine Sprache für einen zu führen, der schon mit einem Bein im Grabe stehet? Brauchet Ihr lieber den flackernden Lebensfunken, der noch in Euch ist, um Euren Frieden mit dem Herrgott zu machen, als Streit anzufangen mit den Menschen. Ihr gebaret Euch ja wie ein Missetäter und Verbrecher, die, wenn ihr Urteil gefällt ist und sie sehen, daß sie den Zangen und dem Beil nicht entgehen können, die für sie in Bereitschaft gehalten werden, dann in ihrer elenden Ohnmacht drohen und mit schmutzigen Wahnsinnsworten wider Gott den Herrn dräuen und schelten, um sich damit selber Mut einzuflößen und sich solcherweise über der See nahezu tierischer Zerknirschung, dem gelähmten Feigheitszustand und knechtisch verzweifelter Reue aufrecht zu halten, in die doch solche Kumpane zuletzt sinken und vor denen sie fast mehr Furcht haben, als vor dem Tod und den Qualen des Todes.«

Ulrik Christian hörte ruhig zu, bis er den Degen unter dem Federbett hervorgestoßen hatte, da schrie er: »Hüte dich, Pfaffenwanst!« und machte einen Ausfall gegen Herrn Jens, der aber parierte sicher den Stoß mit seiner breiten Agende.

»Lasset doch solche Pagenstreiche fahren«, sagte er höhnisch, »dazu sind wir doch beide zu gut . . .! und Sie da«, – er wandte sich an Ane Schuhmachersch – »Sie läßt uns jetzt am besten allein.«

Ane ging, der Pfarrer zog seinen Stuhl an das Lager, und Ulrik Christian legte den Degen weg auf das Federbett.

Und dann sprach Herr Jens mit schönen Worten von der Sünde und der Sünden Sold, von Gottes Liebe zu den Kindern der Menschen und vom Tode am Kreuz.

Während der Geistliche sprach, spielte Ulrik Christian mit dem Degen, so daß das Licht auf der blanken Klinge spielen konnte, und er fluchte, trällerte Bruchstücke unzüchtiger Lieder und wollte ihn mit gotteslästerlichen

Fragen unterbrechen, aber Herr Jens ließ sich nicht stören und redete weiter von den sieben Worten am Kreuz, von dem heiligen Abendmahl, von der Vergebung der Sünden und den Freuden des Himmelreichs.

Aber da richtete sich Ulrik Christian im Bette auf und sagte Herrn Jens gerade ins Gesicht: »Das ist alles eitel Lug und Trug!«

»Hol mich der Teufel, wie ich hier stehe: es ist wahr!« rief der Pfarrer, »jedes ewige Wort«; und er schlug auf den Tisch, so daß Kruken und Gläser durcheinander fielen, und nun erhob er sich, und mit strenger Stimme redete er auf ihn ein und sagte: »Ihr verdienet, daß ich in meinem gerechten Zorn den Staub von meinen Fußsohlen schüttelte und Euch einsam hier liegen ließe, als sichere Beute des Teufels und seines Reiches, denn dahin werdet Ihr gewißlich kommen. Ihr seid von denen, die täglich den Herrn Jesum an den Galgen des Kreuzes nageln, und für solche stehen alle Pfuhle der Hölle bereit. Spottet nicht über den furchtbaren Namen der Hölle, denn das ist ein Klang, der ein Feuer der Pein umfaßt, ja, der das jämmerliche Geschrei und das Schmerzensknirschen der Gemarterten und sich vor Schmerz Windenden in sich schließet! Ach, die Not und die Qualen der Hölle sind größer, als ein Mensch zu fassen vermag, denn wenn einer radgebrochen und unter dem Zwicken glühender Zangen stürbe, und er erwachte im Feuer der Hölle, er würde sich nach seiner Richtstatt sehnen wie nach Abrahams Schoß. Wohl sind Seuch und Siechtum bitter für des Menschen Fleisch, wenn sie sich wie ein Zugwind Zoll für Zoll durch alle Fibern quälen und wenn sie die Sehnen spannen, als sollten sie zerreißen; wenn sie wie salzig Feuer in den Eingeweiden des Lebens brennen und mit stumpfen Zähnen an dem innersten Mark des Lebens nagen; aber die Qualen der Hölle sind wie ein sausender Sturmwind von Schmerzen, so an den kleinsten Gliedern der Gelenke zerren gleich einem wirbelnden Unwetter von unergründlichen Wehen, einem ewigen Wirbel von Jammer und Pein; denn wie eine Welle an den Strand spült und eine nächste folgte und die nächste wieder in alle Ewigkeit, so folgen die versengenden Stiche und Hiebe der Hölle aufeinander, ewig und ewiglich sonder Ende und Aufhören.«

Der Kranke sah sich verwirrt um; »ich will nichts«, murmelte er, »ich will nichts; ich hab weder mit Eurer Hölle noch mit Eurem Himmelreich zu schaffen; ich will sterben, einzig und allein sterben und nichts weiter.«

»Ihr werdet sicherlich sterben«, sagte der Pfarrer, »aber am Ende von dem dunklen Gange des Todes sind nur zween Pforten, eine hinein zu den Freuden des Himmelreichs und eine zu dem Jammer der Hölle, und ist kein anderer Weg zu kommen, gewißlich nicht.«

»Ja, da ist einer, Pfaff, da ist einer – ist da nicht einer? Antworte! Ist da nicht ein tiefes, tiefes Grab dicht dabei für die, die ihre eigenen Wege gingen, ein tiefes, schwarzes Grab zu nichts, zu gar nichts in der Welt?«

»Die, so ihre eigenen Wege gingen, die steuern dem Reich des Teufels zu; es wimmelt von ihnen vor den Pforten der Hölle, Hohe und Niedere, Alte und Junge, sie stoßen sich und drängen sich, um dem klaffenden Schlund zu entrinnen, und sie schreien erbärmlich zu dem Gotte, dessen Weg sie nicht haben folgen wollen, daß er sie hinwegführen soll. Das Geheul der Abgründe ist über ihren Häupten, und sie winden sich in Angst und Elend, aber die Pforten der Hölle werden sich über ihnen schließen, wie sich die Wasser über dem Ertrinkenden schließen.«

»Ist das nicht etwas, was Ihr nur so erzählet? Wie? Bei Eurem ehrlichen Namen, ist es was anderes als nur Erdichtetes?«

»Ja!«

»Aber ich will nichts, ich will von Eurem Herrn nichts wissen, ich will gar nicht ins Himmelreich, bloß sterben.«

»So fahre denn zu der schauerlichen Marterstatt der ewig Verdammten, wo die siedenden Wogen des unendlichen Schwefelsees die unseligen Scharen umtosen, deren Gliedmaßen in den Krämpfen der Qual zucken und deren heiße Münder zwischen den züngelnden Flammen der Oberfläche nach Luft saugen. – Ich sehe ihre Leiber umhertreiben gleich weißen Möwen auf dem Meere, ja wie fliegender Gischt in blasendem Sturm, und ihre Schreie sind wie das Brüllen der Erde, wenn Erdbeben ihre Eingeweide erschüttern, und ihr Jammer ist ohne Namen. Ach, daß mein Herz dich losbeten dürfte, du Armer! allein die Gnade hat ihr Antlitz verhüllet, und die Sonne der Barmherzigkeit ist untergangen.«

»Aber so hilf mir doch, hilf mir doch, Pfaff!« stöhnte Ulrik Christian, »wozu bist du Pfarrer, wenn du nicht helfen kannst? bete! um Gottes willen, bete! sind denn keine Gebete in deinem Mund? oder gib mir deinen Wein und dein Brot, darin ist ja Rettung, sagen sie, im Wein und im Brot; oder sind das Lügen, lauter schändliche Lügen? ich will vor deinem Gott kriechen wie ein reuiger Knabe, er ist ja so stark, so ungerecht stark, so trostlos mächtig; mach ihn gut, deinen Gott, mach ihn gut gegen mich, ich beuge mich, ich beuge mich, ich kann ja nicht mehr!«

»Bete!«

»Ja, ich will beten, ich will beten, soviel es sein muß – ja!« und er legte sich im Bett auf die Kniee und faltete die Hände. »Ist das recht?« fragte er und sah Herrn Jens an, »und was soll ich sagen?«

Der Pfarrer antwortete nicht.

Eine Weile lage Ulrik Christian so und starrte mit großen, fieberglühenden Augen empor; »es sind keine Worte da, Pfaff«, wimmerte er; »Herr Jesus, sie sind allesamt weg«, und er brach weinend zusammen.

Plötzlich fuhr er auf, griff nach seinem Degen, zerbrach ihn und schrie: »Herr Jesus Christus, sieh, ich zerbreche meinen Degen!« und er hielt die blanken Klingenstücke in die Höhe: »Pardon, Jesus, Pardon!«

Der Pfarrer sprach jetzt Worte der Versöhnung zu ihm und beeilte sich, ihn auf den Tod vorzubereiten, da es nicht so aussah, als werde er es noch lange machen. Dann rief Herr Jens Ane Schuhmachersch und entfernte sich.

Da die Krankheit für ansteckend gehalten wurde, kam keiner von den Nächststehenden zu dem Kranken hinein; aber in einem Gemach im unteren Stockwerk waren einige Anverwandte und Freunde, der Leibmedikus des Königs und ein paar Hofkavaliere versammelt, um die Besuche der Adelspersonen, Gesandten, Offiziere, Hofleute und Ratsmänner zu empfangen, die kamen, nach seinem Befinden zu fragen. Der Friede des Krankenzimmers ward daher nicht gestört, und Ulrik Christian war wieder allein mit Ane Schuhmachersch.

Es begann zu dämmern. Ane legte etwas Holz auf das Feuer im Kamin, zündete ein paar Kerzen an, holte ihr Gebetbuch hervor und setzte sich gemütlich zurecht; sie zog ihre Schaube nach vorn und fiel bald in Schlaf. Draußen im Vorzimmer waren ein Bader und ein Lakai postiert, für den Fall, daß etwas geschehen sollte; sie lagen nun beide dort am Fenster auf dem Fußboden und spielten Würfel auf der Strohmatte, damit es nicht rassele, und sie waren so vertieft in ihr Spiel, daß sie nicht merkten, wie jemand durch das Zimmer schlich, bis sie die Tür des Krankengemachs sich hinter diesem jemand schließen hörten.

»Es war der Medikus!« sagten sie und sahen einander erschreckt an.

Es war Marie Grubbe.

Sie näherte sich lautlos dem Bett und beugte sich über den Kranken, der still dalag und schlief. In dem schläfrigen, unbestimmten Licht sah er so bleich und fremd aus, die Stirn so leichenblaß, die Augenlider so seltsam groß; und die mageren, wachsgelben Hände tasteten matt und hilflos auf dem dunkelblauen Kissen herum.

Marie weinte. »Bist du so krank?« murmelte sie. Sie ließ sich vor dem Bett auf die Knie nieder, stützte ihre Ellenbogen auf den Bettrand und sah ihm gerade ins Gesicht.

Er wimmerte und schlug die Augen auf. Suchend und unruhig war sein Blick.

»Ulrik Christian!« sagte sie und legte ihre Hand auf seine Schulter.

»Sind hier noch mehr?« stöhnte er matt.

Sie schüttelte den Kopf. »Bist du sehr krank?« fragte sie.

»Ja, es ist bald aus mit mir.«

»Nein, nein, das darf nicht sein, denn wen habe ich noch, wenn du dahingehst? Nein, nein, wie soll ich das aushalten?«

»Zu leben? – es ist leicht zu leben; aber ich habe das Brot des Todes und den Wein des Todes empfahen, ich muß sterben . . . ja, ja, ja . . . Brot und Wein, Fleisch und Blut – glaubst du, das kann . . . nein, nein, Jesu Christi Name, Jesu Christi Name! Sprich ein Gebet, Kind, ein recht stark Gebet!«

Marie faltete ihre Hände und betete.

»Amen, Amen! Bete noch einmal! ich bin ein so großer Sünder, Kind, es gehört soviel dazu, bete noch einmal, ein langes Gebet mit vielen Worten – vielen Worten! – ach nein? Was ist denn das? Warum dreht sich das Bett? – halt fest, halt fest! es geht herum . . . wie ein wirbelndes Unwetter von vielen Qualen, ein ewiger Wirbel von Qualen und . . . ha, ha, ha . . . bin ich wieder trunken? Was ist das für ein Spiel. Und was, Teufel, habe ich denn getrunken? – Wein! – jawohl, es war Wein, was ich trank! ja, ja, lustig, mein Kind, lustig, küß mich, mein Huhn!

Herzen und küssen
Ist Himmel auf Erd . . .

küß mich noch einmal, mein Schnutechen, ich bin so kalt, aber du bist rund und warm . . . küß mich warm! – und du bist weiß und drall, weiß und glatt . . .«

Er hatte seine Arme um Marie geschlungen und preßte das erschreckte Kind an sich. Im selben Augenblick erwachte Ane Schuhmachersch und sah den Kranken dasitzen und mit einem fremden Frauenzimmer schäkern. Drohend hielt sie ihr Gebetbuch empor und schrie: »Raus, du höllisch Weib – sitzt mich das lose Ding und tändelieret mit de sterbende Gnad! Raus, wer du bist – elender Bote des Menschenfeindes, des lebendigen Teufels!«

»Teufel!« brüllte Ulrik Christian und schleuderte entsetzt Marie Grubbe von sich. »Weiche von mir, Satan! hinaus, hinaus!« und er schlug Kreuz auf Kreuz; »o, du verfluchter Teufel! du wolltest mich zur Sünde verlocken in meinem letzten Atemzug, in der letzten Stunde, wo eins so vorsichtig sein soll, fort, fort, fort, im gesegneten Namen des Herrn, du verdammte Gestalt!« Mit weit aufgerissenen Augen und Grauen in jedem Zuge stand er im Bett auf und deutete nach der Tür.

Sprachlos und außer sich vor Entsetzen stürzte Marie hinaus.

Der Kranke warf sich nieder und betete und betete, während Ane Schuhmachersch laut und langsam das eine Gebet nach dem andern aus ihrem großgedruckten Buche las.

Ein paar Stunden darauf starb Ulrik Christian.

Sechstes Kapitel

Nach dem Sturm auf Kopenhagen im Februar sechzehnhundertneunundfünfzig zog sich der Schwede zurück und begnügte sich damit, die Stadt eingeschlossen zu halten.

Die Belagerten atmeten nun freier, die Lasten des Krieges wurden minder drückend denn zuvor, man bekam Zeit, sich zu verschnaufen und sich zu freuen über das, was man ausgerichtet hatte, und über das, was man gewonnen hatte an Ehren als auch an Privilegien. Wohl gab es auch solche, die dem bewegten Kriegerleben Geschmack abgewonnen hatten und die mit Mißmut eine triste, langweilige Friedenszeit ihre alltäglichen Szenen entfalten sahen; allein die Hauptmasse der Bevölkerung war froh und fühlte sich leicht ums Herz. Und die Freude machte sich Luft in munteren Gelagen, denn alle die Hochzeiten, Kindelbiere und Verlobungsschmäuse, die aufgeschoben waren, solange der Feind so erdrückend nahe war, versammelten jetzt frohe Scharen in jeder Straße und Gasse der Stadt.

Jetzt fand man auch Zeit, sich mit seinen Nachbarn zu beschäftigen und den Splitter in ihren Augen zum Balken zu machen. Man fand Zeit, einander zu verleumden, zu beneiden und zu hassen. Brotneid und Glücksneid lebten kräftig auf, und alte Feindschaft schlug in neuem Groll und neuem Rachedurst aus. Einer war da, der in der letzten Zeit die Zahl seiner Feinde vermehrt und fast den Haß aller auf seinem Haupt gesammelt hatte, und das war Corfitz Ulfeldt. Ihn konnte man jetzt nicht treffen, denn er war in Sicherheit im Lager der Feinde; aber diejenigen von seiner und seiner Ehefrau Sippe, die man ihm freundlich gesinnt glaubte, betrachtete man mit mißtrauischen Blicken, belauerte und schikanierte sie, und der Hof kannte sie nicht.

Es waren freilich nicht viele, denen solches galt, aber unter den wenigen war Sofie Urne, Ulrik Frederiks Braut.

Die Königin, die Ulfeldts Ehefrau mehr haßte, als sie Ulfeldt selber haßte, war von Anfang an gegen Ulrik Frederiks Verbindung mit einer Dame gewesen, die Eleonore Christine so nah verknüpft war, und jetzt, da Ulfeldts letzte Handlungen ihn und die Seinen in ein noch gehässigeres Licht als früher gestellt hatten, begann sie wieder, sowohl beim König als bei andern, darauf hinzuarbeiten, daß die Partie aufgehoben werde.

Es währte nicht lange, bis der König denselben Wunsch hatte wie die Königin, denn man hatte ihm die wirklich intrigante Sofie Urne so listig und gefährlich und Ulrik Frederik so leichtsinnig und so leicht zu lenken geschildert, daß es ihm klar wurde, wieviel Verdrießlichkeit und Unfriede hieraus erwachsen könne; aber er hatte nun einmal seine Einwilligung gegeben und war allzu empfindlich betreffs seines Wortes und seiner Ehre, um sie zurückzunehmen. Er versuchte daher, Ulrik Frederik zu überreden. Er zeigte ihm, wie leicht das gute Verhältnis, in dem er zum Hofe stand, durch eine Person gestört werden könne, die mit Recht ihm und der Königin so sehr zuwider war, da ihre Sympathien so ganz bei den Feinden des Königshauses seien; und ferner, wie er seinem eigenen Glück im Wege stünde, sintemal schwerlich dem wichtige Ehrenposten anvertraut werden würden, den man unter beständiger Einwirkung eines dem Hofe feindlichen Kreises wisse. Endlich deutete er auf Jungfrau Sofies ränkevollen Charakter hin und äußerte seine Zweifel, ob sie wirklich Liebe zu ihm hege, denn eine echte und aufrichtige Liebe, sagte er, hätte eher entsagt, als sein Objekt in

Gefahr und Ungelegenheit zu bringen, würde sich eher trauernd verborgen gehalten haben, als sich jubilierend zu offenbaren, aber Jungfrau Sofie habe sich keine Skrupeln gemacht, im Gegenteil, sie habe seine Jugend und seine blinde Liebe ausgenutzt. So sprach der König, allein er erreichte nichts bei Ulrik Frederik, denn der hatte noch in frischer Erinnerung, wieviel Überredung es ihn gekostet hatte, die Jungfrau zu bewegen, ihre Gesinnung zu erkennen zu geben; und als er von dem König ging, war er noch fester denn zuvor entschlossen, daß nichts sie scheiden sollte. Sein Werben um Sofie war der erste ernsthafte Schritt, den er in seinem Leben getan hatte, und er setzte seine Ehre darein, daß er vollständig getan wurde, es waren immer so viele Hände bereit gewesen, ihn zu leiten und zu führen; aber er war jetzt zu alt, er konnte allein gehen, und er wollte es. Was war der Hof und des Königs Gnade, was waren Glanz und Ehre für ihn gegen seine Liebe? nur für die wollte er kämpfen und entbehren, nur in der wollte er leben.

Allein der König ließ Christoffer Urne wissen, daß er gegen die Verbindung sei, und das Haus wurde daher Ulrik Frederik verschlossen, der jetzt nur verstohlen Jungfrau Sofie besuchen konnte. Im Anfang war das wie Wind für brennende Flammen, aber allmählich bewirkte es, daß er seine Braut seltener sah, daß er ihr gegenüber klarsichtiger wurde, und es gab Augenblicke, in denen er an ihrer Liebe zweifelte, ja nicht einmal recht wußte, ob sie ihn an jenem Sommertage nicht an sich gelockt habe, während sie ihn zurückzuhalten schien.

Der Hof, der ihn bisher mit offenen Armen aufgenommen hatte, zeigte ihm jetzt eine eisige Kälte. Der König, der sich früher so warm mit seiner Zukunft beschäftigt hatte, war jetzt die Gleichgültigkeit selbst; jetzt waren da keine Hände ausgestreckt, um ihn zu leiten, und er begann sie zu vermissen, er war gar nicht der Mann, der dazu taugte, *gegen* den Strom zu schiffen, schon wenn er ihn nicht trug, war er mutlos. Von seiner Geburt an war ihm ein güldener Faden in die Hand gelegt; wenn er dem nur folgte, ging es aufwärts zu Glück und Ehre, er hatte ihn fallen lassen, um sich selbst hindurch zu finden, noch schimmerte er vor ihm – sollte er ihn wieder ergreifen? Er konnte sich nicht ermannen, dem König zu trotzen, er konnte von Sofie nicht lassen; auf Schleichwegen mußte er sich hinstehlen, um sie zu besuchen, sein Stolz litt unter dieser unwürdigen Schleicherei, das war ihm fast das Härteste von allem; er war gewohnt, in Pomp und Pracht zu kommen, gewohnt, jeden Schritt, den er tat, nach Fürstenart zu tun, und dies war so ganz anders. Tage vergingen und Wochen vergingen in tatenlosem Grübeln und totgeborenen Plänen; es ekelte ihm vor seiner Ratlosigkeit, er empfand Verachtung vor sich selbst, und dann der Zweifel: hatte nicht sein ewiges Zögern ihre Liebe getötet oder hatte sie ihn nie geliebt? sie sei so klug, sagten sie, ja, freilich war sie klug, aber war sie *so* klug, wie sie sagten? ach nein, was war da Liebe, wenn sie nicht liebte, und doch, und doch . . .

Hinter Christoffer Urnes Garten lief ein kleiner Gang entlang, nicht breiter, als daß ein Mann sich hindurchzwängen konnte; den Weg mußte Ulrik Frederik gehen, wenn er seine Braut besuchen wollte, und er nahm da gern ›die leibhaftige Kürze‹ mit, um am Ende des Ganges Wache zu halten, damit ihn niemand von der Straße her über den Plankenzaun klettern sehen sollte.

Es war eine laue, mondhelle Sommernacht, drei, vier Stunden nach Schlafenszeit. Daniel hatte sich in seinen Mantel gehüllt und sich auf die Überreste eines Schweinetroges gesetzt, der aus einem anstoßenden Hof in den

Gang hinübergeworfen war; er war frohen Sinnes, ein klein wenig bezecht und saß da und kicherte leise über seine eigenen lustigen Gedanken. Ulrik Frederik war schon über den Plankenzaun in den Garten hinein. Der Holunder duftete stark, auf dem Rasen lag Leinewand in langen, weißen Stücken zur Bleiche, es rauschte leise im Ahornbaum über ihm und in den Rosensträuchen neben ihm; sie waren voll von roten Blüten, aber in dem starken Mondlicht erschienen sie ihm fast weiß. Er ging nach dem Hause hinauf, da lag es mit seiner grellen, weißen Wand und den gelblich glitzernden Fensterscheiben. Wie still alles war, strahlend und still . . .! Jetzt zitterten die schwirrenden Glastöne einer Grille durch die Luft, die scharfen, bläulichen Schatten der Stockrosen standen wie gemalt auf der weißen Mauer, ein feiner Dampf stieg über der Bleiche auf – nun, den Türhaken ab, und er war drinnen in der Dunkelheit. Vorsichtig tastete er sich die alte Treppe hinauf, die beklommene, gewürzte Bodenluft schlug ihm entgegen, und unter seinen Füßen knarrten und knarrten die morschen Dielen. Der Mond schien durch ein kleines Dachfenster herein und zeichnete dessen viereckige Form in Licht mitten auf die platte Oberfläche eines Kornhaufens – über den Haufen hinweg; der Staub wirbelte in dem Licht hinter ihm auf; jetzt war er an der Tür der Giebelkammer. Die öffnete sich von innen, ein schwacher, rötlicher Lichtschimmer ließ einen Augenblick den Kornhaufen, den schrägen, rußgelben Schornstein und die Sparren des Daches aus dem Dunkel heraustreten, dann verschwand das, und er stand drinnen bei Sofie in der Kleiderkammer des Hauses.

Sie war klein und niedrig, angefüllt mit großen Linnenschränken; unter der Decke hingen Leinwandbeutel mit Daunen und Federn; alte Spinnrocken standen in den Winkeln, und die Wände waren mit Zwiebelbündeln und silberbeschlagenem Pferdegeschirr behängt. Drüben unter dem Fenster, das mit großen hölzernen Laden verschlossen war, stand auf einer messingverzierten Truhe eine kleine Handlaterne. Sofie öffnete die Hornscheibe daran, damit sie ein wenig besser leuchten könne; ihr Haar war aufgelöst und hing über den Rücken der pelzverbrämten Tuchjacke herab, die sie über ihr Zwillichkleid gezogen hatte, ihr Antlitz war bleich und verhärmt, aber sie lächelte lustig und schwatzte in einem fort. Sie hatte sich auf einen niedrigen Schemel gesetzt, die Hände um die Knie gefaltet und plauderte munter zu Ulrik Frederik hinauf, der dastand und gar nichts sagte; aber sie plauderte aus Angst, denn seine Verdrossenheit hatte ihr bange gemacht.

»Nun, Junker Stumm und Störrisch!« sagte sie, »du sagst nichts; sind dir denn in allen den Hunderten von Stunden nicht Hunderte von Dingen gekommen, die du mir zuzuflüstern wünschest, ach, dann hast du dich nicht gesehnt wie ich!« Sie putzte das Licht der Laterne mit ihren Fingern und warf die glimmende Schnuppe auf die Diele, und Ulrik Frederik ging unwillkürlich einen Schritt vorwärts und trat den Funken aus.

»Das war recht«, fuhr sie fort, »komm hierher und setz dich nieder, erst aber mußt du knien und seufzen und mich wieder gut betteln, denn nun ist es die dritte Nacht, daß ich hier sitze und wache; gestern saß ich vergebens und wartete und sehnte mich, bis meine Augen blöde wurden.« Sie erhob drohend die Hand: »Auf die Knie, Junker Treulos! und bittet, als bätet Ihr für Euer Leben!« das sagte sie mit scherzender Feierlichkeit, dann lächelte sie und bat halb flehentlich, halb ungeduldig: »Komm nun her und knie, komm nun her und knie!«

Ulrik Frederik sah sich beinahe unwillig um, es war so lächerlich, hier in Christoffer Urnes Rumpelkammer zu knien; aber er kniete dennoch, legte seinen Arm um ihren Leib und barg sein Antlitz in ihrem Schoß, allein er sagte nichts.

Auch sie schwieg, beklommen und bange; sie hatte gesehen, daß Ulrik Frederik bleich und verhärmt aussah und daß seine Augen scheu und unruhig waren; ihre Hand spielte sorglos mit seinem Haar, aber ihr Herz pochte heftig in ahnungsvoller Angst.

In dieser Stellung saßen sie lange.

Plötzlich sprang Ulrik Frederik auf.

»Nein, nein,« sagte er, »so kann es nicht fortgehen! Das weiß Gott Vater, unser Herr im Himmel, du bist mir so teuer wie mein innerstes Herzblut, so daß ich gar nicht weiß, was für ein Leben das werden mag, das ich ohne dich leben soll. Aber was kann das nützen? wozu soll das führen? Sie stehen uns ja alle so hart entgegen; da ist auch nicht ein Mund, der Trost in der Sprache hat, sie wenden sich von uns ab, alle und jeder. Es ist, als kröche ein kalter Schatten über sie hin, wenn sie mich jetzt sehen; aber früher, da war es, als käm ein Licht, wenn ich kam. Ich stehe so allein, Sofie, so bitterlich, bitterlich allein! Ja, ich weiß, du hast mich gewarnt – und ich empfinde Sünd und Schand bei der Bitte, die ich tun will; aber ich werd aufgefressen in diesem Streit, er hat meinen Mut und meine Würde weggesogen, so daß ich brennend bin vor Scham, aber zaghaft und verwahrlost dich bitte: gib mich frei! gib mir mein Wort zurück, herzliebes Mädchen!«

Sofie hatte sich erhoben, sie stand sicher und kalt wie eine Säule und starrte ihn ernsthaft an, während er redete.

»Ich bin guter Hoffnung«, sagte sie ruhig und fest.

Hätte sie ja gesagt, hätte sie ihn freigegeben, Ulrik Frederik fühlte es, er hätte es nicht angenommen; er würde sich anbetend ihr zu Füßen geworfen haben; er würde dem König und ihnen allen getrotzt haben, ihrer gewiß; allein sie tat das nicht, sie zerrte nur an seiner Kette, um ihm zu zeigen, wie gut er gebunden war, o, sie war klug, wie sie sagten; es kochte in ihm, er hätte sich auf sie stürzen, sie an ihrer weißen Kehle packen mögen, um ihr die Wahrheit abzuringen, um sie zu zwingen, jedes Blatt in der Rose ihrer Liebe mit allen seinen Schatten und allen seinen Falten offen vor ihn hinzulegen, daß er doch Gewißheit erhalten könne; aber er zwang sich und sagte mit einem Lächeln: »Gewiß, ich weiß – es war ja bloß Scherz, verstehst du.«

Sofie sah ihn unruhig an; nein, es war nicht bloß Scherz, das war es nicht; warum kam er nicht hin und küßte sie, wenn es Scherz war; warum blieb er so still dort im Schatten stehen; könnte sie nur seine Augen sehen; nein, es war kein Scherz, er hatte ebenso ernsthaft gefragt, wie sie geantwortet hatte; ach, die Antwort! Sie ahnte, was sie dadurch verloren hatte, er hätte sie nicht verlassen, wenn sie ja gesagt hätte; »o, Ulrik Frederik,« sagte sie, »ich hatte nur Gedanken für unser Kind; aber hast du mich nicht länger lieb, so geh, beeile dich zu gehen und baue dir dein Glück auf; ich halte dich nicht zurück.«

»Verstehst du denn nicht, daß es nur Scherz war; willst du glauben, ich könnte mein Wort zurückbetteln und damit von dannen schleichen in Schmach und niedriger Schande! Ich müßte ja«, sagte er, »jedesmal, wenn ich mein Haupt erhebe, in Angst sein, daß der Blick, so meine Unehre gesehen hätte, dem meinen begegne und ihn schamvoll zu Boden zwänge«, und er meinte, was er sagte; hätte sie ihn so innig geliebt, wie er sie geliebt hatte, da vielleicht, aber jetzt, nimmermehr.

Sofie ging zu ihm hin; sie lehnte ihr Haupt an seine Schulter und weinte.

»Leb wohl, Ulrik Frederik,« sagte sie, »geh, geh; nicht, wenn ich dich mit einem Haar binden könnte, würde ich dich zurückhalten, in der Stunde, da du dich fortsehnst.« Er schüttelte ungeduldig den Kopf. »Herzens-Sofie«, sagte er und löste sich aus ihren Armen, »laß uns jetzt kein Komödienspiel miteinander treiben, ich bin ja dir und auch mir selber schuldig, daß der Pfarrer unsere Hände zusammenfügt; das kann mir gar nicht zu schnell geschehen, und daher soll es auch in ein paar Tagen sein, aber es soll in aller Verborgenheit geschehen; denn es ist zu keinem Nutzen, die Welt noch mehr wider uns aufzubringen, als schon geschehen ist.« Sofie wagte nichts dazu zu sagen, und sie beredeten, wie und wo es ins Werk gesetzt werden sollte; endlich sagten sie einander zärtlich Lebewohl.

Als Ulrik Frederik in den Garten hinabkam, war der Mond fort und alles dunkel; einzelne schwere Regentropfen fielen von dem schwarzen Himmel. Auf den Höfen krähten die wachsamen Hähne, aber Daniel war auf seinem Posten eingeschlafen.

In seiner Staatsstube waren eine Woche darauf Jungfrau Sofie und Ulrik Frederik von einem armen Geistlichen heimlich getraut. Aber das Geheimnis wurde nicht besser gewahrt, als daß die Königin ein paar Tage später mit dem König davon sprach. Die Folge hiervon war, daß die Ehe einen Monat darauf durch königliche Order aufgehoben ward, und fast gleichzeitig wurde Jungfrau Sofie mit Zustimmung ihrer Sippe in das Fräuleinkloster zu Itzehoe geschickt.

Ulrik Frederik machte keinen Versuch, diesen Schritt abzuwehren; wohl fühlte er sich dadurch gekränket, aber er war müde und abgestumpft und beugte sich dumpfem Mißmut vor dem, was, wie er sagte, nun einmal so sein sollte. Fast jeden Tag war er betrunken, und er liebte es, wann der Wein seine Wirkung getan hatte, den paar getreuen Zechbrüdern, die sein einziger, ständiger Umgang waren, weinend und klagend das süße, friedliche Glücksleben zu schildern, das sein hätte werden können, und endete dann immer mit schwermütigen Andeutungen, daß seines Lebens Tage wenig an der Zahl seien und daß sie gar bald sein gebrochen Herz nach der Heilstätte tragen würden, wo das Lager auf schwarzen Daunen bereitet werde und wo die Würmer Feldscher wären.

Um diesem Leben ein Ende zu machen, ließ der König ihn die Truppen begleiten, die die Holländer nach Fünen hinüberführten, und von hier kehrte er Mitte November mit der Botschaft von dem Siege bei Nyborg zurück. Er nahm jetzt wieder seinen Platz in der Gunst des Königs und in den Reihen des Hofes ein, wurde zum Oberst zu Pferd genannt und schien nun wieder ganz er selbst geworden zu sein.

Siebentes Kapitel

Marie Grubbe ist jetzt siebzehn Jahre alt.

An jenem Nachmittag, an dem sie voller Grauen von Ulrik Christian Gyldenlöves Sterbelager geflohen war, kam sie in ihre Kammer gestürzt und war dort händeringend auf und nieder gegangen, wehklagend wie in heftigen, körperlichen Schmerzen, so daß Lucie ganz atemlos zu Frau Rigitze hinunterlief und sie bat, doch um Gottes willen einmal heraufzusehen, sie glaube, es sei in Jungfer Marie irgend etwas inwendig gesprungen; und Frau Rigitze kam denn auch hinauf, aber sie konnte kein Wort aus dem Kinde herausbringen; sie hatte sich vor einem Stuhl niedergeworfen und ihr Antlitz in dem Polster vergraben, und auf alles, was Frau Rigitze fragte, antwortete sie nur, sie wolle nach Hause, sie wolle nach Hause, sie könne jetzt nimmermehr hier bleiben; und sie weinte und schluchzte und wiegte den Kopf von einer Seite auf die andere. Da gab Frau Rigitze ihr eine Tracht Prügel und schalt Lucie aus, weil sie sie nahezu ums Leben gebracht hätte mit ihrem albernen Gewäsch, und überließ sie sich dann selbst.

Es war Marie gleichgültig, daß man sie schlug. Wären ihr in ihrer Liebe glücklichen Tagen Schläge geboten, so würde sie das als das schwärzeste Unglück, als die tiefste Beschämung getroffen haben; aber jetzt war es ihr gleichgültig, jetzt, wo all ihr Sehnen, ihr Glaube und eine jede ihrer Hoffnungen in *einer* kurzen Stunde verwelkt, zusammengeschrumpft und zerstoben waren. Sie dachte daran, daß sie einmal in Tjele die Knechte einen Hund hatte zu Tode steinigen sehen, der in den hochumzäunten Entenpark hineingeraten war; das arme Tier schwamm stumm umher, hinauf konnte es nicht kommen, und das Blut rann aus ihm heraus, ein Stein verwundete es hier, ein anderer dort, und sie erinnerte sich, wie sie bei jedem Stein, der gefallen war, zu Gott gebetet hatte, daß er recht gut treffen möge, denn das Tier war so elend, daß Schonung die blutigste Sünde gewesen wäre. Jetzt fühlte sie sich selbst als die arme Diana, und sie hieß jeden Kummer, jede Bitterkeit willkommen, wenn sie nur recht treffen wollten; denn jetzt war sie so unglücklich, daß der Gnadenstoß ihre einzige Hoffnung und Sehnsucht war. O, wenn dies das Ende aller Größe war: ein sklavenhaft Gewinsel, ein lüsterner Wahnwitz und kniende Angst, o, da gab es keine Größe!

Der Held, von dem sie geträumt hatte, der ritt mit klirrenden Sporen und klingelndem Zaum zu den Toren des Todes hinaus, mit entblößtem Haupt und gesenktem Degen, aber nicht mit Angst in geistlosen Augen, nicht mit Gnadengebeten auf bebenden Lippen. Es gab also keine strahlenden Gestalten, denen man sich in anbetender Liebe entgegensehnen, keine Sonne, an der man sich lichtblind starren konnte, so daß alles zu Strahlen und Glanz und Farbe wurde; matt und grau – alles war matt und grau und öde, bodenloser Alltag, laues Werkeltagsleben samt und sonders.

So waren ihre Gedanken in der ersten Zeit; es war ihr, als sei sie ein armes Stündlein in eine wunderliche, farbenreiche Fabelwelt entrückt worden, in deren warmer, lebensschwangerer Luft ihr ganzes Wesen sich wie eine seltsame fremde Blume entfaltet und Sonne von allen Blättern gestrahlt und Duft aus allen Adern geatmet hätte, und selig in ihrem Licht und ihrem Duft war sie gewachsen und gewachsen, Blatt an Blatt in dichtem Gewimmel, Trieb auf Trieb in unhemmbarer Kraft und Fülle. Und nun war das alles vorbei; sie war wieder unfruchtbar und arm, leer und von Kälte durcheist; und so war die ganze Welt, alle Menschen, die es gab, so waren sie, so. Und doch lebten sie drauflos in törichter Geschäftigkeit; o, ihr Herz wurde krank in ihr vor Ekel, wenn sie sie ihre klägliche Armut ausbreiten und ausstrecken und stolz dem vollen Klang in dem Getöse ihrer Leere lauschen sah.

Jetzt griff sie begierig nach dem Schatz alter Postillen, der ihr so oft angeboten und ebensooft verschmäht war, und sie fand einen trübseligen Trost in ihren strengen Worten von dem Elend der Welt und der Eitelkeit aller irdischen Dinge; aber *ein* Buch war da, über dem sie vor allen andern saß und zu dem sie beständig zurückkehrte, und das war die Offenbarung Johannis. Sie konnte nicht müde werden, die Pracht des himmlischen Jerusalems zu beschauen, sie malte es sich in allen Einzelheiten aus, wandelte durch seine kleinsten Gassen und sah in alle Türen hinein; sie ließ sich blenden von dem Strahlenglanz von Sardis und Beryll, Chrysopras und Hyazinth; sie ruhte im Schatten der Perlentore und spiegelte sich in dem durchsichtigen Gold der Straßen. Oftmals dachte sie sich auch, wie sie und Lucie und Muhme Rigitze und alle die anderen in Kopenhagen sich gebaren würden, wenn der erste Engel die Schale des Zornes Gottes auf die Erde ausgösse, und wenn der zweite die seine und der dritte die seine ausgösse; weiter kam sie niemals, denn sie fing immer wieder von vorne an.

Sie war unermüdlich darin, wenn sie bei ihrer Arbeit saß, lange Passionslieder mit lauter und klagender Stimme zu singen; und war sie müßig, so betete sie lange Gebete aus der »Betenden Kette« oder »Der zwölf göttlichen Monate Stimmen«; denn die beiden wußte sie fast auswendig.

Es war in all dieser Frömmigkeit ein Teil verkümmerten Ehrgeizes; denn wohl fühlte sie wirklich die Schwere von den Fesseln der Sünde und die Sehnsucht nach der Gemeinschaft mit Gott; aber es lag doch all diesen göttlichen Übungen ein halbklares Gelüste nach Macht zugrunde, eine halbbewußte Hoffnung, eine der auserwählten Frommen, eine der Ersten im Reiche des Himmels zu werden. Ihr Wesen hatte sich durch alles das ganz verändert; sie war verschlossen und menschenscheu geworden, und auch ihr Aussehen hatte sich verändert: sie wurde mager und bleich, und ihre Augen bekamen einen harten, brennenden Glanz, und das war kein Wunder; denn die fruchtbaren Gesichte der Apokalypse ritten leibhaftig durch ihre Nachtträume, und den ganzen Tag brüteten ihre Gedanken über allem, was das Leben an Finsterem und Schwerem hatte; und des Abends, wenn Lucie in Schlaf gefallen war, stand sie aus ihrem Bette auf und empfand ein mystisch-asketisches Wohlbehagen darin, sich auf den bloßen Knien auf die Dielen zu legen und zu beten, bis die Beine sie schmerzten oder sie ihre Füße vor Kälte nicht mehr fühlen konnte.

Da war es, daß die Zeit kam, wo sich der Schwede zurückzog und ganz Kopenhagen seine Zeit darin teilte, als Wirt einzuschenken und als Gast auszutrinken; und an einem dieser Tage geschah ein Umschlag bei Marie, denn an diesem Tage kam Frau Rigitze in Begleitung einer Schneiderin in ihre Kammer und füllte Tisch und Stühle mit dem Reichtum an Jacken, Kleidern und perlenbestickten Schauben, die Marie als Erbe von ihrer seligen Mutter bekommen hatte; jetzt war es nämlich an der Zeit befunden worden, daß Marie als Erwachsene gekleidet gehen sollte.

Es war so entzückend, zum Gegenstand all dieser Geschäftigkeit gemacht zu werden, die jetzt über die kleine Kammer hereinbrach, all dieses Auftrennens und Maßnehmens auch Zuschneidens und Zusammenheftens; und wie lieb war nicht dieser ponceaurote Atlas, wenn er schwer in langen reichen Falten glühte oder blank strahlte, wo er eng und stramm saß; und wie fesselnd, wie wunderbar fesselnd war es nicht, den eifrigen Erörterungen zu lauschen, inwiefern jener Seidenkamelott nicht zu dick sei, um einem so recht die Figur hervorzuheben, oder ob dies türkische Grellgrün einem wohl zum Teint passen würde! Keine Skrupel, keine schwermütigen Träumereien konnten vor dieser frohen, strahlenden Wirklichkeit Stich halten. Und nun erst einmal an einer Festtafel zu sitzen – und sie kam jetzt zu Festmählern – mit diesem schneeweißen, gekräuselten Halskragen unter andern Jungfrauen mit ebenso gekräuselten Kragen, da würde ihr jene ganze Zeit fremd werden wie ein tagalter Traum; und nur einmal die Sarabande und Pavane getreten zu haben in langem Goldbrokatkleid, mit Spitzenhandschuhen und Linnen, da würden jene seelischen Exzesse ihre Wangen dazu bringen, vor Schamröte zu erglühen.

Und sie schämte sich wirklich; sie trat wirklich die Sarabande und die Pavane, denn zweimal wöchentlich mußte sie nun mit andern jungen Adelspersonen in Christen Skeels Saalstube zu Tanzübungen gehen, allwo ein alter Mecklenburger sie in Haltung, Gruß und Reverenzen nach den neuesten spanischen Fassons informierte. Außerdem wurde sie im Lautenspiel unterrichtet und noch ferner im Französischen perfektioniert, denn Frau Rigitze hatte nun so ihre eigenen Pläne.

Marie war glücklich.

Wie ein junges Fürstenkind, das gefangen gehalten worden ist und nun unmittelbar aus der Finsternis des Gefängnisses und dem barschen Umgang des Gefangenwärters von einem jubelnden Volk auf den Thron gehoben wird; dem der Goldreif der Macht und der Ehre fest auf die Locken gedrückt wird; das alles ehrerbietig sich entgegenlächeln, alles sich vor ihm beugen und sein Herrscherrecht anerkennen sieht, – so war auch sie aus ihrer stillen Kammer in die Welt hinausgetreten, und alle hatten ihr gehuldigt und geschmeichelt, als wäre sie eine Königin gewesen; alle hatten sich lächelnd vor der Macht ihrer Schönheit gebeugt.

Es gibt eine Blume, die Perlhyazinthe genannt wird; so wie das Blau dieser Blume war die Farbe ihrer Augen; und sie waren wie der rollende Tautropfen an Glanz und tief wie ein Saphirstein, der im Schatten ruht. Sie konnten sich so schämig senken wie ein süßer Ton, der erstirbt, und sich so keck heben wie eine Fanfare. Wehmütig – ja, wenn der Tag sich naht, dann rüsten sich die Sterne mit einem verschleiert lebenden Schimmer, so war ihr Blick, wenn er wehmütig war.

Er konnte so lächelnd vertraulich auf einem ruhen, und da ward es manch einem, wie wenn im Traum fern, doch eindringlich sein Name gerufen würde; aber wenn er sich in Trauer verfinsterte, hoffnungslos und voll Schmerz, da war es, als höre man Blutstropfen fallen.

Das war der Eindruck, den sie machte, und sie wußte es, aber nur halbwegs; hätte sie es ganz gewußt und wäre sie älter gewesen, als sie war, vielleicht wäre sie dann wie zu Stein geworden durch ihre eigene Schönheit und hätte sich selbst wie ein seltenes, köstliches Kleinod betrachtet, das nur blank und reich eingefaßt gehalten werden müsse, damit es aller Begehr werden könne, und sich dann kalt und ruhig hätte bewundern lassen. Allein dem war nun nicht so. Ihre Schönheit war so viel älter, als sie selbst, und sie hatte so plötzlich ihre Macht kennen gelernt, daß es lange währte, bis ihr Wesen sich mit Ruhe und Sicherheit darauf stützen und sich von ihr tragen lassen konnte; im Gegenteil, sie gab sich viel Mühe zu gefallen, wurde nicht wenig kokett und sehr putzsüchtig, und ihr Ohr trank begehrlich jedes schmeichelnde Wort, wie ihr Auge die bewundernden Blicke, und sie bewahrte das alles getreulich in ihrem Herzen.

Sie war jetzt siebzehn Jahre alt, und heute war Sonntag, der erste Sonntag nach dem Friedensschluß. Am Vormittag war sie zum Dankgottesdienst gewesen, und nun stand sie und putzte sich, um mit Frau Rigitze einen Nachmittagspaziergang zu machen.

Die ganze Stadt war an jenem Tage halb wie in Aufruhr, denn die Tore waren ja erst beim Friedensschluß wieder geöffnet worden, nachdem sie volle zweiundzwanzig Monate gesperrt gewesen waren. Alle mußten daher jetzt hinaus und sehen, wo die Vorstadt gestanden, wo der Feind gelegen und wo die Unsrigen gekämpft hatten; man mußte in die Laufgräben hinunter und auf die Brustwehren hinauf; es mußte in die Minenhälse geguckt und an den Schanzkörben gezupft werden; da hatte *der* gestanden, und da war *der* gefallen, jener war dort ausgerückt und hier umzingelt worden, und alles da draußen war merkwürdig, von den Radspuren der Kanonenlafetten und den Kohlen der Wachtfeuer bis zu dem durchschossenen alten Plankenwerk und den sonnengebleichten Pferdeschädeln, und das war ein Erzählen und Erklären, ein Vermuten und Debattieren, die Wälle hinauf und die Schanzen hinab, Mauern hinan und Palisaden hinunter.

Gert Pyper und seine ganze Familie stolzierten dort umher, und er stampfte wohl hundertmal auf die Erde und fand meistens, es klinge so sonderbar hohl, und seine rundliche Ehehälfte zupfte ihn ängstlich am Ärmel und bat ihn, nicht allzu verwegen zu sein, aber Meister Gert trampelte dessenungeachtet gleich hart. Der erwachsene Sohn zeigte seiner kleinen Braut, wo er in der Nacht postiert gewesen war, als sie ihm ein Loch in seinen Düffelmantel geschossen hatten, und wo dem Sohn des Rockendrechslers der Kopf abgeschossen worden war;

indessen weinten die kleinen Kinder darüber, daß sie nicht die Büchsenkugel behalten sollten, die sie gefunden hatten, weil Gift daran sein könne, wie Erik Lauritzen sagte; denn der war auch dadraußen und stocherte in dem halbverfaulten Stroh herum, wo die Baracken gestanden hatten, sintemal er sich an die Geschichte von einem Soldaten erinnerte, der vor Magdeburg gehängt wurde und unter dessen Kopfkissen sieben seiner Kameraden so viel Geld fanden, daß sie desertierten, als die Plünderung der Stadt vor sich gehen sollte.

Ja, das war ein ewiges Gehen und Kommen, die grünen Felder und die weißgrauen Wege waren schwarz getüpfelt von Leuten, die umhergingen und die ihnen wohlbekannten Stätten so genau und aufmerksam betrachteten, als ob es eine neuentdeckte Welt sei oder ein nie zuvor gekanntes Eiland, das eben aus dem Meeresgrunde emporgetaucht war; und es waren viele, die, als sie die Gegend so frei und offen daliegen sahen, Feld hinter Feld und Wiese hinter Wiese, von einer plötzlichen Wanderlust ergriffen wurden und immerfort gingen und gingen, gleichsam berauscht von der Weite des Raumes, der schrankenlosen Weite des Raumes. Doch späterhin am Nachmittag, um die Vesperzeit, lenkten freilich die meisten ihre Schritte wieder der Stadt zu und suchten das Nordviertel auf, den Petri-Kirchhof und die umliegenden großen Gärten; denn das war so Brauch seit alten Zeiten, daß man an den Sommersonntagen nach dem Abendgottesdienst dort lustwandelte und im Schatten der grünen Bäume frische Luft schöpfte. Zu der Zeit, wo sich der Feind vor die Wälle lagerte, war dieser Brauch von selbst weggefallen, und der Kirchhof war an den Festtagen wie an den Wochentagen leer gewesen; aber heute war die Sitte wieder aufgenommen worden, und durch beide Eingänge auf der Norderstraßenseite strömten Leute herein: Adel und Bürger,

Geringe und Hohe, alle hatten sich der breitkronigen Linde auf dem Petri-Kirchhof erinnert.

Zwischen grünen Hügeln und auf breiten Leichensteinen lagen Bürgersleute in munteren Gruppen, Mann und Frau, Kinder und Bekannte, und verzehrten ihr Abendbrot; der Lehrjunge stand dahinter und kaute vergnügt an dem leckeren Sonntagsbrot, während er auf den Korb achtgab. Kleine Kinder trippelten, die Hände voller Überreste, zu den ausgehungerten Betteljungen, oben auf der Mauer, hin; wißbegierige Knaben buchstabierten sich durch die langen Grabschriften, und Vater hörte bewundernd zu, während Mutter und die kleinen Mädchen die Anzüge der Spaziergänger musterten; denn auf den breiten Wegen gingen die vornehmen Leute auf und nieder, sie kamen ein wenig später als die anderen und speisten entweder zu Hause oder in den Garküchen, die in den Gärten hinter dem Kirchhof lagen.

Da waren steife Frauen und feine Jungfrauen, alte Ratsherren und junge Offiziere, breite Gutsherren und fremde Residenten. Hier ging der rührige, grauköpfige Hans Nansen[1], nach allen Seiten lächelnd, während er seine Schritte denen des alten, steinreichen Villem Fiuren anpaßte und seiner pfeifenden Stimme lauschte; da kamen Corfitz Trolle und der steife Otto Krag; da stand Frau Ide Daa mit den schönen Augen und sprach mit dem alten Axel Urup mit dem ewigen Lächeln und den großen Zähnen, während seine zusammengeschrumpfte Gattin, Frau Sidsel Grubbe, mit Schwester Rigitze und der ungeduldigen Marie langsam von dannen trippelte; und da war Gersdorf, und da war Schack, und da war Thuresen mit seiner flachsgelben Mähne, und Peter Retz mit seinen spanischen Manieren und seiner spanischen Tracht.

---

1 Bürgermeister von Kopenhagen.

Ulrik Frederik war auch da, in Gesellschaft von Niels Rosenkrands, dem kühnen Obristleutnant mit dem französischen Wesen und den lebhaften Gebärden.

Sie begegneten Frau Rigitze und den anderen. Ulrik Frederik grüßt kühl und gemessen und will vorübergehen, denn seit der Scheidung von Sofie Urne hegt er einen Groll wider Frau Rigitze, die er, als eine der wärmsten Anhängerinnen der Königin, im Verdacht hat, einen Finger mit im Spiel gehabt zu haben; aber Rosenkrands bleibt stehen, und Axel Urup fordert sie nun so freundlich auf, in Johann Adolfs Garten mit zu Abend zu speisen, daß es schwer war abzulehnen, und sie gehen beide mit.

Bald darauf sitzt denn die ganze Gesellschaft in dem gemauerten Lusthause und spricht den ländlichen Gerichten zu, mit denen der Gemüsegärtner aufzuwarten vermag.

»Ist es wahr, kann man es wirklich glauben,« fragte Frau Ide Daa, »daß die schwedischen Offiziere so überaus angenehme Manieren den seeländischen Jungfrauen gegenüber gehabt haben sollen, daß sie scharenweise mit ihnen aus Land und Reich gereist sind?«

»Ja; allenfalls«, antwortete Frau Sidsel Grubbe, »ist es ganz zuverlässig der Fall mit der nichtsnutzigen Person, der Jungfer Dyre.«

»Von welchen Dyres ist sie?« fragte Frau Rigitze.

»Von den Schonenschen Dyres, du weißt ja, herzliebe Schwester, von denen, die eine so lichte Haarfarbe haben; sie sind allesamt mit den Povitzens verschwägert. Sie, die aus dem Lande lief, war eine Tochter von Henning Dyre auf Wester-Neergaard, der Sidonie freite, die älteste von Ove Povitzens, und sie soll Sack und Pack von ihrem Vater mitgenommen haben, Laken und Betten und Silberzeug und bares Geld.«

»Ja«, lächelte Axel Urup, »große Lieb trägt große Last.«

»Ja – nämlich –« bekräftigte Olaf Daa, – er schlug immer mit der linken Hand aus, wenn er sprach – »Liebe – nämlich – die ist – die ist stark.«

»Lie-be«, sagte Rosenkrands und strich zierlich seinen Schnurrbart mit dem Rücken seines kleinen Fingers, »ist wie Her-kules im Weibergewand, von Ge-bärden ist sie mild und scharmant und sieht aus wie eitel Weich-heit und Zahm-heit, aber dennoch hat sie in sich Kra-ft und Schlau-heit genug, um die zwölf herku-lischen Taten allesamt durchzuführen.«

»Ja«, unterbrach Frau Ide Daa ihn, »Jungfer Dyres Liebe allein beweist, daß sie zu der einen der Herkules-Taten sehr wohl imstande war, denn sie reinigte Kisten und Kasten von allem, was darinnen war, gleichwie er dem Urias, oder wie er nun hieß, den Stall gereinigt hat, wie Ihr wisset.«

»Ich meine vielmehr«, sagte Ulrik Frederik, zu Marie Grubbe gewandt, »daß Liebe ist, wie wenn man in einer Wüstenei eingeschlafen ist und in einem schönen und angenehmen Lustpark erwachet; denn solche Tugend hat Liebe, daß sie den Sinn des Menschen gänzlich verwandelt, so daß, was einem früher unfruchtbar und öde erschien, einem jetzt wie eitel Lustigkeit und Pracht in die Augen scheinet; aber was für Gedanken habt Ihr wohl von der Liebe, Jungfrau Marie?«

»Ich?« fragte sie, »ich meine, die Liebe sei gleich wie ein Demant; denn wie der Demant schön und prächtig anzuschauen ist, so ist auch die Liebe schön und lieblich; und wie der Demant giftig für den ist, der ihn verschlucket, so ist auch die Liebe eine Art Gift oder schädliche Tobsucht für den, der damit belastet wird, insofern man sein Jugement nach dem wunderlichen Gebaren abmessen darf, so man bei amoureusen Personen antrifft, und nach dem remarkablen Diskurs, so sie führen.«

»Ja«, flüsterte Ulrik Frederik galant, »die Kerze hat der armen Fliege gut Räson predigen, so von ihrem Glanz verwirret wird!«

»Ja, wahrhaftig kannst du recht haben, Marie«, begann Axel Urup und hielt wieder inne, um zu lächeln und ihr zuzunicken; »ja, ja, es ist wohl zu glauben, daß Liebe nur Gift ist, so ins Blut kommt; denn wie sollten sonst kluge Leute mit Mirakel-Absud und Wunder-Dekokt kaltsinnigen Personen die brennendste Passion eingeben können?«

»Ach nein, pfui doch!« unterbrach ihn Frau Sidsel, »rede doch nicht von solch greulichen Werken der Gottlosigkeit – und gar an einem Sonntag!«

»Herzens-Sidsel«, entgegnete er, »darin ist meines Glaubens nach keine Sünde, im Gegenteil . . . nein . . . nein . . . Haltet Ihr es wohl für eine Sünde, mein Herr Obrist Gyldenleu? – Nein? – nein, gewißlich nicht; redet nicht auch die Heilige Schrift von Zauberinnen und argen Beschwörungen? Ja, das tut sie, das tut sie. Nein, was ich sagen wollt, alle unsre Affekte, meine ich, die haben Wohnort und Sitz im Blute; denn so man hitzig wird, kann man da nicht fühlen, wie das Blut in einem hinaufbraust und einem vor Augen und Ohren schwimmet? Und wird man jählings erschrecket, ists einem da nicht, als sänk einem das Blut in die Beine hinein und würde sogleich ganz abgekühlet? Sollt es, meinet Ihr, um nichts und wieder nichts sein, daß der Kummer bleich und blutlos, aber die Freude rot ist wie eine Rose? Keineswegs, sag ich; keines – keineswegs! Alle Affekte des Menschen werden von einem gewissen Zustand und einer gewissen Beschaffenheit des Blutes verursacht; und nun gar die Liebe! die kommt erst, wenn das Blut durch einen siebzehn-, achtzehnjährigen Wechsel von Wärme und Kälte reif in den Adern geworden ist; da fängt es an zu gären, just wie ein guter Traubenwein; denn Liebe ist eine Gärung im Blute;

es dränget und blähet sich auf, es erzeuget Wärme und gebärdet sich so, daß kein Mensch recht er selber ist, solange es anhält; aber nachher da kläret es sich ab, so wie anderer gärender Stoff, und wird mehr sachte und sanft, minder heiß und gespannt. Ja, da ist noch eine Ähnlichkeit mit dem Wein, die es hat; denn just wie der edele Wein jedes Jahr zu brausen und zu schäumen beginnt und sich gebärdet, als wolle er gären, wenn die Frühlingszeit kommt, wo die Rebe in Blüte stehet, also wird auch aller Menschen Sinn, selbst der Alten, eine kurze Zeit im Frühling mehr denn sonst zur Liebe geneiget; und das hat darin seinen rechten Grund, daß das Blut nimmer so ganz seine Gärungszeit im Lenz des Lebens vergessen kann, und nun erinnert es sich ihrer, sooft der Frühling des Jahres zurückkehrt, und versucht aufs neue zu gären.«

»Ja, das Blut«, räumte Olaf Daa ein, »nämlich – das Blut, das ist das – nämlich – das ist schon eine subtilige Materie – nämlich.«

»Ja, das ist es«, sagte Frau Rigitze; »ja, alles wirket auf das Blut ein, sowohl Sonne wie Mond und unterweilen schlecht Wetter; das ist so sicher, als wär es gedruckt.«

»Gleicherweise andrer Menschen Gedanken«, fügte Frau Ide hinzu; »ich weiß das von meiner ältesten Schwester, wir lagen zusammen im Bett, und jede Nacht, just wenn ihre Augen zugefallen waren, fing sie an zu seufzen und mit Armen und Beinen zu fechten, gleichsam als wolle sie aufstehn und irgendwo hingehn, wo man sie riefe, und das kam daher, daß ihr Bräutigam, der in Holland war, sich so gewaltig nach ihr sehnte und bei Nacht und Tag an sie dachte, so daß sie niemalen eine ruhige Stunde hatte, noch so recht bei Gesundheit war in all der Zeit; erinnert Ihr Euch nicht auch, herzliebe Frau Sidsel, wie krank und elendig ihr Aussehen war, bis Jörgen Bilde wieder heimkehrte?«

»Ob ich das tue! gar nicht davon zu reden! – Die liebe Seele! aber dann blühte sie auch auf, wie eine Rosenknospe anzusehen. – Herrgott, ihr erstes Wochenbett . . .« und dann flüsterte sie weiter darüber.

Rosenkrands wandte sich nun an Axel Urup: »Vermeinet Ihr also«, sagte er, »daß ein elixire d'am-our sei wie eine gä-rende Materie, die dem Blute eingespritzet wird, und dadurch beginnet es zu ra-sen, so stimmt das sehr gut zu einer Aventüre, so der selige Herr Ulrik Christian mir erzählte, da wir einmal miteinander den Wall hinangingen. Es war in Ant-werpen in der Hôtellerie des trois bro-chets, wo er sein Logement hatte, daß es passierte. Am Mor-gen hatte er in der Messe ein schö-ne, Schönjungfrau erblicket – und sie hat-te ihn ganz mild angesehn, aber den ganzen Tag hatte er sie gar-nicht in Gedan-ken gehabt. Da kommt er am A-bend in seine Kam-mer hinein, und da liegt eine Ro-se an dem Kopfende seines Bet-tes, und er nimmt die Ro-se und riecht dar-an, und in derselben Minute steht das Ab-bild der Schönjungfrau leib-haftiglich vor seinen Au-gen, als wär es auf die Wand gerade vor ihm kontra-feiet, und die hef-tigste Sehn-sucht nach selbiger Jung-frau entstand in ihm so plötz-lich und stark, daß er sagte, er hätt laut schrei-en können vor Schmerz, ja er wur-de wie ganz wild und furios, so daß er aus dem Hau-se stürzte und jammernd eine Stra-ße hinab und eine andere hin-auf lief, just als wär er be-hexet, und er wußte nichts von sich selbst; es war, als wenn ihn was zö-g, und zö-g, und es brannte wie Feu-er in ihm, und so rannte er her-um bis an den lichten Mor-gen.«

So redeten sie noch lange, und die Sonne ging unter, ehe sie sich trennten und durch die dämmernden Gassen nach Hause gingen.

Ulrik Frederik war die ganze Zeit sehr schweigsam gewesen und hatte sich der allgemeinen Unterhaltung fast ganz fern gehalten, da er fürchtete, daß man, falls er weiteres über die Liebe sagte, es als persönliche Erinnerungen und Eindrücke von seinem Verhältnis zu Sofie Urne auffassen möchte; aber er war im übrigen auch nicht aufgelegt zu reden, und als er mit Rosenkrands allein blieb, antwortete er so kurz und zerstreut auf alles, daß dieser seiner bald überdrüssig ward und seiner Wege ging.

Ulrik Frederik begab sich nun heim; ihm waren damals Gemächer in Schloß Rosenborg angewiesen, und da sein Diener ausgegangen war, wurde kein Licht angezündet, und er saß allein und im Dunkeln in der großen Stube bis gegen Mitternacht.

Er war in einer so wunderlichen, halb betrübten, halb ahnungsvollen Stimmung, in einer so halb schlummernden Stimmung, in der es ist, als treibe die Seele willenlos einen langsam gleitenden Strom hinab, während nebelflüchtige Bilder über den dunklen Bäumen des Ufers hinziehen und halbe Gedanken gleich großen, schwachschimmernden Blasen sich aus der dunklen Flut heben, mitgleiten – mitgleiten und zerplatzen. Nachklänge aus dem Gespräch waren da, das bunte Gewimmel auf dem Kirchhof, Marie Grubbes Lächeln, Frau Rigitze, die Königin, die Gnade des Königs, der Zorn des Königs damals – – Maries Handbewegungen, Sofie Urne, bleich und fern – noch bleicher, noch ferner, – Rosen auf dem Kopfkissen und Marie Grubbes Stimme, der Klang eines einzelnen Wortes, die Betonung – er saß und lauschte dem nach und hörte es wieder und wieder durch die Stille der Nacht schwingen.

Er stand auf und trat an das Fenster, öffnete es, lehnte sich auf den Ellenbogen über den breiten Rahmen hinaus: so frisch wie es war – so kühl und still.

Der säuerlich süße Duft taukalter Rosen, die frische Bitterkeit jung entfalteten Laubes und würziger Weinduft von blühenden Ahornbäumen schlug ihm von draußen her entgegen. Ein feiner, feiner Staubregen taute vom Himmel herab und breitete ein blauendes, zitterndes Dunkel über den Garten aus. Die schwarzen Zweige der Lärche, das schleierhafte Laubgehänge der Birke und die kuppelförmige Krone der Buche standen wie Schatten auf einem Hintergrund aus wallendem Nebel hingehaucht, während die verschnittenen Wipfel des Taxus emporragten gleich den schwarzen Säulen eines Tempels, dessen Dach eingefallen war.

Still war es dort wie tief in einem Grab, nur der einförmige Laut der federleicht herabfallenden Regentropfen war zu hören wie ein fast unmerkliches, stets ersterbendes, stets wieder anhebendes Flüstern hinter den feucht glänzenden Stämmen.

Welch ein wunderlich Flüstern das anzuhören war, wie wehmütig es klang! War es wie die leichten Flügelschläge alter Einnerungen, die schwarenweise in der Ferne vorüberzogen? War es wie das leise Rascheln in dem welken Laube verlorener Illusionen? – Ach, so allein, so traurig allein und verlassen! Nicht unter allen den Tausenden von Herzen, die ringsumher in der Stille der Nacht pochten, ein einziges Herz, das sich nach ihm sehnte . . . Weit über die Erde hin war ein Netz von unsichtbaren Fäden gespannt, das Seele an Seele band, Fäden, stärker als die des Lebens, stärker als der Tod; allein kein Faden in dem ganzen Netz reichte bis zu ihm. Heimatlos, verlassen! – Verlassen? – Klang es da draußen wie Bechergeklirr und Küsse? blinkte es da draußen wie weiße Schultern und dunkle Blicke? Lachte es nicht hell durch die Nacht? – Pah! lieber die langsam tropfende Bitternis der Einsamkeit als eine giftig schale Süße. O, verflucht! ich schüttle deinen Staub von meinen Gedanken, erlogenes Leben, Leben für Hunde . . . für Blinde, für – arme Wichte . . . –

Wie eine Rose . . . o Gott, schirme und behüte sie wohl in der dunklen Nacht . . . o, ihr Schutz und Schirm zu sein, ihr jeden Pfad zu ebnen und sie vor jedem Windhauch zu decken . . . so schön . . . lauschend wie ein Kind . . . – wie eine Rose! . . .

Achtes Kapitel

So gefeiert Marie Grubbe war, merkte sie freilich bald, daß, wenn sie auch die Kinderstube verlassen hatte, sie doch noch nicht ganz in den Kreis der richtig Erwachsenen aufgenommen war. Solche junge Jungfrauen blieben doch immer trotz aller Komplimente und Schmeicheleien auf einen eigenen, untergeordneten Platz in der Gesellschaft herabgedrückt; das bekam sie an hundert Kleinigkeiten zu spüren, die jede an sich unbedeutend genug war, die aber zusammen doch ein gut Teil bedeuteten. Erstens waren nun die Kinder immer so unangenehm familiär gegen sie und befanden sich so neckisch wohl in ihrer Gesellschaft, ganz als wären sie ihresgleichen. Und dann das Gesinde; es war ein deutlicher Unterschied in der Art und Weise, wie der alte Diener den Mantel einer verheirateten Frau oder einer Jungfrau entgegennahm, und eine ganz kleine Nuance in dem dienstwilligen Lächeln der Zofe, je nachdem sie einer verheirateten oder einer unverheirateten Dame behilflich war. Der kameradschaftliche Ton, den die blutjungen Junker sich erlaubten, war höchst unangenehm, und der geringe Eindruck, den beleidigte Blicke und eiskalte Abfertigungen auf sie machten, war zum Verzweifeln. Am besten ging es mit den jüngeren Kavalieren, denn selbst wenn sie nicht in einen verliebt waren, so nahmen sie doch die allerzartesten Rücksichten und sagten einem das Schönste, was sie ersinnen konnten, mit einer galanten Ehrerbietung in Mienen und Gebärden, die einen in den eigenen Augen hob; aber es waren freilich viele unter ihnen langweilig, denen man es anmerken konnte, daß sie es hauptsächlich der Übung wegen taten.

Unter den älteren Herren waren einige, die ganz unleidlich sein konnten mit ihren übertriebenen Komplimenten und ihrer scherzenden Cour; aber die Frauen waren doch die schlimmsten, zumal die jungen neuvermählten; der halb ermunternde, halb geistesabwesende Blick, die leichte, herablassende seitliche Neigung des Kopfes und das Lächeln, ein wenig spottend, ein wenig mitleidig, mit dem sie einem zuhörten – nein! es war empörend! Dann war es auch das Verhältnis zwischen den jungen Jungfern selbst; das konnte sie doch auch nicht heben; da war kein Zusammenhalt zwischen ihnen, konnte die eine der andern eine Demütigung zufügen, so tat sie es; sie betrachteten einander eigentlich als reine Kinder und konnten gar nicht wie die jungen Frauen dahin gelangen, würdig miteinander zu verkehren und mit allen möglichen Zeichen äußerer Achtung sich selbst mit einem Schein von Würde zu umgeben. Es war im ganzen gar keine beneidenswerte Stellung, und es war daher ganz natürlich, daß, als Frau Rigitze Marie gegenüber ein paar Worte fallen ließ, sie und ihre anderen Verwandten hätten an eine Verbindung zwischen ihr und Ulrik Frederik gedacht, diese Mitteilung, obschon es Marie gar nicht in den Sinn gekommen war, in Ulrik Frederik verliebt zu sein, als eine willkommene Botschaft aufgenommen wurde, die große Weiten vergnüglicher Aussichten eröffnete; und als ihr nun weiter ausgemalt wurde, wie ehrenvoll und vorteilhaft eine solche Verbindung sein würde, wie sie in den engeren Hofkreis aufgenommen werden, in welcher Pracht sie gehalten werden würde und welch gebahnter Weg zu Ehre und Hoheit vor Ulrik Frederik als dem natürlichen Sohn des Königs und, was mehr war, als seinem erklärten Günstling offen liege, während sie selbst in ihrem stillen Sinn hinzufügte, wie schön er war, wie höfisch und gewandt und verliebt, da erschien es ihr fast, als wenn ihr Glück zu groß sei, und sie wurde ganz ängstlich bei dem Gedanken, daß es doch bisher nur noch Pläne und loses Gerede und eitle Hoffnungen seien.

Aber Frau Rigitze hatte Grund, worauf sie baute; nicht allein hatte Ulrik Frederik ihr seine Gedanken anvertraut und sie gebeten, ihm eine gute Fürsprecherin bei Marie zu sein, sondern er hatte sie auch vermocht zu untersuchen, inwiefern solches dem gnädigen Willen des Königs und der Königin genehm sein würde, und sie hatten es beide äußerst wohl aufgenommen und ihren Beifall gegeben, der König jedoch erst nach einigem Bedenken.

Zwischen der Königin und Frau Rigitze, ihrer vollgetreuen Freundin und sehr vertrauten Dame, war diese Verbindung gewiß schon längere Zeit beredet und bestimmt gewesen; aber der König ließ sich, abgesehen von der Überredung der Königin, sicher auch von dem Umstand bewegen, daß Marie Grubbe eine so reiche Heirat war; denn der König war ungemein knapp bei Gelde, und wohl hatte Ulrik Frederik Vordingborg zum Lehn, aber seine Prunklust und Verschwendung brachten ihn stets in Schulden, und der König war dann ja immer der, so zunächst abhelfen mußte. Da Mariens Mutter, Frau Marie Juul, ja tot war, würde sie, sobald sie vermählt war, ihr mütterliches Erbteil erhalten, und ihr Vater, Erik Grubbe, war zu der Zeit Besitzer der Edelhöfe Tjele, Vinge, Gammelgaard, Bigum, Trinderup und Nörbek, außer dem Streugut ringsumher, so daß von ihm ein schönes Erbteil zu erwarten war, zumal er in dem Ruf stand, ein strenger Haushalter zu sein, der nichts vergeudete.

Alles stand ja somit gut, Ulrik Frederik konnte getrost werben, und acht Tage nach Johanni wurden sie denn auch feierlich verlobt.

Ulrik Frederik war sehr verliebt, aber nicht auf eine so stürmische, unruhige Weise, wie da Sofie Urne seines Herzens Gedanke war. Eine träumerische, sanft bewegte, fast schwermütige Liebe war es, keine lebensfrohe, rotwangige, frische.

Marie hatte ihm ihre wenig ergötzliche Kindheitsgeschichte erzählt, und er liebte es, sich träumerisch ihre jungen Leiden mit dem gleichen, mitleidsvollen, lüsternen Wohlbehagen auszumalen, das den jungen Mönch durchströmt, der in seiner Phantasie die schöne, weiße Märtyrerin zwischen den scharfen Stacheln der Dornenräder bluten sieht. Dann gab es Zeiten, wo er von früheren Ahnungen gequält wurde, daß es ihm nicht vergönnt sein werde, sie zu behalten, sondern daß ein früher Tod sie aus seinen umschlingenden Armen reißen werde, und da konnte er sich selber verzweifelt mit teuren Eiden geloben, daß er sie auf Händen tragen und jeden giftigen Hauch von ihr fernhalten wolle, daß er den Schimmer jeder goldfarbigen Stimmung in ihre junge Brust hineinleiten und ihr niemals, niemals Kummer bereiten wolle.

Aber es kam auch die Stunde, wo er triumphierend bei dem Gedanken jubelte, daß all diese reiche Schönheit, diese ganze wunderbare Seele in seine Gewalt gegeben war, wie eines toten Mannes Seele in die Gewalt des Herrn, sie in Staub zu treten, wenn er wollte, sie zu erheben, wenn er wollte, zu demütigen, zu beugen.

Daß solche Gedanken wie diese in ihm erweckt werden konnten, daran hatte zum Teil Marie selbst schuld; denn ihre Liebe, wenn sie überhaupt liebte, war von einer seltsam stolzen und übermütigen Natur. Es würde nur ein dunkles und halbwahres Bild sein, wenn man sagen wollte, daß ihre Liebe zu dem verstorbenen Ulrik Christian gewesen sei wie ein von Sturm gepeitschter, gejagter, aufgerührter Binnensee, während ihre Liebe zu Ulrik Frederik demselben See zur Abendzeit zu vergleichen sei, wenn sich das Unwetter verzogen hat, spiegelblank, kalt und klar und ohne andere Bewegung als das Zerplatzen der Schaumblasen drinnen zwischen dem dunklen Röhricht des Ufers. Und doch würde das Bild gewissermaßen richtig gewählt sein, nicht nur darin, daß sie kalt und ruhig gegen ihn war, sondern noch mehr darin, daß alle die bunten und wimmelnden Träume und Lebensgedanken, die jene erste Leidenschaft zur Folge gehabt hatte, verblaßten und verwehten in dem kraftlosen stillen Wetter dieses letzten Gefühls.

Sie liebte ja allerdings Ulrik Frederik; doch hatte das nicht mehr seinen Grund darin, daß er gleichsam die Zauberrute war, die ihr die Pforten zu des Lebens Herrlichkeit und Pracht erschloß; und war es nicht zumeist die Pracht, die sie eigentlich liebte?

Es konnte zuweilen so aussehen, als wenn es nicht so sei. Wenn sie in der Dämmerstunde auf seinem Schoß saß und, sich selbst begleitend, ihm kleine französische Arien von Daphnis und Amaryllis vorsang und dazwischen plötzlich innehielt und, während sie lässig die Finger mit den Saiten der Zither spielen ließ, ihr Haupt an seine Schulter lehnte, da hatte sie so süße, liebeswarme Worte für sein lauschendes Ohr, daß keine wahre Liebe süßere hat, und es schwammen zärtliche Tränen in ihren Augen, wie sie nur die sanfte Unruhe der Liebe hervorlockt – und doch – konnte es nicht sein, daß sie in Sehnsucht auf den Erinnerungen eines entschwundenen Gefühls eine Stimmung aufbaute, die, durch das sanfte Dunkel beschirmt, von dem flammenden Blut und den weichen Tönen genährt, sie selbst betörte und ihn glücklich machte? Denn war es nur jungfräuliche Schüchternheit, die sie beim Licht des Tages karg an Liebesworten machte und ungeduldig bei Liebkosungen; oder war es nur Mädchenfurcht, so mädchenhaft schwach zu erscheinen, die ihr so manches Mal Spott in das Auge und Hohn auf die Lippe legte, wenn er um einen Kuß bat oder mit Liebesschwüren ihrem

Munde das Wort entlocken wollte, das alle Liebenden so gern hören; woher kam es dann, daß sie wieder und wieder, wenn sie allein war und ihre Phantasie es müde geworden, sich zum tausendstenmal die Herrlichkeit der Zukunft auszumalen, so hoffnungslos und verloren vor sich hinstarren und sich so unendlich einsam und verlassen fühlen konnte?

*

Ein wenig nach Mittag, gegen Ende August, ritten Ulrik Frederik und Marie, wie so häufig zuvor, den sandigen Weg am Sunde entlang vor dem Ostertor dahin.

Die Luft war frisch von einem Vormittagsregenschauer, die Sonne spiegelte sich im Wasser, gewitterblaue Wolken rollten in der Ferne von dannen.

So schnell es der Weg gestattete, ritten sie vorwärts, sie wie auch der Lakai in seinem langen, karmoisinroten Schoßrock. Vorbei an den Gärten ritten sie, wo die grünen Äpfel zwischen den dunklen Blättern hervorleuchteten, vorbei an den ausgespannten Fischernetzen, in deren Fäden noch die blinkenden Regentropfen hingen, an dem königlichen Fischerhaus mit dem roten Ziegeldach vorbei und über den Hof des Leimsieders, wo der Rauch gerade wie eine Säule aus dem Schornstein aufstieg. Sie scherzten und lachten, lächelten und lachten und jagten dahin.

Beim Gyldenlundkrug bogen sie ab und ritten durch den Wald gerade auf Overdrup zu, von wo es dann in bedächtigem Ritt durch den Bruch hinab nach der blanken Wasserfläche des Overdruper Sees hinunterging.

Große, überhängende Buchen spiegelten ihr grünes Laubdach in dem klaren See, und saftiges Sumpfgras und blaßrote Schafgarbe bildeten eine breite und bunte Verbrämung der Grenzscheide da, wo die Böschung, die braun von welkem Laub war, mach dem Wasser zu abfiel.

Oben in der Luft, unter dem Schirm des Blattgehänges, wo ein Lichtstreif durch das kühle Halbdunkel hinabschoß, wirbelten die Mücken in lautlosem Tanz; ein roter Schmetterling glänzte dort einen Augenblick, dann flog er in den Sonnenschein hinaus, über den See, wo stahlblaue Libellen blank durch die Luft blitzten und jagende Hechte hurtig gleitende Wellenlinien über die Fläche hinzogen. Von einem Gehöft hinter dem Bruch klang das Gackern der Hühner herab, und auf der andern Seite des Sees gurrten die Waldtauben unter den kuppelförmigen Buchen des Tiergartens.

Sie hielten die Pferde an und ließen sie langsam ins Wasser hinausplatschen, um die staubigen Fesseln abzuspülen und ihren Durst zu löschen. Marie hielt ein wenig länger draußen im Wasser als Ulrik Frederik, mit schlaffen Zügeln, damit die Stute frei den Kopf bewegen könne; in der Hand hielt sie einen langen Buchenzweig, dessen Blätter sie, eins nach dem andern, abriß und in das jetzt leise plätschernde Wasser fallen ließ.

»Ich glaube, wir bekommen ein Gewitter«, sagte sie und verfolgte aufmerksam einen schwachen Windstoß, der durch seine wirbelnde Bewegung runde, dunkelgekräuselte Flecke draußen auf dem See hervorbrachte.

»So laß uns umkehren«, riet Ulrik Frederik.

»Nicht um alles Gold der Welt«, erwiderte sie und trieb plötzlich ihr Pferd ans Land.

Im Schritt ritten sie nun um den See herum bis an den Weg und in den Hochwald hinein.

»Ich möchte wohl wissen«, sagte Marie, als sie wieder die Waldfrische auf ihrer Wange fühlte und lange in tiefen Zügen die Waldeskühle eingeatmet hatte, »ich möchte wohl wissen«, – weiter kam sie nicht, sondern sah mit strahlendem Blick in das grüne Laub empor.

»Was möchtest du wissen, mein Herz?«

»Ja, ob die Waldluft nicht kluge Menschen verrückt machen kann. Ach, wie viele Male bin ich nicht in dem Liedumer Wald herumgelaufen und immerfort gelaufen, weiter und weiter bis in das Allerdickste und Dichteste hinein. Ich war so ausgelassen vor Lustigkeit und sang aus vollem Halse und ging und ging, riß Blumen aus und warf sie wieder hin und juchheite den Vögeln nach, wenn sie aufflogen, bis mir dann auf einmal so wunderlich angst und bange ward – ach, ich wurde so beklommen und unglücklich, und bei jedem Zweig, der knackte, fuhr ich zusammen, und meine eigene Stimme, davor war mir fast mehr bange als vor allem andern. Ist dir das nie begegnet?« Doch ehe Ulrik Frederik antworten konnte, fing sie an, aus vollem Halse zu singen:

»Ich geh im grünen Walde froh,
Wo Ulm' und Apfel stehn,
Und schmücke mir mit Rosen zwo
Die Seidenschuhe schön,
Welch ein Tanz,
Welch ein Tanz,
Welch ein Tralala,
Welch rote, rote Beeren am Hagbuttenstrauch!«

und dazwischen sauste die Peitsche auf das Pferd nieder, und sie lachte und jubelte und sprengte von dannen, so schnell das Pferd sie tragen konnte, den schmalen Waldpfad entlang, wo die Zweige über sie hinfegten; und ihre Augen funkelten, und die Wangen brannten, sie hörte nicht auf Ulrik Frederiks Rufen, die Peitsche pfiff herab, und dahin gings mit verhängten Zügeln, der Schaum saß in Flocken auf ihrem flatternden Rock, die weiche Walderde hagelte an den Flanken des Pferdes hinauf, und sie lachte und hieb mit der Peitsche in die hohen Farnkräuter.

Auf einmal erhob sich das Licht gleichsam von Blatt und Zweig und flüchtete vor einem regenschweren Dunkel. Die Büsche raschelten nicht, den Hufschlag hörte man nicht; sie ritt dahin über eine lange Waldebene. Zu beiden Seiten die Bäume des Waldes wie eine schwere, dunkle Ringmauer; über ihr drohender, schwarzer Himmel mit jagenden, graufaserigen Wolken, gerade vor ihr die drohend blauschwarze, nebelbegrenzte Fläche des Sundes. Sie zog die Zügel straff an, und das ermattete Tier blieb willig stehen. In einem großen Bogen jagte Ulrik Frederik vorüber, schwenkte zu ihr um und hielt bald an ihrer Seite.

Im selben Augenblick schleifte wie ein schwerer, grauer, regendurchnäßter Vorhang eine Bö schräg über den Sund hin; eiskalter, feuchter Windstoß sauste über das flatternde Gras, pfiff an ihren Ohren vorbei und lärmte gleich schäumenden Wellen in den fernen Baumwipfeln. Große, flache Hagelkörner prasselten in weißen Streifen auf sie nieder, legten sich in Perlenreihen in die Falten des Kleides, spritzten von den Mähnen der Pferde ab und sprangen und rollten im Gras herum, als wimmelten sie aus der Erde hervor.

Um in Schutz zu kommen, ritten sie zwischen die Bäume hinein, flogen zum Strande hinab und hielten bald vor den niedrigen Türen des Stataf-Kruges.

Ein Knecht nahm die Pferde in Empfang, und der lange, barhäuptige Krugwirt wies sie in seine Staatsstube, allwo, wie er sagte, sich schon ein Fremder befinde.

Es war ›die leibhaftige Kürze‹, und er erhob sich sogleich vor den Eintretenden und erbot sich mit einer demütigen Verbeugung vor den hohen Herrschaften, das Zimmer zu räumen; allein Ulrik Frederik hieß ihn huldreich bleiben.

»Ihr sollt bleiben, Mann«, sagte er, »und uns bei diesem

verdrießlichen Herrgottswetter aufheitern. Du mußt wissen, mein Herz«, und er wandte sich zu Marie, »daß dieser unansehnliche Zwerg der weltberühmte Komödiantenspieler und Bierstubenhanswurst Daniel Knopf ist, wohlbewandert in allen freien Künsten, als da ist Würfelspiel, Fechten, Trinken, Fastnachtstollheit und dergleichen, im übrigen achtbarer und ehrlicher Kaufmann in der guten Stadt Kopenhagen.«

Daniel hörte diese Lobrede nur halb, so in Anspruch genommen war er davon, Marie Grubbe zu betrachten und ein paar recht artige Beglückwünschungsworte zu formulieren; aber als ihn jetzt Ulrik Frederik mit einem derben Schlag auf seinen breiten Rücken weckte, erglühte sein Gesicht vor Zorn und Scham, und er wandte sich wütend nach ihm um, bezwang sich aber im selben Augenblick und sagte mit seinem kältesten Lächeln: »Wir sind wohl nicht bezecht genug, Herr Obrist.«

Ulrik Frederik lachte und puffte ihn in die Seite und rief: »O, du Sakraments-Gaudieb, willst du Höllenkerl mich jetzt in Schmach und Schanden stehen lassen als einen elenden Prahler, so keine Dokumente hat, seine großsprecherischen Worte zu belegen? Pfui, pfui, sag ich! Ist das recht? Hab ich nicht dutzendemal deine Kunstfertigkeit vor dieser adeligen Jungfrau berühmet, so daß sie des öfteren das größte Verlangen bewiesen hat, deine weitberühmten Wunderkünste zu sehen und zu hören! Ihr könntet doch gern den blinden Cornelius Vogelfänger und seine flötenden Vögel agieren oder uns den Spaß mit dem kranken Hahn und der glucksenden Henne vormachen.«

Marie ergriff nun auch das Wort und sagte lächelnd, es sei so, wie Obrist Gyldenleu sage, daß sie sich oft gesehnt habe zu erfahren, was für Zeitvertreib, was für feiner und besonderer Scherz es sei, der die jungen Kavaliere halbe Tage und ganze Nächte hintereinander in schmutzigen

Bierspelunken festhalten könne; und sie bat Meister Daniel, er möge jetzt ihre Sehnsucht stillen und sich nicht zu lange bitten lassen.

Daniel verbeugte sich zierlich und sagte, daß, wiewohl seine geringen Possen mehr geeignet seien, umnebelten Kavalieren eine bequeme Gelegenheit zu geben, noch lauter zu brüllen und zu lärmen, als eine so feine und schöne Jungfrau zu amüsieren, so wolle er doch flugs beginnen, damit niemals gesagt werden könne, daß ihm je von ihrer schönen Wohlgeborenheit etwas befohlen oder erbeten worden sei, ohne daß er es auf der Stelle exequieret und ausgeführet habe.

»Seht her!« sagte er mit einer ganz veränderten Stimmlage und rekelte sich über den Tisch, die Ellenbogen nach den Seiten ausgespreizt, »jetzt bin ich eine ganze Versammlung der wohlgeborenen Bekannten und sonderlich guten Freunde Eures Verlobten.«

Er nahm einen Haufen Silbertaler aus einer Tasche, legte sie auf den Tisch, strich das Haar in die Augen nieder und ließ seine Unterlippe träge herabhängen.

»Der Teufel frikassiere mich!« lallte er und schlug rasselnd das Geld hin, als seien es Würfel, »bin ich für nichts und wieder nichts des wohlgeborenen Erik Kaases ältester Sohn? Was? Willst Du Dreckfresser mich Lügen strafen? Zehn hab ich geworfen, die Hölle verzehr mich, zehn, so daß es klirrte. Kannst Du Schafskopf sehen? frag ich. Ich frag, kannst du sehen, du dummer Neunaugenkerl, kannst du das? Oder soll ich dir den Balg mit meinem Degen aufschlitzen, so daß deine Leber und Lunge mitsehen können? was, soll ich? was? du Kamel, das du bist!«

Er sprang auf und zog sein Gesicht in die Länge.

»Drohst du?« fauchte er mit nordschonenschem Akzent; »weißt du, Drecksjunge, wem du drohst? Hol mich der Höllenfürst, wenn ich dir nich' . . .«

»Nein, nein«, sagte er mit seiner natürlichen Stimme, »das ist wohl gar zu große Lustigkeit, um damit anzufangen; nein, aber jetzt!« und er setzte sich nieder, stützte die Hände ganz außen auf die Kniescheiben, wie um seinem Bauch auszuweichen, machte sich dick und pausbäckig und flötete mit ruhiger Bedächtigkeit allzu langsam die Melodie von Klein-Röschen und Herrn Peter. Dann hielt er inne, rollte verliebt mit den Augen und rief zärtlich:

»Papagei – Papchen!« flötete wieder, aber hatte nun Mühe, den Mund gleichzeitig zu einem einschmeichelnden Lächeln zu verziehen. »Zuckerpüppchen!« rief er dann, »Hönigmäulchen! her zu mir, Schnuckelchen, her zu mir! Wein schlecken, Miezekätzchen? süßen, süßen Wein aus dem Krügelein?«

Abermals wechselte er die Stimme, er beugte sich auf dem Stuhl vor, blinzelte mit dem einen Auge und kämmte mit gekrümmten Fingern einen langen, eingebildeten Kinnbart.

»Bleib doch hier«, sagte er lockend, »bleib doch hier, schön Karen, nie werd ich dich verlassen, und du darfst mich auch niemals verlassen«, und seine Stimme wurde tränenheiser, »wir wollen einander niemals verlassen, mein liebes, liebes Herz, niemals auf Erden! – Gut und Geld, Ehre und Ruhm des Adels und kostbaren Blutes! weg, verdammt, sag ich, weg damit! Das ist mir wie Hefe und Bodensatz. – Feine Jungfrauen und Damen! weg, sag ich; du bist mir hundertmal himmelhoch besser als sie, du schönes Ding, das du bist! Weil sie Wappenschild und Abzeichen haben, die! – sollten sie darum besser sein? Du hast auch dein Wappenzeichen, du! Das rote Mal auf deiner weißen Schulter, das Meister Anders mit seinem roten Eisen eingebrannt hat, das ist ein Adelszeichen – ich speie auf meinen Schild, um dies Mal zu küssen, das tu ich, für soviel rechne ich meinen Schild – ja. Denn gibt es wohl im ganzen seeländischen Land ein adelig Weib so schön wie du, frag ich – gibt es so eine? – Nein, nicht eine, nicht ein Tüttelchen von einer!«

»Das – das – das sind Lügen, – nämlich«, rief er mit einer neuen Stimme, sprang auf und gestikulierte über den Tisch hin, »meine Frau Ide, nämlich – du Prahlhans – die hat einen Wuchs, du – nämlich – Glieder – die hat Glieder, sag ich, du Affenschwanz . . .«

Hier wollte sich Daniel auf den Stuhl zurückfallen lassen, aber da Ulrik Frederik diesen im selben Augenblick wegzog, fiel er und purzelte auf den Fußboden. Ulrik Frederik lachte wie ein Besessener; Marie sprang hastig auf, streckte beide Hände aus, wie um Daniel aufzuhelfen. Der Kleine ergriff, halb liegend, halb kniend, die Hand und starrte sie mit einem so dankerfüllten und hingebenden Blick an, daß sie ihn lange nicht zu vergessen vermochte.

Dann ritten sie heim, und niemand von ihnen dachte, daß diese zufällige Begegnung im Stataf-Kruge weiter reichen sollte, als sie jetzt reichte.

Neuntes Kapitel

Die Reichsversammlung, die gleich, nachdem die Ernte zu Ende gebracht war, ihren Anfang in Kopenhagen nahm, führte ja eine Menge von dem Adel des Landes in die Stadt, alle begierig darauf, ihre Gerechtsame wahrzunehmen; aber nebenher darauf bedacht, sich nach der Geschäftigkeit des Sommers zu verlustieren. Auch hatten sie nichts dawider, den Versuch zu machen, die seit dem Kriege ziemlich großsprecherische Kopenhagener Bevölkerung durch ihre Pracht und ihren Reichtum zu blenden und ihr dadurch einen kleinen Denkzettel zu geben, daß die Scheidewand zwischen den guten Männern des Landes und der unfreien Masse noch fest und sicher stehe, trotz königlicher Privilegien, trotz bürgerlicher Waffentaten und Siegesglanz und trotz der in den Geldkisten der Krämer heckenden Dukaten.

Daher wimmelten denn die Straßen von reichgekleideten Edelleuten und Damen, von galonierten adeligen Dienern und adeligen Pferden mit silberbeschlagenem Geschirr und bunten Wagendecken. Und das wurde ein Gastieren und Bewirten in allen adeligen Häusern der Stadt – bis spät in die Nacht hinein klang die Violine aus den erleuchteten Sälen über die Stadt hinaus und erzählte den schlummernden Bürgern, daß sich das beste Blut des Landes in stattlichem Tanz auf getäfeltem Estrich und bei schäumendem Wein in ererbten Pokalen erwärme.

Alles dies ging an Marie Grubbe vorüber; sie lud keiner zu Gaste, denn einerseits meinte man, daß ein Teil der Grubbes, auf Grund ihrer Verbindung mit dem Königshause, mehr auf seiten dieses denn auf seiten des Standes stünde, anderseits haßte der gute Adel aufrichtig den in den letzten Jahrzehnten ziemlich zahlreichen Oberadel, der aus den natürlichen Kindern des Königs und ihren Nächsten bestand. Marie wurde daher aus einem doppelten Grunde übergangen, und der Hof, der während der ganzen Reichsversammlung sehr eingezogen lebte, bot ihr keinen Ersatz.

Im Anfang war ihr das freilich ein wenig hart; da es aber andauerte, erweckte es bald den leicht erregbaren Trotz ihres Sinnes und hatte die höchst natürliche Wirkung zur Folge, daß sie sich inniger an Ulrik Frederik anschloß und ihn allmählich lieber gewann, weil ihr, wie es ihr schien, seinetwegen unrecht getan wurde; und diese ihre Neigung nahm an Stärke zu, so daß, als sie am 16. Dezember 1660 in aller Stille getraut wurden, die besten Aussichten vorhanden waren auf ein glückliches Zusammenleben zwischen ihr und dem Reichsjägermeister – dieser Titel und dieses Amt waren nämlich Ulrik Frederiks Anteil an den Gnadenbeweisen des siegreichen Königshauses.

Daß die Trauung so still vor sich ging, widersprach ganz den ursprünglichen Plänen, denn es war lange bestimmt gewesen, daß der König ihre Hochzeit auf dem Schloß ausrichten solle, so wie Christian der Vierte es bei Frau Rigitzens und Hans Ulriks Vermählung getan hatte; aber in der letzten Stunde bekam man Bedenken und meinte, es aus Rücksicht auf Ulrik Frederiks frühere Verehelichung und Scheidung so halten zu müssen, wie es geschah.

*

Sie sind also nun verheiratete und seßhafte Leute, und die Zeit enteilt, und die Zeit läuft weiter, und alles ist gut – und die Zeit verminderte ihren Flug, und die Zeit kroch, denn es ist ja nun einmal im allgemeinen so, daß wenn Leander und Leonora ein Halbjahr lang beieinander gewesen sind, so ist der Geist nicht immer über Leanders

Liebe, obschon Leonora ihn zumeist noch stärker und inniger liebt als in den Verlobungstagen. Denn während sie wie die kleinen Kinder ist, die das alte Märchen neu finden, wie oft es auch mit denselben Worten, denselben Überraschungen und demselben ewigen »Schnipp, schnapp, schnurr« erzählt wird, so ist Leander so anspruchsvoll, daß er ermüdet, sobald sein Gefühl ihn nicht mehr für sich selbst neu machen kann. Sobald er nicht mehr ganz berauscht ist, ist er auch im selben Augenblick mehr als nüchtern. Der schwellende, lichte Übermut des Rausches, der ihm das Selbstvertrauen und die Sicherheit des Halbgottes verliehen hat, verläßt ihn; er ängstigt sich, er denkt und gibt sich Zweifeln hin. Er sieht zurück auf den unruhigen Lebenslauf seiner Leidenschaft, seufzt seine Seufzer und gähnt. Und er sehnt sich, er fühlt sich wie einer, der nach einer langwierigen Fahrt in fremde Lande heimgekommen ist und nun die so innig wohlbekannten, so lange Zeit vergessenen Stätten wieder vor sich liegen sieht und, während er sie sieht, sich gedankenlos darüber wundert, daß er wirklich von diesem heimatlichen Weltenteil so lange fortgewesen ist.

In einer solchen Stimmung saß Ulrik Frederik an einem regnerischen Septembertag.

Er hatte seine Hunde hereingerufen, um mit ihnen zu spielen, hatte versucht zu lesen und hatte Daldös[1] mit Marie gespielt. Der Regen strömte herab, es war kein Wetter, um auszugehen, und er war daher in seine Rüstkammer, wie er den Raum nannte, gegangen, in der Absicht, seine Schätze zu putzen und nachzusehen – dazu war es just das Wetter –, und dann war ihm zufällig eine Kiste mit Waffen in den Sinn gekommen, die er von Ulrik Christian geerbt hatte; die hatte er sich vom Boden her-

1 Ein Brettspiel mit Steinen und Würfeln.

unterbringen lassen und saß nun da und hob die Erbschaft Stück für Stück.

Da waren Prachtdegen, blau angelaufen mit Goldeinlegung, und silberblanke mit matter Gravierung; da waren Jagdmesser mit schweren, einschneidigen Klingen, mit langen, flammengewundenen, mit dreieckigen, nadelspitzen Klingen. Da waren Toledoklingen, viele Toledoklingen, leicht wie Rohr und biegsam wie Weiden, mit Heften aus Silber und Jaspisachat, aus getriebenem Gold und aus Gold mit Karfunkeln; und eine darunter, die hatte nur ein Heft aus geätztem Stahl, und die war durch ein kleines Spangenband aus Seide gestochen, das mit Rosen und Ranken von roten Glasperlen und grüner Flockseide bestickt war. Entweder war es ein Armband, ein schlichtes Armband, oder, wie Ulrik Frederik glaubte, ein Strumpfband – und der Degen war da hindurchgestochen.

Das ist aus Spanien, dachte Ulrik Frederik, denn dort war der Verstorbene neun Jahre lang gewesen und hatte in der Armee gedient. Ach ja, er hatte ja auch in fremde Dienste treten sollen, bei Carl Gustav; aber dann kam der Krieg, und jetzt kam er wohl nie mehr dazu, sich in der Welt herumzutummeln, und er war doch kaum dreiundzwanzig Jahre. Immer hier leben, an diesem kleinen, langweiligen Hof, doppelt langweilig jetzt, wo sich der ganze Adel fernhielt. – Ein wenig jagen, ein wenig nach seinem Lehn sehen, einmal im Laufe der Zeit durch die Gnade des Königs geheimer Staatsrat und Ritter werden, Prinz Christian gegenüber gute Miene machen, und seine Anstellung behalten, hie und da zu einer langweiligen Ambassade nach Holland verwandt werden, altern, die Gicht bekommen, sterben und in der Frauenkirche beigesetzt werden, – das war die glänzende Bahn, die für ihn abgesteckt war. – Jetzt führten sie da unten in Spanien Krieg, da war Ruhm zu gewinnen, ein Leben zu leben – daher stammte der Degen und das Band. Nein – er mußte mit dem König reden, es regnete noch, und es war weit bis Frederiksborg; aber das half nichts, warten konnte er nicht, es mußte entschieden werden.

Dem König gefiel der Vorschlag gut. Wider Gewohnheit sagte er sogleich ja, zur großen Überraschung für Ulrik Frederik, der den ganzen Weg geritten war und sich selber alles aufgezählt hatte, alles das, was es schwierig, unwahrscheinlich, unmöglich machte – und nun sagte der König ja; zu Weihnacht konnte er reisen, zu der Zeit konnten die einleitenden Schritte getan und die Antwort des spanischen Königs eingetroffen sein.

Die Antwort kam denn auch schon zu Anfang Dezember, aber Ulrik Frederik kam doch erst in den ersten Tagen des April zur Abreise; da war soviel, was vorher getan werden sollte, Geld, das beschafft werden, Leute, die ausgerüstet, Briefe, die geschrieben werden mußten; aber dann reiste er auch ab.

Marie Grubbe war nur übel zufrieden mit dieser spanischen Reise, und wohl brachte Frau Rigitze sie dahin, einzusehen, daß es notwendig für Ulrik Frederik war, ins Ausland zu reisen und Ruhm und Ehre zu gewinnen, damit der König etwas Rechtes für ihn tun könne; denn wohl sei Seine Majestät ein absoluter Herr, aber er sei desungeachtet sehr empfindlich gegen das Gerede der Leute, und die Adelschaft sei ja nun in dieser Zeit so verkehrt und querköpfig, daß sie sicherlich alles, was der König unternahm, in dem übelsten Sinne auslegen würde – aber dennoch, Weiber haben nun einmal eine angeborene Furcht vor allem Lebewohlsagen, und hier gab es vieles, wovor einem bange sein konnte, denn selbst wenn Marie von der Kriegsgefahr und von der langen gefährlichen Reise absehen und sich damit trösten konnte, daß eines Königs Sohn wohl in acht genommen werden würde, so konnte sie doch nicht umhin, sich davor zu ängstigen, daß das Zusammenleben, das so gut begonnen hatte, durch eine vielleicht mehr als jahrelange Trennung so unterbrochen werden möchte, daß es niemals so fortgesetzt werden würde, wie es begonnen hatte. Ihre Liebe war so neu und so wenig befestigt, und nun, just, wo sie ins Wachsen gekommen war, sollte sie schonungslos allerhand Unbilden und Gefahren ausgesetzt werden; schien das nicht förmlich darauf auszugehen, sie zu vernichten? – und das hatte ihr kurzer Ehestand sie gelehrt, daß die Art Ehe, so sie in ihrem Brautstand für außerordentlich leicht zu führen gehalten hatte, die Ehe, wo Mann und Frau jedes seinen eigenen Weg ging, daß dies nur ein Unglücksleben sein konnte mit eitel Finsternis und ohne Morgenrot; und dazu war ja nun hier der Anfang gemacht, nach außen hin, Gott verhüte, daß es auch innerlich so kommen würde; aber es hieß, das Glück schwer versuchen, indem man einer solchen Trennung die Tür öffnete.

Und dann war sie auch sehr eifersüchtig auf all dies leichte, katholische Weiberpack da unten in Spaniens Reichen und Landen.

*

Frederik der Dritte, der wie so viele andere Fürsten und Herren dazumal eifrig der Goldmacherkunst oblag, hatte Ulrik Frederik den Auftrag mitgegeben, in Amsterdam den berühmten Goldmacher, den Italiener Burrhi, aufzusuchen, sich zu erkundigen, ob er nicht nach Dänemark zu kommen gedenke, und ihn unter der Hand verstehen zu lassen, daß sowohl der König als auch der reiche Christen Skeel auf Sostrup ihm seine Mühe wohl bezahlt machen könnten, wenn er sich dorthin bemühen wolle.

Als Ulrik Frederik daher im Junimond zweiundsechzig die genannte Stadt erreichte, ließ er sich durch Ole Borch, der dermalen dort studierte und mit Burrhi wohlbekannt war, zu ihm führen. Der Goldmacher, derzeit Anfang der Fünfziger, war ein Mann etwas unter Mittelgröße mit erheblicher Anlage zum Fettwerden, leicht in Gang und Haltung, ein wenig gelblich, mit schwarzem Haar, einem schmalen Knebelbart, runden Wangen, vollem Kinn, gebogener, etwas plumper Nase und kleinen, blitzenden Augen, von einer unzähligen Menge kleiner und großer Runzeln umgeben, die fächerförmig von den Augenwinkeln ausgingen und ihm ein zugleich pfiffiges und gutmütiges Aussehen verliehen.

Ein schwarzer Sammetrock mit großen Aufschlägen und florüberzogenen, silbernen Knöpfen, schwarze Kniebeinkleider, schwarze, seidene Strümpfe und Schuhe mit großen, schwarzen Bandrosetten waren seine Tracht. Er schien Wert auf Spitzen zu legen, denn er hatte Spitzen an der Brust und an den Enden seines Halstuches, und sowohl um die Handgelenke als von dem Rande seiner Kniebeinkleider hingen reiche Spitzenmanschetten in dichten Falten. Seine Hände waren weiß, fett, rundlich und klein und so überladen mit auffällig plumpen goldenen Ringen, daß er die Finger nicht schließen konnte. Sogar um den Daumen hatte er große, juwelenblitzende Ringe. Sobald er sich setzte, barg er, ungeachtet es ja Sommertag war, die Hände in einem großen Pelzmuff; denn es friere ihn immer an den Händen, wie er sagte.

Das Gemach, in das er Ulrik Frederik führte, war groß und geräumig, mit gewölbter Decke und schmalen, spitzbogigen Fenstern hoch oben an der Wand. Ein großer, runder Tisch stand mitten im Zimmer, umgeben von hölzernen Stühlen, auf deren Sitzen weiche Polster von roter Seide mit langen, schwarzen Quasten an allen vier Ecken lagen. In die Tischscheibe war eine große, silberne Platte eingelegt, auf der in Niello die zwölf Himmelszeichen, die

Planeten und die wichtigsten Sternbilder dargestellt waren. Eine Reihe Straußeneier hing an einer Schnur von der Mittelrosette der Wölbung nieder. Der Fußboden war in grauen und roten Tafeln gemalt, und innerhalb der Tür waren alte Hufeisen in Triangelform in die Dielenbretter eingelassen. Ein großer Korallenbaum stand unter dem einen Fenster, ein dunkler, geschnitzter, hölzerner Schrank mit Messingbeschlag unter dem andern. In einer Ecke war eine Wachspuppe in Lebensgröße, die einen Mohren vorstellte, angebracht, und längs der Wand lagen Blöcke aus Zinnerz und Kupfererz. Der Mohr hatte ein getrocknetes Palmenblatt in der Hand.

Nachdem sie sich nun niedergelassen hatten und die ersten Höflichkeitsäußerungen gewechselt waren, fragte Ulrik Frederik – sie sprachen Französisch – Burrhi, ob er nicht auch den Suchenden in Dänemarks Landen mit seiner Weisheit und Erfahrenheit zu Hilfe kommen wolle.

Burrhi schüttelte den Kopf.

»Ich weiß wohl«, sagte er, »daß die heimliche Kunst in Dänemark vornehme und mächtige Pfleger hat, aber ich habe jetzt so viele fürstliche Herren und Prälaten unterwiesen, und hab ich auch nicht allemal Undank und geringe Erkenntlichkeit statt des erwarteten Lohnes gesehen, so hab ich doch viel Querköpfigkeit und Unverständigkeit angetroffen, daß ich schwerlich mehr die Gestalt eines Lehrmeisters so erhabener Scholaren annehme. Es ist mir nicht kund, nach welcher Regula oder Methode Seine Majestät der König von Dänemark laborieret, so daß der Inhalt meiner Worte nicht auf ihn zielen kann; allein ich kann in aller Geheimheit beteuern, daß ich Herren von dem allerhöchsten Adel des Reiches, ja gesalbete Fürsten und Erbherrn angetroffen habe, sie so witzlos in ihrer Historia naturalis und Materia magica waren, daß der gemeinste Marktschreier nicht mehr bäuerisch abergläubisch sein kann, als sie waren. Sie setzten sogar ihr Vertrauen auf das weitausgebreitete, schmähliche Landesgerücht, daß Goldmachen dasselbige sei wie einen Labetrunk zu machen oder eine Arznei-Pillula; so man nur das rechte Rezept habe, so werde es zusammengemenget, aufs Feuer gesetzt, eine Formel gesprochen, und dann müsse das Gold da sein. Desgleichen haben Pfennigfuchser und ignorantische Personen ausgebreitet – der Teufel hole sie! Können die Leute denn gar nicht verstehen, daß, wenn es so anginge, da würde die Welt in Gold schwimmen.

Wohl ist es, wie gute Autores sicherlich mit Recht vermuten, also von der Natur bestellet, daß nur ein gewisser Teil der Materie zur Gestalt des Goldes geläutert werden kann, aber wir würden dennoch überschwemmt werden. Nein, die Goldmacherkunst ist eine schwierige und kostspielige Kunst. Es muß eine glückliche Hand dazu gehören, es müssen gewisse besondere Konstellationen und Konjunktionen vorhanden sein, wenn das Gold recht quellen soll. Nicht alle Jahrgänge ist die Materie gleich goldgiebig; nein, nein; bedenket doch, daß es geringe Destillatio oder Sublimatio ist, sondern eine Umwandlung der Natur, so angehen soll. Ja, ich darf sagen, daß ein Zittern durch die Gezelte der Naturgeister geht jedesmal, wenn ein Teil des puren, gleißenden, blanken Goldes aus der tausendjährigen Umarmung der Materia vilis befreiet wird.«

»Aber«, sagte Ulrik Frederik, »Ihr verzeihet mir, daß ich frage; aber bringet man nicht durch solche geheime Künste seine Seele in Gefahr und Not?«

»Nein, nein«, antwortete Burrhi eifrig, »wie möget Ihr das glauben! Welcher Magier war wohl größer als Salomo, dessen Siegel, das große wie das kleine, uns wunderbarlich bis auf den heutigen Tag erhalten worden ist? Wer gab wohl Mosem die Zaubergabe? Nicht etwa Zebaoth, der Geist des Sturmes, der Schreckliche?« und er drückte den Stein in dem einen seiner Ringe an die Lippen. »Ja, ja«, fuhr er fort, »sicherlich haben wir große Namen der Finsternis und gefährliche Worte, ja grauenvolle Heimlichkeitszeichen, die, so sie zum Bösen gebrauchet werden, wie es mannigfache Wahrsagerinnen und Hexenmeister und Laienmedici tun, flugs die Seelen ihrer Anrufer in Gehennas Fesseln legen. Aber wir, wir rufen sie nur an, um die heilige Urmaterie von der unreinen Befleckung und Beimischung des Staubes und irdischer Asche zu befreien; denn *das* ist das Gold; das Gold ist die originelle Ursprungsmaterie, die es gab, um Licht zu geben, ehe die Sonne und der Mond in die Wölbung des Himmels eingesetzet wurden.«

So sprachen sie lange von der Goldmacherkunst und anderen Geheimwissenschaften, bis Ulrik Frederik ihn fragte, ob er mit Hilfe des kleinen Zettels, den er ihm vor einigen Tagen durch Ole Borch hatte zukommen lassen, sein Horoskop gestellt habe.

»Im großen«, antwortete Burrhi, »könnte ich Euch wohl sagen, was Euch bestimmt ist, aber wenn die Nativität nicht ganz genau in der Stunde gestellt wird, da das Kind zur Welt kommt, so kommen nicht alle kleinen Zeichen mit, und das Resultat wird dann nur wenig verläßlich. Doch weiß ich etwas. Ja, ja«, fuhr er fort und strich sich über die Augen, »wäret Ihr bürgerlich geboren und in der geringen Stellung eines Medikus, da hätte ich Euch nur frohe Dinge zu berichten gehabt; aber jetzt wird Euch die Welt nicht ganz so leicht werden. Es ist in gewissen Maßen sehr zu beklagen, daß der Lauf der Welt in den meisten Fällen so ist, daß eines Handwerkers Sohn auch ein Handwerker wird, eines Kaufmanns Sohn ein Kaufmann, eines Bauern Sohn ein Bauer und so fort über das Ganze, denn das Unglück mancher hat alleinig darin seinen Grund, daß sie sich einem andern Beruf hingeben als dem, den ihnen die Stellung der Himmelszeichen bei ihrer Geburt anweiset. Wenn solchergestalt einer, der im Anfang des Widderzeichens geboren ist, sich dem Kriegerstand ergibt, da wird ihm nichts glücken, und Wunden und geringe Beförderung und früher Tod werden ihm gewiß sein; aber wenn er mit seinen Händen zu arbeiten beginnt, als Kunstschmied oder Steinschneider, da wird alles ihm dienstbar sein. Einer, der unter dem Zeichen der Fische in der ersten Hälfte geboren ist, dem ziemet es, das Land zu bestellen oder, so er reich ist, sich viel Grundbesitz anzuschaffen; wer in der letzten Hälfte geboren ist, muß sein Glück auf der See suchen, sei es nun als gemeiner Fährschiffer oder als Admiral. Das Zeichen des Stieres in der ersten Hälfte ist für Kriegsleute, in der letzten Hälfte für Advokaten; die Zwillinge, unter denen Ihr geboren seid, sind, wie ich sage, für die Medici im ersten Teil und für Kaufleute im zweiten. – Aber lasset mich jetzt Eure Hand sehen.«

Ulrik Frederik hielt seine Hand hin, Burrhi ging nach dem Hufeisentriangel und strich seine Schuhe darüber hin, so wie ein Seiltänzer seine Sohlen auf dem Harzbrett streicht, ehe er auf das Tau hinausgeht. Dann sah er in die Hand.

»Ja«, sagte er, »die Ehrenlinie ist ganz und lang, sehe ich, und reicht so weit, wie sie reichen kann, ohne bis zu einer Krone zu reichen. Der Glücksstrich ist für einige Zeit matt, aber er wird schon mehr und mehr klar. Da ist die Lebensfurche, die sieht ganz übel aus, leider; Ihr müsset Euch wohl in acht nehmen, bis Ihr die Siebenundzwanzig erreicht habt, bis dahin ist Euer Leben hart und heimlich bedrohet; aber dann wird die Linie klar und stark, ganz bis in das hohe Alter hinein, doch sie zweiget nur einen Strich ab – ja, doch, da ist noch ein kleinerer daneben – ja,

Ihr werdet Leibeserben aus zween Ehen bekommen, dem ist nichts im Wege, aber nur wenige in jeder.«

Er ließ die Hand los.

»Höret«, sagte er ernsthaft, »es ist Gefahr für Euch da, aber wo sie drohet, das seh ich nicht, jedoch offene Kriegsgefahr ist es keineswegs; sollte es ein Sturz sein oder sonstiger Reiseunfall, so nehmet hier diese dreieckigen Malachite, sie sind von einer besonderen Art; sehet hier, in diesem Ring hab ich sie selber, sie schützen gut wider Fallen oder Sturz von Roß oder Wagen. Nehmet sie mit, traget sie auf der bloßen Brust; oder lasset Ihr sie in einen Ring hineinsetzen, da nehmet das Gold dahinten heraus, denn sie müssen berühren, wenn sie schirmen sollen; und sehet hier einen Jaspisstein; könnt Ihr sehen, es sitzet darin gleichsam das Bild eines Baumes, der ist sonderlich selten und fein und gut gegen schleichenden Waffenstich und flüssig Gift. Ich bitte Euch nochmals, mein teurer junger Herr, Ihr möget Euch wohl hüten, insonderheit vor den Weibsbildern; ich weiß es nicht bestimmt, aber da sind Zeichen, die darauf hindeuten, daß die Gefahr in der Hand eines Weibsbildes blitzet; aber ich weiß es nicht, es ist nichts gewiß; hütet Euch daher auch vor argen Freunden und schalkischen Dienern, vor kalten Gewässern und vor langen Nächten.«

Ulrik Frederik nahm die Geschenke freundlich entgegen und vergaß nicht, am folgenden Tage dem Goldmacher eine kostbare Halskette zu senden, als Dank für seine guten Ratschläge und guten Schutzsteine.

Hierauf ging seine Reise ohne Unterbrechung geradesweges nach Spanien.

Zehntes Kapitel

Es war so still im Hause an jenem Frühlingstag, als der Hufschlag der Pferde in der Ferne erstorben war. Noch standen alle Türen offen nach der Geschäftigkeit der Abschiedsstunde, noch stand der Tisch gedeckt, an dem Ulrik Frederik gespeist hatte; seine Serviette lag noch neben seinem Kuvert, so wie er sie zusammengeknüllt hatte, und feuchte Spuren von seinen großen Reiterstiefeln waren noch ringsumher auf dem ganzen Estrich sichtbar.

Dort bei dem großen Pfeilerspiegel hatte er sie an seine Brust gedrückt, sie zum Lebewohl geküßt und wieder geküßt und mit beschworenen Versprechungen baldigen Wiedersehns zu trösten gesucht.

Unwillkürlich trat sie vor den Spiegel, wie um zu sehen, ob der nicht sein Bild festgehalten habe, so wie sie es vor einem Augenblick, von seinem Armen umschlossen, gesehen hatte. Ihre eigene, einsame, verzagte Gestalt, ihr bleiches, verweintes Antlitz begegneten ihrem suchenden Blick hinter der glatten, blanken Fläche des Spiegels.

Unten ward das Tor geschlossen, der Diener deckte den Tisch ab, und Nero, Passando, Rumor und Delphin, seine Lieblingshunde, die eingesperrt waren, rannten mit kläglichem Gewinsel, die Spuren beschnuppernd, im Zimmer hin und her. Sie wollte sie zu sich rufen, vermochte es aber nicht vor Schluchzen. Passando, das große, rote Fuchswindspiel, kam zu ihr hin; sie kniete nieder und streichelte es und klopfte es, aber es wedelte nur zerstreut mit dem Schwanz und sah ihr mit großen Augen gerade ins Gesicht und winselte und winselte.

Jene ersten Tage – wie leer und trübselig war doch alles,

wie langsam verrann die Zeit, und wie bedrückend schwer lastete die Einsamkeit auf ihr, und wie war dann die Sehnsucht dazwischen so ätzend, wie Salz in einer offenen Wunde.

Ja, das waren die ersten Tage; aber als es dann nicht länger neu war und fortfuhr zu kommen, alles: die Dunkelheit und die Leere, die Sehnsucht und der Kummer, Tag für Tag, wie ein Schneewetter, wo Flocke auf Flocke fällt, eine langsam herabschwebende Schicht nach der andern, da überkam sie eine wunderliche Stumpfheit und Ruhe der Hoffnungslosigkeit, ja fast eine Gefühllosigkeit, die sich gemächlich im Schatten des Kummers zurechtsetzt.

Und dann war es plötzlich wieder ganz anders.

Alle Nerven gespannt in der höchsten Reizbarkeit, alle Adern pochend von lebensdurstigem Blut; und ihre Phantasie war so erfüllt von farbenreichen Bildern und betörenden Gesichtern wie die Luft der Wüste.

In solchen Tagen war ihr zumute wie einer Gefangenen, die ungeduldig ihre Jugendzeit, Lenz auf Lenz, unfruchtbar vorbeigleiten sieht, ohne Blumen, matt und öde, beständig entschwindend, nimmer kommend. Und es war ihr, als würde ihr die Summe der Zeit zugezählt, Stunden-Heller für die Stunde, und als fiele ein jeder von ihnen mit dem Klang des Glockenschlages klirrend vor ihre Füße nieder und zerbröckelte und würde zu Staube, und da konnte sie in qualvoller Lebenssehnsucht ihre Hände ringen und schreien wie unter Folterqualen.

Selten zeigte sie sich bei Hofe oder bei ihren Verwandten; denn die Etikette erforderte, daß sie sich zu Hause hielt; und da sie nur sehr wenig dazu aufgelegt war, Besuche zu würdigen, hörten diese bald auf, und sie war sich selbst überlassen.

Eine träge Mattigkeit war bald die Folge dieses einsamen Grübelns und Grämens, und ganze Tage und Nächte hintereinander blieb sie im Bett liegen und suchte sich hier in einem halb wachen, halb schlummernden Zustand zu halten, der abenteuerliche Träume zeitigte, die an Klarheit die nebelhaften Traumbilder des gesunden Schlafes weit übertrafen, so daß sie fast wie wirklich waren und einen willkommenen Ersatz für das Leben gaben, das sie entbehrte.

Tag für Tag wurde sie mehr und mehr reizbar, so daß der geringste Lärm ihr Schmerzen verursachte, und sie konnte die seltsamsten Einfälle und plötzliche, wahnsinnige Wünsche bekommen, die fast Zweifel an ihrem Verstand erwecken mußten.

Es war auch wohl nur eines Strohhalmes Breite zwischen dem Wahnsinn und diesem seltsamen Gelüst, das sie erfaßte, irgendeine verzweifelte Handlung zu begehen, nur um sie zu begehen, nicht weil sie den geringsten Grund dafür hatte, ja, es nicht einmal wirklich wünschte.

So geschah es zuweilen, wenn sie an dem offenen Fenster stand, an den Pfosten gelehnt, und in den gepflasterten Hof tief unter ihr hinabsah, daß sie ein verlockender Drang durchzuckte, sich da hinabzuwerfen, nur um es zu tun. Aber im selben Augenblick hatte sie in der Phantasie den Sprung gemacht, und sie fühlte das schneidende, kühlende Prickeln, das ein Sprung von hohen Stellen erzeugt, und sie stürzte vom Fenster in das Innerste der Stube hinein, vor Angst bebend und mit dem Bild von sich selbst, wie sie blutend da unten auf den harten Steinen lag, so deutlich vor den Augen, daß sie wieder ans Fenster treten und hinabsehen mußte, um das Bild zu verscheuchen.

Minder gefährlich und von etwas anderer Natur war das Gelüst, das sie empfand, wenn sie, was zuweilen vorkam, auf ihren entblößten Arm sah und fast neugierig den Lauf der blauen und dunkelvioletten Adern unter der weißen

Haut verfolgte, das Gelüst, das sie dann empfand, in seine weiße Rundung hineinzubeißen; und sie folgte wirklich ihrem Gelüst und biß wie ein grausames kleines Raubtier Mal auf Mal; aber sobald es wirklich weh tat, hielt sie gleich inne und begann, den armen, mißhandelten Arm zu streicheln.

Zu anderen Zeiten konnte sie, mitten während sie so dasaß, darauf verfallen, hineinzugehen, um sich auszukleiden, bloß um sich in eine dicke, rote, seidene Decke zu hüllen und die kühle, blanke Berührung des glatten Stoffes zu spüren oder um eine eiskalte Stahlklinge an ihrem entblößten Rücken hinabzulegen.

Solcherlei Einfälle hatte sie viele.

Nach vierzehnmonatiger Abwesenheit kehrte dann Ulrik Frederik heim.

Es war eine Julinacht. Marie konnte nicht schlafen, sie lag und lauschte dem langsam pfeifenden Sommernachtswind, beunruhigt durch allerlei beängstigende Gedanken.

Die letzten acht Tage hatte sie Ulrik Frederik jede Stunde erwartet, sein Kommen wünschend, sein Kommen fürchtend.

Würde alles wieder werden wie in alten Zeiten, vor vierzehn Monaten? – sie verneinte es den einen Augenblick und bejahte es den andern. Sie konnte ihm die Reise nach Spanien nun einmal nicht recht vergeben, sie war so alt geworden in all der Zeit, so verzagt und still, und nun kam er nach Hause, gewöhnt an Glanz und Getümmel, frischer und jugendlicher denn zuvor, und fand sie bleich und verblüht, schwer von Gemüt – schwer von Gang, gar nicht die alte, und bei der ersten Begegnung würde er so fremd und kühl gegen sie sein, und das würde sie noch verschüchterter machen, und er würde sich von ihr wenden, aber nie würde sie sich von ihm abwenden; nein, nein;

sie wollte über ihm wachen wie eine Mutter, und wenn die Welt ihm zuwiderging, würde er zu ihr kommen, und sie würde ihn trösten und so gut mit ihm sein, um seinetwillen entbehren, leiden, weinen, alles um seinetwillen tun. – Dann wieder schien es ihr, daß, sobald sie ihn sähe, alles sein würde, wie es war; ja, sie stürmten durch das Gemach gleich übermütigen Pagen, lärmten und tollten, und die Wände gaben Widerklang von Gelächter und Jubel, und in den Ecken flüsterte es von Küssen.

Wie sie sich das so dachte, fiel sie in einen leichten Schlummer, und es lärmte und spielte in ihre Träume hinein; und als sie erwachte, lärmte es noch, rasche Fußtritte erklangen auf den Treppen, das Tor wurde aufgeschlagen, Türen wurden geschlossen, Wagen rasselten auf der Straße, Pferdehufe scharrten auf dem Steinpflaster.

Er ists! dachte sie, sprang auf, ergriff die große, gesteppte Bettdecke, und darin wie in einen Mantel eingehüllt, eilte sie durch die Zimmer. Im Saal hielt sie inne; da stand eine Unschlittkerze in einem hölzernen Leuchter auf dem Fußboden und brannte, ein paar von den Lichtern in den Armleuchtern waren angezündet, der Diener war vor lauter Geschäftigkeit von diesen Vorbereitungen davongelaufen. Draußen wurde gesprochen. Es war Ulrik Frederiks Stimme, sie zitterte vor Bewegung.

Die Tür ging auf, und mit dem Hut auf dem Kopf und den Mantel um sich geschlagen, stürmte er herein, wollte sie in seine Arme schließen, bekam jedoch nur ihre Hand zu fassen, denn sie fuhr zurück; er sah so fremd aus, sie kannte seine Tracht nicht, er war so braun und so voll geworden, und unter dem Mantel war er in einer seltsamen Kleidung, dergleichen sie noch nie gesehen hatte; es war die neue Mode mit langer Weste und pelzverbrämtem Frack, und die veränderte seine Figur ganz und machte ihn noch unkenntlicher.

»Marie«, rief er, »mein Herzenskind«, und er riß sie an sich, so daß ihr das Handgelenk weh tat und sie vor Schmerz stöhnte. Allein er bemerkte das nicht, er war ziemlich betrunken, denn die Nacht war nicht warm, und sie hatten in der letzten Schenke ausgiebig Rast gehalten.

Es half nur wenig, daß Marie widerstrebte, er küßte und streichelte sie wild und unbändig. Endlich entschlüpfte sie ihm doch, und mit glühenden Wangen und wogendem Busen entfloh sie in das anstoßende Gemach; da kam ihr aber der Gedanke, daß dies doch vielleicht ein gar seltsamer Empfang sei, und sie kehrte zurück.

Ulrik Frederik stand auf demselben Fleck, ganz verwirrt, geteilt zwischen dem Bemühen, seinen umnebelten Verstand dazu zu vermögen, das zu fassen, was hier vor sich ging, und der Anstrengung, die Halsschließe seines Mantels aufzuhaken; allein seine Gedanken und seine Hände waren gleich hilflos. Als nun Marie zurückkam und ihn von dem Mantel befreite, kam er darauf, daß das Vorhergegangene wohl Spaß sein solle, und er brach in ein schallendes Gelächter aus, schlug sich auf die Lenden, wand und krümmte sich, taumelnd wie er war, drohte Marien schelmisch und lachte vergnügt und gutmütig, hatte offenbar etwas Spaßhaftes, was er sagen wollte, fing auch damit an, konnte es aber nicht herausbringen und sank endlich, ganz aufgelöst und krampfhaft lachend, auf einen Stuhl nieder, stöhnend und keuchend von all dem Gelächter, ein glückseliges, breites Lächeln über dem ganzen Gesicht.

Nach einer Weile machte das Lächeln einem schläfrigen Ernst Platz; da erhob er sich und ging in schweigender, mißvergnügter Majestät im Zimmer auf und nieder, stellte sich schließlich am Kamin auf, vor Marie, den einen Arm in die Seite, den andern auf das Gesimse gestützt, und sah überlegen – immerwährend geschaukelt von dem starken Rausch – auf sie nieder. Er hielt nun eine lange, unzusammenhängende Trunkenheitsrede über seine eigene Größe, über die Ehre, die ihm im Auslande erwiesen worden sei, und über das große Glück, das es für Marie als eines gemeinen Edelmannes Tochter war, einen zum Gemahl zu haben, der, wenn er gewollt hätte, eine Prinzessin von Geblüt hätte heimführen können. Er ging darauf ohne Grund dazu über, zu sagen, daß er Herr in seinem Hause sein wolle, und bedrohte Marie, sie solle so gehorsam, so gehorsam sein, er wolle kein Räsonieren anhören, nicht einen Muck, nicht einen einzigen; wie hoch er sie auch erhoben habe, so bleibe sie doch immer seine Sklavin, seine kleine Sklavin, seine süße, kleine Sklavin; und nun wurde er so sanft wie ein spielender Luchs, weinte und schmeichelte und drang mit der ganzen Hartnäckigkeit eines Betrunkenen auf sie ein, mit groben Liebkosungen und plumpen Liebesworten – unentrinnbaren, unabweislichen.

Am Morgen des nächsten Tages erwachte Marie lange vor Ulrik Frederik.

Fast mit Haß betrachtete sie die schlafende Gestalt an ihrer Seite. Ihr Handgelenk war geschwollen und ganz schmerzhaft von seinem gewaltsamen Bewillkommnungsgruß gestern abend. Da lag er mit den kräftigen Armen unter dem starken, behaarten Nacken; sorglos, trotzig, schien es ihr, atmete die breite Brust, und es lag ein stumpfsinniges, sattes Lächeln auf den roten, feuchtglänzenden Lippen.

Sie ward bleich vor Zorn und rot vor Scham, als sie ihn ansah. Ihr nahezu fremd durch die lange Trennung, war er eingedrungen, auf ihre Liebe pochend wie auf sein Recht, übermütig sicher der ganzen Hingebung und Zuneigung ihrer Seele, wie jemand sicher ist, seine Möbel stehen zu finden, wo sie standen, als er ausging. Sicher, entbehrt worden zu sein; sicher, daß sich Sehnsuchtsklagen von ihren zitternden Lippen zu ihm in die Ferne hingeschwungen hatten; sicher, daß das Ziel aller ihrer Wünsche sein grobes Umarmen war.

Als Ulrik Frederik aufstand, fand er sie halb sitzend, halb liegend auf einer Ruhebank in der blauen Stube. Sie war bleich, die Gesichtszüge waren schlaff, die Augen niedergeschlagen, und die kranke Hand lag matt in ihrem Schoß, in ein Spitzentaschentuch eingehüllt; er griff danach, aber sie reichte ihm langsam die Linke und bog mit einem schmerzlichen Lächeln das Haupt zurück.

Ulrik Frederik küßte lächelnd die ausgestreckte Hand, machte ein paar scherzende Bemerkungen über seinen Zustand gestern abend und entschuldigte sich damit, daß er, solange er in Spanien gewesen sei, nie einen einzigen guten Rausch gehabt habe, sintemal die Spanier kein Verständnis für das Trinken hätten; und er fügte hinzu, daß, wenn er ehrlich sein solle, er lieber den gefälschten Alikante und Malaga aus Johann Lehns Weinstube oder aus dem Bräuhahnkeller trinke, als den echten, süßen Teufelskram, den es da unten gäbe.

Marie schwieg.

Der Frühstückstisch stand gedeckt, und Ulrik Frederik fragte, ob sie nicht essen wollten.

Marie wollte nichts haben, sie bat ihn, sie zu entschuldigen; er müsse allein essen, sie habe keinen Appetit, und ihre Hand schmerzte so sehr, er habe sie ganz zerquetscht.

So bekam er denn zu wissen, wie schuldig er war, und er wollte durchaus die kranke Hand sehen und sie küssen; aber Marie barg sie schnell in den Falten ihres Kleides und sah ihn an, wie er sagte, mit dem Blick einer Tigerin, die ihr wehrloses Junge verteidigt. Er bat lange, aber es half nichts; so setzte er sich denn lachend an den Tisch und aß mit einem Appetit, der Marie lebhaft mißfiel. Ruhig konnte er indessen nicht sitzen, er mußte jeden Augenblick an das Fenster laufen und hinaussehen, denn all die heimatlichen Szenen auf der Straße waren ihm so neu und kurios; doch er hatte durch dies ewige Umherrennen bald die halbe Anrichtung ringsumher in der Stube verstreut: sein Bier stand in dem einen Fenster, das Brotmesser lag in dem andern, seine Serviette hing über der Vase auf dem vergoldeten Gueridon, und ein Kringel lag auch auf dem kleinen Tisch in der Ecke.

Endlich wurde er fertig und setzte sich an das Fenster und saß lange und sah hinaus, mit Marie plaudernd, die ihm drüben von ihrer Ruhebank nur selten antwortete oder auch gar nicht antwortete.

Schließlich erhob sie sich und ging an das Fenster, wo er saß. Sie seufzte und sah schwermütig in die Luft hinaus.

Ulrik Frederik lächelte und drehte mit großer Beharrlichkeit seinen Siegelring am Finger herum.

»Soll ich die kranke Hand anhauchen?« sagte er in einem klagenden, mitleidigen Ton.

Marie riß das Spitzentaschentuch von der Hand, ohne ein Wort zu sagen, und fuhr fort hinauszusehen.

»Sie wird sich verkühlen, die arme Kleine«, sagte er und sah einen Augenblick auf.

Marie stützte, scheinbar gedankenlos, die kranke Hand auf das Fensterbrett und spielte mit den Fingern wie auf einem Klavikordium, vor und zurück, aus der Sonne und in den Schatten des Fensterrahmens, und aus dem Schatten heraus und wieder in die Sonne hinein, vor und zurück.

Ulrik Frederik blickte mit lächelndem Wohlgefallen auf die schöne, bleiche Hand, die wie ein munteres, geschmeidiges Kätzchen auf dem Fensterbrett spielte und sich tummelte, sich wie zum Sprunge krümmte, sich drehte und wendete, einen Buckel machte und einen Anlauf auf das Brotmesser zu nahm, den Stiel herumrollte, zurückkroch, sich flach auf das Fensterbrett hinlegte, sich langsam wieder nach dem Messer hinschlich, sich mit geschmeidigem Griff um das Heft ringelte, die Klinge hob und sie blank in der Sonne funkeln ließ, dann mit dem Messer auffuhr . . .

Im selben Augenblick blitzte das Messer auf seine Brust hinab, aber er parierte mit dem Arm, und die Klinge schnitt durch seine lange Spitzenmanschette in den Ärmel hinein, und er hieb es beiseite auf den Fußboden, sprang mit einem Schrei des Entsetzens auf, so daß der Stuhl zurückflog, all das in einer kurzen Sekunde, gleichsam mit einer einzigen Bewegung.

Marie war leichenblaß, sie preßte die Hände gegen die Brust, ihr Blick war steif und entsetzt, sie starrte auf den Fleck hin, wo Ulrik Frederik gesessen hatte, dann senkten die Augenlider sich, ein gellendes, totes Lachen drängte sich über ihre Lippen, und sie sank auf den Estrich nieder, lautlos, ganz langsam, wie von unsichtbaren Händen gestützt.

Vorher, als sie mit dem Messer spielte, hatte sie plötzlich bemerkt, daß Ulrik Frederiks Spitzenhemd offen stand und seine Brust entblößte, und im selben Augenblick war der sinnlose Trieb in ihr entstanden, die kalte, blitzende Klinge in die weiße Brust hineinzustoßen, und sie tat es, – nicht weil sie wünschte, ihn zu töten oder auch nur zu verwunden, vielleicht nur, weil das Messer kalt und die Brust warm war, oder möglicherweise auch, weil ihre Hand krank und schwach und die Brust stark und gesund war, aber vorerst und vor allem, weil sie es nicht lassen konnte, weil ihr Wille keine Macht über ihr Gehirn oder ihr Gehirn keine Macht über ihren Willen hatte.

Ulrik Frederik stand bleich da und stützte sich mit den Handflächen auf den Frühstückstisch; er bebte so, daß der Tisch erschüttert ward und die Schüsseln gegeneinander klirrten. Furcht war sonst nicht unter seinen Eigenschaften, noch fehlte es ihm an Mut; aber dies war so ungeahnt gekommen, war so wahnsinnig unbegreiflich, daß er nur mit Gespensterfurcht an die Gestalt denken konnte, die da drüben am Fenster leblos und still auf dem Estrich lag. Burrhis Worte von der Gefahr, die in der Hand eines Weibes blitze, klangen ihm in die Ohren, er fiel aufs Knie und betete; denn alle wahrscheinliche Sicherheit, alle vernünftige Zuversicht war vom Erdenleben gewichen und alle menschliche Gewißheit auch; denn es war der Himmel selbst, der regierte, der Einfluß unbekannter Geister, der lenkte, überirdische Mächte und Zeichen, die bestimmten. Warum sollte sie ihn sonst töten wollen, warum, Gott, du Allmächtiger, warum, warum? . . . Weil es sein sollte. Sollte.

Fast verstohlen hob er das Messer auf, zerbrach die Klinge und warf die Stücke in den leeren Kamin.

Noch rührte Marie sich nicht.

Sie war doch nicht verwundet? nein, das Messer war ja blank, und es war kein Blut an seinen Manschetten; aber sie lag so still, so totenstill; er eilt zu ihr hin und hob sie in seinen Armen empor.

Marie seufzte, schlug die Augen auf, sah starr und tot vor sich hin, sah Ulrik Frederik an, und sie schlang ihre Arme um ihn, küßte und liebkoste ihn, sagte aber nicht ein Wort. Sie lächelte zwar ganz glücklich und froh, aber es lag eine fragende Angst in ihrem Blick, sie sah auf dem Estrich umher, als suche sie etwas, packte dann plötzlich Ulrik Frederik um das Handgelenk und befühlte seinen Ärmel, und als sie sah, daß der aufgerissen und die Manschette zerfetzt war, schrie sie vor Entsetzen.

»So hab ich es doch getan«, rief sie verzweifelt aus, »ach Gott in deinem höchsten Himmel, bewahre meinen Verstand, so flehentlich bitte ich darum! – Aber warum fragst du nicht?« sagte sie zu Ulrik Frederik; »warum schleuderst du mich nicht von dir wie eine giftige Schlange! Und doch, Gott soll es wissen, ich habe weder Schuld noch Anteil an dem, was ich getan habe; es kam so über mich, es war etwas, was mich zwang; ich schwör dir bei meinem höchsten Heiligen, es war etwas, so meine Hand lenkte; aber du glaubst es nicht, wie kannst du auch?« Und sie weinte und jammerte.

Allein Ulrik Frederik glaubte ihr völlig. Das war ja die vollste Bestätigung seiner eigenen Gedanken; und er tröstete sie mit guten Worten und Liebkosungen, obwohl er ein heimliches Grauen vor ihr empfand als vor derjenigen, die ein armes, wahnwitziges Werkzeug war in der unseligen Gewalt arger Geister. Und er überwand nicht dieses Grauen, wiewohl Marie Tag für Tag all eines klugen Weibes Klugheit aufbot, um sein Vertrauen zu gewinnen. Denn hatte sie an jenem ersten Morgen in ihrem Herzen geschworen, daß Ulrik Frederik alle seine Liebenswürdigkeit entfalten und seine ganze Geduld aufbieten solle, um sie wieder zu gewinnen, so schwur ihr Benehmen nun das gerade Gegenteil; jeder Blick war eine Bitte, jedes Wort ein demütiges Versprechen, und in tausenderlei Kleinigkeiten, in Tracht und Gebärden, in schlauen Überraschungen und zarten Rücksichten gestand sie ihm, jede Stunde des Tages, ihre innige, sehnsuchtsvolle Liebe; und hätte sie nur die Erinnerung an den Auftritt jenes Vormittags zu überwinden gehabt, so wäre der Sieg ihr auch sicher gewesen.

Allein größere Feinde standen ihrer Sache entgegen.

Ulrik Frederik war als armer Prinz aus einem Lande ausgezogen, wo der mächtige Adel die unehelichen Kinder eines Königs keineswegs für mehr als seinesgleichen erachtete. Die Alleinherrschaft war noch so jung, und die

Betrachtung, daß der König ein Mann war, der seine Macht dadurch erkaufte, daß er seine Macht hingab, so uralt. Der Halbgottschimmer, der in späteren Zeiten den absoluten Erbherrn umstrahlte, war, wenn auch schon entglommen, doch nur erst schwach und zart und blendete keinen, der nicht allzu nahe stand.

Aus diesem Lande zog Ulrik Frederik zu Philipp des Vierten Heer und Hof, und hier wurde er mit Geschenken und Ehrenbezeugungen überschüttet und zum Grand d'Espagne ernannt und auf gleichem Fuß mit Don Juan d'Austria behandelt; denn der König der Spanier ließ es sich angelegen sein, in seiner Person Frederik dem Dritten zu huldigen und durch überschwengliche Freigebigkeit und Gnade seiner Zufriedenheit mit der Regierungsveränderung in Dänemark und seiner Anerkennung für König Frederiks sieggekrönte Bestrebungen, in die Reihe der absoluten Herrscher einzutreten, Ausdruck zu verleihen.

Gehoben und berauscht von all diesen Ehren, die seine Auffassung von der eigenen Bedeutung gänzlich veränderten, sah Ulrik Frederik bald, daß er unverzeihlich leichtsinnig gehandelt hatte, indem er eines gemeinen Edelmannes Tochter zu seiner Gemahlin machte; und Gedanken, seine eigene Unbesonnenheit an ihr auszulassen, Gedanken, sie erhöhen zu lassen und sich von ihr scheiden zu lassen, kreuzten einander in bunter Verwirrung während der Heimreise; und als jetzt die abergläubische Furcht, daß sein Leben durch sie bedroht werde, hinzukam, faßte er den Entschluß, bis er beurteilen könne, was weiter vorzunehmen sei, sie kalt und zeremoniell zu behandeln und jeden Versuch abzulehnen, das alte, idyllische Verhältnis wieder ins Leben zurückzurufen.

Frederik der Dritte, der keineswegs ein unfeiner Beobachter war, entdeckte bald, daß Ulrik Frederik in seiner Ehe nicht sonderlich zufrieden war, und begriff auch sehr wohl den Grund, und er benutzte deswegen jede Gelegenheit, Marie Grubbe zu bevorzugen und auszuzeichnen, und überschüttete sie mit Zeichen seiner Huld und Gnade und glaubte, sie auf diese Weise in Ulrik Frederiks Augen und Gunst heben zu können; aber das half nichts, es trug nur dazu bei, ein Heer von wachsamen und neidischen Feinden rund um die Auserkorene zu schaffen.

*

In jenem Sommer, wie so oft zuvor, wohnte die königliche Familie auf Frederiksborg.

Ulrik Frederik und Marie zogen gleichfalls da hinaus, denn sie sollten behilflich sein, alle möglichen Festlichkeiten und Aufzüge zu ersinnen, die im September und Oktober stattfinden sollten, wenn der Kurfürst von Sachsen käme, um sich mit der Prinzessin Anna Sofie zu verloben.

Vorläufig war der Hofkreis da draußen ganz klein, erst gegen Ende August sollte er erweitert werden, denn alsdann sollten die Proben zu den Balletten und anderer Lustbarkeit beginnen. Es war daher sehr still, und sie vertrieben sich die Zeit, so gut sie konnten. Ulrik Frederik war fast jeden Tag auf langen Jagd- und Fischzügen, der König hatte mit seiner Drechselbank und seinem Laboratorium zu schaffen, das er sich in einem der kleinen Türme hatte einrichten lassen, und die Königin und die Prinzessinnen fertigten Kunststickereien für das bevorstehende Fest an.

In der Allee, die vom Walde zu der Pforte des kleinen Tiergartens führt, pflegte Marie Grubbe ihren Morgenspaziergang zu machen.

Sie war auch heute da.

Hoch oben in der Allee hob sich ihr krapprotes Kleid, grell leuchtend, von dem erdschwarzen Weg und dem grünen Laub ab.

Langsam kam sie näher.

Der zierliche, schwarze Filzhut, ohne andern Schmuck als eine schmale Perlenlitze und einen blitzenden, silbergefaßten Solitär an der aufgebogenen Seitenkrempe, saß leicht auf dem in schweren Locken aufgesteckten Haar. Der Robenleib saß stramm und glatt, die Ärmel waren eng bis hinab zu den Ellenbogen, dort waren sie tief aufgeschlitzt, hängend, über dem Schlitz mit Perlmutter agraffiert und mit antlitzfarbener Seide gefüttert. Eine dichtgewebte Spitzenkante verhüllte die nackten Arme. Der Robenrock, der nach hinten zu ein wenig schleppte, war an den Seiten hoch aufgerafft und fiel in gerundeten Falten vorn kurz ab und ließ einen schwarz und weiß schräggestreiften, seidenen Unterrock erblicken, so lang, daß der Fuß mit den schwarzgezwickelten Strümpfen und perlenspangigen Schuhen eben noch zu sehen war. In der Hand trug sie einen Fächer aus Schwanenfedern und Federn von Raben.

Dicht bei der Pforte blieb sie stehen, hauchte in ihre hohle Hand und hielt sie erst vor das eine, dann vor das andere Auge; darauf riß sie einen Zweig ab und legte die kühlen Blätter auf die heißen Augenlider; aber man konnte trotzdem sehen, daß sie geweint hatte. Dann ging sie durch die Pforte, auf das Schloß zu, kehrte wieder zurück und schlug einen Seitenweg ein.

Kaum war sie hinter den dunkelgrünen Buchsbaumhecken verschwunden, als oben in der Allee ein seltsames, gebrechliches Paar zum Vorschein kam; ein Mann, der langsam und schwankend ging wie jemand, der eben erst von einer schweren Krankheit erstanden ist, stützte sich auf eine Frauensperson in einem Mantel aus altmodischem Stoff und mit einem großen, grünen Schirm vor den Augen. Der Mann wollte schneller gehen, als er es wohl vermochte, und die Frauensperson hielt dagegen und trippelte murrend mit.

»Na, na!« sagte sie, »warte doch, daß du deine Beine mitkriegst, du fliegest ja als wie ein schiefes Rad auf einem abschüssigen Weg. Kranke Glieder müssen wie Kranke behandelt werden. Geh jetzt ruhig! Hat sie dir das nicht gesagt, die kluge Frau in Lynge. Was soll das, auf Beinen dahinstolpern, in denen nicht mehr Halt und Festigkeit ist als wie in einem alten Strohseil!«

»Herrgott, sind das aber auch Beine!« jammerte der Kranke und stand still, da die Knie unter ihm schlotterten; »jetzt ist sie ganz außer Sicht«, und er sah sehnsüchtig nach der Pforte hinauf, »ganz außer Sicht! und heut ist keine Lustfahrt, hat der Furier gesagt, und es ist so lange hin bis morgen!«

»Ja, ja, die Zeit vergeht schon, lieber Daniel, und dann kannst du heute ausruhen, dann bist du morgen um so stärker; da folgen wir ihr durch den ganzen Wald, flugs bis zu der Pforte hinab; ja, das tun wir, und jetzt gehen wir heim, und dann sollst du auf der weichen Ruhebank liegen und einen guten Krug Bier bekommen, und dann spielen wir ›Verkehrung‹[1], und dann kommt Reinhold Weinschänk, wenn die hohen Herrschaften abgespeist haben, und dann fragst du nach Neuigkeiten, und wir machen eine gute, ehrliche Partie Lauter[2], bis die Sonne zur Rüste geht, ja, das tun wir, lieber Daniel, das tun wir!«

»Ja, das tun wir, ja, das tun wir!« äffte Daniel sie nach, »du mit deinem Lauter und Spiel und Verkehrung! Wo es in meinem Herzen brennt wie Laufblei, und mein Verstand in wilder Not ist und – hilf mir an den Wegesrand, daß ich mich ein wenig setzen kann – so, so . . . bin ich klug, Magnille? bin ich klug? – ich bin toll wie eine Fliege in einer Flasche, wie? Heiliger Himmel, Kreuzsapperment!

1 Verkehrung ist ein Brettspiel.
2 Lauter ist ein Kartenspiel.

Das ist eines klugen Mannes Gebaren für eine mißgeborene Mißgeburt, einen elenden, elenden, rückgratbrüchigen Wicht, sich in hochtoller Liebe zu eines Prinzen Gemahlin zu verzehren; das ist klug, Magnille, sich die Augen nach ihr aus dem Kopfe zu sehnen, zu schnappen wie ein landgeschmissener Fisch, um nur einen Schimmer von ihrer Gestalt zu sehen, mit seinem Mund die Stätten zu küssen, so ihr Fuß betreten hat; das ist klug, sag ich! – ach, wären da nicht die Träume, Magnille, wo sie sich über mich beugt und ihre weiße Hand auf meine schmerzensvolle Brust legt oder so still liegt und so leise atmet und ist so kalt und verlassen und hat keinen, sie zu schützen außer mir ... oder vorüberwirbelt in einem armseligen Nu, weiß wie eine nackte Lilie! – Aber das sind nichtige Träume, Rauch und Tand bloß und leere Luftblasen.«

Sie gingen weiter.

Bei der Pforte blieben sie stehen.

Daniel stützte sich mit den Armen darauf und starrte zwischen den Hecken hinauf.

»Da drinnen!« sagte er.

Still und licht lag der Tiergarten, mit Sonne in der Luft und Sonne im Laub. Kiesel und kleine Scherben unten auf dem Wege warfen das Licht in zitternden Strahlenbündeln zurück, fliegende Spinngewebe blitzten durch die Luft, und welke Knospenhülsen schwebten schwirrend von den Zweigen der Buchen herab, während hoch oben an dem blauen Himmel die weißen Tauben des Schlosses sich tummelten, mit Sonnengold auf den hurtigen Schwingen.

Von einer fernen Laute klang eine lustige Tanzmelodie gedämpft herab.

»Solch ein Narr!« murmelte Daniel. »Sollte man es glauben, Magnille, daß einer, der die kostbarste Demantsperle Indiens besitzet, sie gering achten würde und Scherben von bemaltem Glas nachläuft! Marie Grubbe und – Fiedel-Karen! Ist er gescheit? Und jetzt denken sie, er jagt, weil er den Wildschützen für sich schießen läßt und heimkommt mit Bekassinen und Wachteln in Bündeln und Paaren, und derweilen lärmt und schäkert er unten in Lynge mit einer feilen Dirne, einer Kanaille – pfui, pfui, in der Hölle Pfuhl mit dem schmutzigen Kommerz! – und er ist so eifersüchtig auf das Maikätzchen, daß er seine Augen knapp einen Tag am Ende von ihr abzuwenden traut, während . . .«

Es raschelte im Laub, und Marie Grubbe stand gerade vor ihm innerhalb der Pforte.

Als sie vorhin unten im Garten abbog, war sie nämlich zu der Umzäunung hinuntergegangen, wo die Elentiere und die Esromkamele jetzt gehalten wurden, und hatte sich von da nach einem Lusthaus ganz dicht an der Pforte begeben. Hier hatte sie Daniels Worte an Magnille gehört, und nun:

»Wer seid Ihr?« fragte sie, »und waren sie wahr, die Worte, so Ihr sagtet?«

Daniel hatte Mühe, sich an der Pforte aufrecht zu halten, so zitterte er.

»Daniel Knopf, wohlgeborene Madame, der tolle Daniel«, antwortete er; »kümmert Euch nicht um sein Geschwätz, das läuft ihm so über die Zunge, Gewaschenes und Ungewaschenes durcheinander, Hirnspreu und Zungengedresch, Zungengedresch und nichts weiter.

»Ihr lügt, Daniel.«

»Ja, ja, Herrgott! sicher lüg ich, das ist glaubhaft genug, denn hier, wohlgeborene Madame«, und er zeigte auf seine Stirn, »hier ist es gleichwie eine Zerstörung Jerusalems – knickse, Magnille, knickse höflich und sag der wohlgeborenen Madame Gyldenleu, wie toll ich worden bin – sei nicht verschämt! Herrgott, wir haben ja alle unsere kleinen Fehler und Gebrechen! Sag es nur, Magnille, wir sind ja darum doch nur so verrückt, wie unser Herrgott uns macht.«

»Ist er wirklich ganz verrückt?« fragte Marie Magnille.

Magnille bückte sich verwirrt, griff nach Mariens Kleiderzipfel zwischen dem Gitterwerk der Pforte und küßte ihn und sah ganz erschreckt aus: »Ach, nein, nein, das ist er nicht, Gott sei Dank.«

»Sie ist auch . . .« und Daniel beschrieb mit der Hand einen Kreis in der Luft. »Wir passen aufeinander, wir zwei Verrückten, so gut wir können, nicht gerade zum besten, aber, Herrgott, Verrückte sehen, Verrückte gehen, mit gegenseitigem Beistand erreichen sie das Grab, aber über sie geläutet wird nicht, das darf nicht sein. Im übrigen Dank für freundliche Nachfrage, vielen Dank, vielen Dank und Gott befohlen!«

»Bleibt!« sagte Marie Grubbe, »Ihr seid nicht mehr verrückt, als Ihr Euch selber machet. Ihr sollt reden, Daniel; wollet Ihr, ich soll so niedrig von Euch denken, daß Ihr Zwischenträger seid zwischen ihr, die Ihr nanntet, und meinem Herrn Gemahl? Wollet Ihr das?«

»Ein armer, verrückter Mann«, jammerte Daniel und machte eine entschuldigende Bewegung mit der Hand.

»Gott verzeih Euch, Daniel, es ist ein schändlich Spiel, so Ihr treibet; ich hatte Euch für so viel, viel besser gehalten!«

»Ist das wahr, ist das wahrhaftig wahr?« rief er eifrig, und seine Augen leuchteten vor Freude, »dann bin ich wieder klug, fraget mich nur, fraget mich nur!«

»Waren sie wahr, die Worte . . .?«

»Wie das Evangelium, aber . . .«

»Seid Ihr dessen sicher? Ihr irret nicht?«

Daniel lächelte.

»Ist . . . er heute da?«

»Ist er auf der Jagd?«

»Ja.«

»Dann, ja.«

»Was ist –«, hub Marie nach einer kleinen Pause wieder an, »was ist sie für eine Art Person, wenn Ihr es wisset?«

»Klein, wohlgeborene Madame, sehr klein, rot und weiß wie ein Traubapfel, geschwätzig und munter, mit lachendem Mund und geschäftiger Zunge.«

»Aber von was für Leuten kommt sie her?«

»Vor zwei Jahren, oder vor drittehalb, war sie mit einem französischen Valet de chambre verheiratet, der außer Landes lief und sie sitzen ließ; aber sie hatt' nicht lange gesessen, als sie in Begleitung eines verschuldeten Harfenisten nach Paris auszog; und da und in Brüssel ist sie gewesen, bis sie in diesem Jahr um die Pfingstzeit wieder hierher ins Land zurückkam. Sie hat sonst einen natürlich aufgeweckten Kopf und angenehme Manieren, ausgenommen, wenn es passiert, daß sie betrunken ist; das ist nun all die Wissenschaft, die ich habe.«

»Daniel«, sagte sie und hielt unschlüssig inne.

»Daniel«, antwortete dieser mit einem feinen Lächeln, »ist Euch jetzt und ewiglich so treu wie Eure rechte Hand.«

»Wollet Ihr mir da beistehen? – Könnt Ihr einen – einen Wagen beschaffen und einen Fuhrmann, auf den Verlaß ist, sobald ich Euch Nachricht zukommen lasse?«

»Ja, ich kann, das kann ich; eine kleine Stunde nachher soll ein Wagen auf Bleidecker Hermanns Koppel an dem alten Bretterschuppen halten. Verlasset Euch nur darauf, wohlgeborene Madame.«

Marie stand einen Augenblick, als bedenke sie sich. »Wir sprechen uns noch«, sagte sie dann, nickte Magnille freundlich zu und ging.

»Ist sie nun nicht aller Schönheit Tresor, Magnille?« rief Daniel aus und starrte entzückt den Weg hinan, auf dem sie verschwunden war. »Und so adelig stolz«, fügte er triumphierend hinzu, »ach, sie würde mich mit dem Fuß wegstoßen, verächtlich ihre Ferse auf meinen Nacken setzen und mich sachte in den niedrigsten Staub treten, wenn sie wüßte, wie verwegen Daniel von ihrer Person träumt. – So brennend schön und herrlich! es schnitt mir für sie ins Herz, daß sie sich mir, mir anvertrauen mußte! Die majestätische Palme ihres Stolzes niederbeugen ... aber es ist Wonne in dem Sentiment, Magnille, Wonne des Himmelreichs, Magnilleke!«

Dann stolperten sie miteinander davon.

Daß Daniel und seine Schwester nach Frederiksborg gekommen waren, war also zugegangen: die arme, ›leibhaftige Kürze‹ hatte nach der Szene im Stataf-Kruge eine wahnsinnige Liebe zu Marie Grubbe erfaßt. Eine arme, phantastische Liebe, die nichts anderes hoffte, forderte oder erwartete, als unfruchtbare Träume. Nichts weiter. Und das bißchen Wirklichkeit, das erforderlich war, um die Träume mit einem schwachen Schimmer von Leben zu färben, fand er in reichem Maße, indem er sie dann und wann, wenn die Gelegenheit sich bot, blitzflüchtig in der Nähe oder vorüberziehend in der Ferne sah. Aber als nun Gyldenlöve fortreiste und Marie niemals ausging, da wuchs seine Sehnsucht und stieg und stieg, bis sie nahe daran war, ihn wahnsinnig zu machen, und ihn endlich auf das Krankenlager warf.

Als er sich geschwächt und zugrunde gerichtet wieder erhob, war Gyldenlöve heimgekehrt; und von einer von Mariens Zofen, die in seinem Solde stand, erfuhr er, daß das Verhältnis zwischen Marie und ihrem Gemahl nicht das beste war, und diese Nachricht gab seiner unmöglichen Leidenschaft neue Nahrung und neues Wachstum, das unnatürlich üppige Wachstum einer Phantasterei.

Ehe er noch seine Krankheit so weit verwunden hatte, daß er recht stehen und sich aufrecht halten konnte, reiste Marie nach Frederiksborg. Er mußte ihr folgen, warten konnte er nicht. Er sagte, er wolle zu der klugen Frau in Lynge, um völlig geheilt zu werden, und seine Schwester Magnille solle ihn begleiten, dann könne sie gleichzeitig Rat für ihre kranken Augen einholen. Das fanden Freunde und Bekannte vernünftig, und so fuhren denn Daniel und Magnille nach Lynge hinaus. Hier entdeckte er Gyldenlöves Verhältnis mit Fiedel-Karen, und hier vertraute er sich Magnille vollständig an, gestand ihr seine absonderliche Liebe, sagte ihr, daß für ihn nur Licht und Lebensodem sei, wo Marie Grubbe wäre, und beschwor sie, ihn nach dem Dorf Frederiksborg zu begleiten, damit er ihr nahe sein könne, die so ganz sein Gemüt erfüllte.

Magnille willfahrte ihm, sie mieteten sich in Frederiksborg ein und waren nun schon viele Tage lang Marie Grubbe aus der Ferne auf ihren einsamen Morgenspaziergängen gefolgt.

Und dann geschah es, daß sie einander begegneten.

Elftes Kapitel

Ein paar Tage später, am Vormittag, war Ulrik Frederik in Lynge.

Er lag auf allen vieren draußen in dem kleinen Garten vor dem Hause, wo Fiedel-Karen wohnte, einen Kranz aus Rosen in der einen Hand, während er mit der andern einen kleinen, weißen Damenhund unter dem Haselgebüsch in der Ecke bald hervorzulocken, bald hervorzuzerren suchte.

»Boncoeur! petit, petit Boncoeur! Boncoeur, so komm doch, du kleiner Schelm, ach, so komm doch, du Närrchen – du Untier, Boncoeur, liebes Hundchen! – verfluchtes, eigensinniges Vieh!« Karen stand am Fenster und lachte.

Der Hund kam nicht, und Ulrik Frederik lockte und fluchte.

»Amy des morceaux délicats,«

sang Karen und winkte mit einem gefüllten Weinpokal.

»Et de la débauche polie
Viens noyer dans nos Vins Muscats
Ta soife et ta mélancolie.«

Sie war sehr aufgeräumt, sehr erhitzt, und einzelne Töne des Liedes gingen höher, als sie eigentlich sollten.

Endlich fing Ulrik Frederik den Hund.

Triumphierend trug er ihn vor das Fenster hin, drückte ihm den Rosenkranz über die Ohren herab und reichte ihn kniend zu Karen hinauf.

»Adorable Vénus, reine des coeurs, je vous prie d'accepter de ton humble esclave ce petit agneau innocent, couronné de fleurs . . .«

Im selben Augenblick öffnete Marie Grubbe die Gartentür. Sie wurde bleich, als sie Ulrik Frederik auf den Knien einen Rosenkranz, oder was es nun sein mochte, zu dem roten, lachenden Frauenzimmer hinaufreichen sah, und sie beugte sich hinab, nahm einen Stein und warf ihn mit aller Macht nach ihr; aber er traf den Rand des offen stehenden Fensters, so daß die Scheiben klirrend zu Boden prasselten.

Karen stürzte schreiend fort. Ulrik Frederik sah ihr ängstlich in die Stube nach, ließ vor Überraschung den Hund fallen, behielt aber den Kranz und stand nun erstaunt da, zornig und verlegen, und drehte ihn zwischen seinen Händen herum.

»Warte nur, warte nur!« schrie Marie, »ich traf dich nicht, aber ich werde schon, werde schon«; und sie zog eine lange, dicke, stählerne Nadel mit rubinenverziertem Kopf aus ihrem Haar, die hielt sie dann vor sich hin wie einen Dolch und eilte in einem wunderlich kleinschrittigen, fast hüpfenden Lauf auf das Haus zu; es war gleichsam, als könne sie nicht sehen, denn sie lief nicht geradeaus, sondern in seltsamen, unsicheren Windungen auf die Tür des Hauses zu. Dort hielt Ulrik Frederik sie auf.

»Geh beiseite«, sagte sie jammernd, »du mit deinem Kranz!«

»So einer«, fuhr sie fort, während sie sich von der einen Seite nach der andern wandte, um hineinzuschlüpfen, und beständig die Augen auf die Türöffnung gerichtet hielt, »so einer windest du Kränze, Rosenkränze, ja–a, hier bist du der verliebte Schäfer; hast du nicht auch eine Schalmei? Hast du keine Schalmei?« wiederholte sie und schnappte ihm im selben Augenblick den Kranz aus der Hand, warf ihn an die Erde und trampelte darauf; »und einen Schäferstab, Amaryllis, mit einer seidenen Schleife?«

»Laß mich vorbei, sag ich!« drohte sie und hob den Nadeldolch wider ihn.

Er packte sie an beiden Handgelenken und hielt sie fest; »willst du wieder stechen?« sagte er scharf.

Marie sah zu ihm auf.

»Ulrik Frederik«, sagte sie ganz leise, »ich bin dein Weib vor Gott und den Menschen. Warum liebst du mich nicht mehr? Komm mit, laß die dadrinnen sein, was sie ist, und komm mit! Komm mit, Ulrik Frederik, du weißt nicht, welch brennende Liebe ich für dich im Herzen trag, wie bitterlich ich mich sehne und härme! Komm mit, hörst du, komm mit!«

Ulrik Frederik antwortete nicht, er bot ihr den Arm und geleitete sie aus dem Garten hinaus, bis an ihren Wagen, der nicht weit davon hielt. Er half ihr hinauf, ging vorn um die Pferde herum und sah nach dem Geschirr, schnallte eine Spange um und rief den Kutscher herunter, um ihn etwas an der Koppel in Ordnung bringen zu lassen, und flüsterte ihm dann zu, als sie da vorne standen:

»Sobald du auf dem Bock sitzest, fahr zu, was die Gäule laufen wollen, und halt keine Minute an, eh ihr zu Haus seid, das sag ich, und du kennst mich wohl!«

Der Kutscher war oben, Ulrik Frederik faßte an die Seite des Wagens, wie um auch aufzusteigen, die Peitsche sauste auf die Pferde nieder, er sprang zurück, und der Wagen fuhr davon.

Einen Augenblick dachte Marie daran, den Kutscher halten zu lassen, die Zügel zu ergreifen, hinauszuspringen, allein es überkam sie auf einmal eine Ruhe der Ohnmacht und ein unendlich tiefer, namenloser Ekel, eine Übelkeit erregender Abscheu, und sie blieb ruhig und still sitzen, vor sich hinstarrend, ohne die rasende Fahrt des Wagens zu beachten.

Und Ulrik Frederik war wieder bei Fiedel-Karen.

Am Abend, als Ulrik Frederik heimkehrte, war ihm eigentlich ein klein wenig beklommen; nicht gerade ängstlich war er, aber doch von der Spannung befangen, die die Menschen beschleicht, wenn sie die bestimmte Überzeugung haben, daß sie einer ganzen Reihe von Verdrießlichkeiten und Unannehmlichkeiten entgegengehen, denen nicht zu entrinnen ist, durch die man hindurch muß.

Marie würde sich natürlich bei dem König beklagen, und der würde ihm jetzt langweilige Vorwürfe machen, die geduldig bis zu Ende angehört werden mußten; Marie würde sich in das majestätische Schweigen der gekränkten Tugendsamkeit hüllen, was zu ignorieren er sich dann bemühen mußte. Die Stimmung da oben würde äußerst bedrückend sein, die Königin würde müde und leidend aussehen, vornehm leidend, und die Hofdamen, die nichts wußten, aber alles ahnten, würden schweigend dasitzen, hin und wieder leise seufzend die Köpfe erheben und ihn mild vorwurfsvoll mit großen, verzeihenden Augen ansehen; ach, er kannte das Ganze bis hinab zu der Glorie hochherziger Treue und heroischer Selbstaufopferung, womit der arme Kammerjunker der Königin sein schmales Haupt zu umgeben suchen würde, indem er sich mit komischer Courage an seine, Ulrik Frederiks Seite, stellte und ihn mit Höflichkeit und ehrerbietig tröstenden Dummheiten überschüttete, während seine kleinen, wasserblauen Augen und seine ganze schmächtige Gestalt deutlich wie klare Worte redeten und sagten: sehet, alle wenden ihm den Rücken; mit Gefahr königlichen Zorns, des Mißfallens der Königin tröste ich den Verlassenen! Ich gebe meine treue Brust preis ... ach, wie gut er das kannte, alles, alles, das Ganze.

Er irrte.

Der König empfing ihn mit einem lateinischen Sprichwort, ein untrügliches Zeichen dafür, daß er heiter gestimmt war, und Marie erhob sich und gab ihm die Hand wie gewöhnlich, ein wenig kühler vielleicht, ein wenig abgemessener, aber jedenfalls anders, als er es erwartet hatte.

Auch nicht, als sie allein blieben, deutete sie nur mit einem Worte auf ihre Begegnung in Lynge hin, und Ulrik Frederik wunderte sich mißtrauisch darüber; er wußte nicht recht, was für Gedanken er sich über dies sonderbare Schweigen machen sollte.

Er wollte fast lieber, sie hätte geredet!

Sollte er sie verlocken zu reden, ihr danken, weil sie geschwiegen hatte, sich der Reue und Buße hingeben und das Spiel spielen, daß sie wieder versöhnt waren?

Er wagte nicht recht, den Versuch zu machen, denn er hatte bemerkt, daß sie dann und wann verstohlen zu ihm hinübersah, mit einem so seltsamen Ausdruck in den Augen, einem ruhigen, messenden, durchdringenden Blick voll stillen Wunderns und kühler, fast höhnischer Neugier. Nicht ein Funke von Rachsucht oder Haß, nicht ein Schatten von Kummer oder Klage, nicht ein zitternder Schimmer von verhaltener Wehmut! Nichts dergleichen, gar nichts!

Daher wagte er es nicht, und es wurde nichts gesagt.

Zuweilen, in den nächsten Tagen, konnten seine Gedanken wohl einmalig unruhig dabei verweilen; und eine fieberhafte Lust, Aufklärung darüber zu erhalten, entstand bei ihm.

Aber es geschah nicht, und er konnte es nicht lassen zu denken, daß jene unausgesprochenen Vorwürfe jetzt wie Lindwürmer in ihrer dunklen Höhle lagen, brütend über finsteren Schätzen, und wuchsen, so wie das Schlangengezücht wuchs, blutroter Karfunkel, der sich auf goldrotem Stiel hervorhob, und bleicher Opal, der sich langsam, Zwiebel an Zwiebel ausbreitete, schwellend und sich mehrend, während die Leiber der Würmer still, aber unaufhaltsam wachsend in Windung auf Windung hinausglitten, sich Ring auf Ring emporhoben über dem üppigen Gewimmel des Schatzes.

Ja, sie mußte ihn hassen, mußte mit geheimen Rachegedanken umgehen, denn eine solche Verhöhnung wie die, die er ihr zugefügt hatte, konnte nicht vergessen werden; und er brachte diese vermutete Rachlust in Verbindung mit dem seltsamen Auftritt, da sie ihre Hand wider ihn erhob, und mit Burrhis warnenden Worten; und er mied sie noch mehr als bisher und wünschte noch eifriger, daß ihre Wege getrennt werden möchten.

Aber Marie dachte nicht an Rache, sie hatte sowohl ihn als auch Fiedel-Karen vergessen; denn in jener Minute namenlosen Ekels war ihre Liebe ausgelöscht, spurlos ausgelöscht worden, wie eine strahlende Blase, die zu Staub zerstiebt und nicht mehr ist. Und ihr Glanz ist auch nicht mehr, und die fliegenden Farben, die sie jedem kleinen Bilde verlieh, das sie in sich abspiegelte, auch sie sind nicht mehr. Sie sind dahin, und der Blick, den sie durch ihre Pracht und unruhige Schönheit fesselte, ist nun frei, schaut frei umher und sieht weit hinaus über die Welt, die Welt, die sich in farbigen Bildern in dem Glast der Blase spiegelte.

Auf dem Schlosse war Tag für Tag die Zahl der Fremden gewachsen. Die Ballettproben waren schon im vollen Gange, und Tanzmeister und Akteurs, Pilloy und Kobbereau, waren herausbeordert, teils um zu instruieren, teils um die schwierigsten oder undankbarsten Rollen zu übernehmen.

Auch Marie Grubbe sollte im Ballett auftreten und nahm mit Eifer teil an den Übungen. Sie war seit dem Tage in Lynge viel wirksamer und geselliger, sozusagen wacher geworden. Früher war ihr Zusammenleben mit ihrer Umgebung ziemlich äußerlich; wenn da nicht gerade irgend etwas war, das sie gleichsam wachrief, ihre Aufmerksamkeit oder ihr Interesse erregte, so schlüpfte sie gleich in ihre eigene, kleine Welt hinab und sah von da gleichgültig auf die Draußenstehenden hinaus.

Jetzt dahingegen lebte sie mit; und wäre ihr Umgangskreis nicht so in Anspruch genommen gewesen von allen den mannigfaltigen Genüssen und Abwechslungen jener Tage, so würden sie mit Erstaunen gesehen haben, wie verändert ihr Wesen geworden war. Es war eine ruhige Sicherheit über ihre Bewegungen gekommen, eine fast feindselige Feinheit in ihre Rede und eine kluge Beobachtung in ihre Mienen.

Aber es war niemand da, der es bemerkte; nur Ulrik Frederik ertappte sich vereinzelte Male darauf, daß er sie bewunderte wie eine fremde, ihm unbekannte Person.

Unter den Gästen, die der Augustmonat brachte, war auch einer von Mariens Verwandten, Sti Högh, der Gatte ihrer Schwester.

An einem Spätnachmittag, ein paar Tage nach seiner Ankunft, standen sie miteinander auf einem Hügel im Walde, von wo aus man über das Dorf und das flache, sonnenversengte Land dahinter hinaussah.

Große, langsam gleitende Regenwolken sammelten sich oben am Himmel, und von der Erde stieg ein bitterer, welker Duft empor, als sei es der matten, halb eingegangenen Kräuter Seufzen nach der Feuchtigkeit des Lebens.

Der schwache Lufthauch, der kaum stark genug war, um die Mühle da unten am Kreuzweg im Gange zu halten, sauste mißmutig in den Baumwipfeln, so daß es klang, als klage der Wald, verzagt über Sonnenglut und Sommerbrunst, – und wie der Bettler, der seine mitleiderregende

Wunde entblößt, so schienen die gelben, verdorrten Grasfluren ihren kahlen Jammer den Blicken des Himmels offen zu legen.

Dichter und dichter sammelten sich die Wolken, und einzelne große Regentropfen, ganz einzelne, fielen mit einem Schlag auf Blätter oder Halme herab, die dann einen Augenblick seitwärts schwankten, zitterten und plötzlich wieder still wurden. Die Schwalben strichen niedrig längs der Erde hin, und der bläuliche Abendbrotrauch schlug verschleiernd über die schwarzen Strohdächer des nahen Dorfes nieder.

Ein Wagen rumpelte schwerfällig den Weg entlang, und unten von Pfaden und Steigen rings um den Fuß des Hügels hörte man gedämpftes Lachen und muntere Rede, Rascheln von Fächern und Seide, das Kläffen kleiner Schoßhunde und das Geräusch von dünnen Zweigen, die krachten und knackten.

Das war der Hof auf seiner Nachmittagspromenade.

Marie und Sti Högh hatten sich von den andern getrennt und waren den Hügel hinaufgegangen, jetzt standen sie schweigend da und sahen hinaus, atemlos von dem raschen Ersteigen des steilen Abhanges.

Sti Högh war damals ein paar Jahre über die Dreißig, er war ein hochgewachsener Mann, groß und mager, rothaarig und mit einem langen, schmalen Gesicht. Er war blaß und sommersprossig, und seine dünnen, weißgelben Augenbrauen wölbten sich hoch über seinen blanken, hellgrauen Augen, die einen müden, lichtscheuen Ausdruck dadurch erhielten, daß die Lider ganz rosenrot waren, und dadurch, daß er, wenn er blinzelte, langsamer blinzelte oder besser: das Auge länger geschlosen hielt, als andere Menschen. Seine Stirn war hoch, und über der Schläfe war sie stark gerundet und blank. Die Nase, schmal und leise gekrümmt, war ein wenig zu lang und das Kinn sowohl zu lang als auch zu spitz, während der Mund vollkommen schön, die Farbe der Lippen so frisch, ihre Linien so rein und die Zähne klein und weiß waren. Aber es war doch nicht dies, was diesen Mund so eigentümlich machte; sondern, daß er dies wunderliche, schwermütige, grausame Lächeln hatte, wie man es zuweilen bei großen Wollüstlingen findet, dies Lächeln, das verlangende Begier und verachtende Müdigkeit zugleich ist, zugleich zärtlich und sehnsuchtkrank wie süße Töne, und grausam und blutlüstern wie das gedämpfte Knurren der Befriedigung, das sich der Kehle des Raubtieres entringt, wenn seine Zähne an der zuckenden Beute zerren.

So sah Sti Högh aus.

Damals.

»Madame«, sagte er, »habt Ihr Euch niemals gewünscht, Ihr säßet gut und wohlverwahret hinter den Toren eines Klosters, so wie man sie in Italien und den Ländern dort hat?«

»Ich? nein, Gott bewahre mich davor! Wie sollt ich auf solche katholische Gedanken kommen?«

»Ihr seid also sehr glücklich, meine teure Anverwandte? Der Trank des Lebens ist für Euch also rein und frisch, er schmecket süß auf Eurer Zunge, nicht wahr; er wärmet Euer Blut und beschleunigt Eure Gedanken? Ist das die Wahrheit! niemals hefebitter, abgestanden und verfaulet? Niemals trübe wie von Schlangen und Wurmgezücht, so drinnen züngelt und herumkriechet? . . . So hab ich mich also in Eurem Aussehen geirret?«

»Ja, wenn Ihr mich auf *die* Weise beichten machen könntet!« sagte Marie und lachte ihm gerade ins Gesicht.

Sti Högh lächelte, führte sie zu einem kleinen Rasenhügel dort oben, und sie setzten sich nieder.

Er sah sie forschend an.

»Wisset Ihr nicht«, sagte er langsam, scheinbar verlegen

und unsicher, ob er schweigen oder reden solle, »wisset Ihr nicht, Madame, daß es hier in der Welt eine geheime Sozietät gibt, so man die Kompagnie der Melancholischen nennen könnte? Das sind Leute, denen von Geburt an eine andere Natur und Beschaffenheit gegeben ist als andern; sie haben ein größeres Herz und hurtiger Blut, sie lechzen und verlangen nach mehr, begehren stärker, und ihre Sehnsucht ist wilder und brennender, als sie bei dem gemeinen Adelshaufen ist. Sie sind flugs wie Sonntagskinder, ihre Augen sind offener, alle ihre Sinne sind subtiler in ihren Empfindungen. Des Lebens Freud und Lust, die trinken sie mit ihren Herzenswurzeln, während die andern, die greifen nur mit plumpen Händen danach.«

Er hielt ein wenig inne, nahm seinen Hut in die Hand und ließ die Finger spielend über den vollen Federbusch gleiten.

»Aber«, fuhr er mit gedämpfterer Stimme und gleichsam für sich selber fort, »Wollust in Schönheit, Wollust in Pracht, in allen den Teilen, so man benennen kann, Wollust in den innersten Regungen des Gemütes, Wollust in den geheimen Trieben und Gedanken, die der Mensch selber niemalen recht zu begreifen vermag, alles dies, so anderen, wenn sie müßig sind, zu armseliger Kurzweil oder garstiger Schlemmerei dienet, das ist für ihre Seelen wie Heilkraft und köstlich Balsam. Es sind die einzigen honigtropfenden Blumen des Lebens, aus denen sie ihre tägliche Nahrung saugen, und deswegen suchen sie auch auf dem Baume des Lebens Blüten auf, wo jene niemals glauben würden, es gebe solche, – unter dunklen Blättern und an dürren Zweigen; aber sie, die anderen, was wissen die von Wollust in Trauer oder in Verzweiflung?«

Er lächelte höhnisch und schwieg.

»Aber weshalb«, fragte Marie und blickte gleichgültig von ihm hinweg, »weshalb nennet Ihr sie die Melancholischen, dieweil es doch nur die Freuden und die Lust der Welt sind, so sie in ihren Gedanken haben, und weder was schwer noch was traurig ist?«

Sti Högh zuckte die Achsel und machte Miene, sich zu erheben, als sei er es müde, länger bei diesem Gegenstand zu verweilen, und wolle das Gespräch abbrechen.

»Aber weshalb denn?« wiederholte Marie.

»Weshalb?« rief er ungeduldig und mit einer verächtlichen Betonung aus; »weil alle Wonnen des Erdenreiches so flüchtig und vergänglich, so falsch und unvollkommen sind; weil jede Wollust in der Stunde, wo sie aufflammet wie eine reiche Rose, sich entlaubet gleich einem Baum im Herbst; weil jedwede prächtige Lust des Lebens, strahlend in Schönheit und im fruchtbarsten Flor ihrer Kraft, flugs wenn sie dich mit gesunden Armen umfahet, von dem Krebs des Todes eiternd verzehret wird, so daß du gerade, wenn sie deinen Mund berühret, spürst, wie sie von den Krämpfen der Vergänglichkeit erschüttert wird. Ist das denn wonnevoll? Muß sich nicht dieser Gedanke gleich rotem Rost in jede glückschimmernde Stunde hineinfressen, ja, gleich wie schädlicher Rauhreif jedes üppige Sentiment der Seele bis zu seiner tiefsten Wurzel hinab totfrieren machen?«

Er sprang von dem Hügel auf und sprach mit heftigen Gebärden auf sie ein.

»Ihr fraget noch, weshalb sie die Melancholischen genannt werden, wo alle Wollust, sobald man sie ergreifet, das Kleid wechselt und zu Ekel wird, wo aller Jubel nur der letzte, schmerzensvolle Atemzug der Freude ist, wo alle Schönheit eine Schönheit ist, die entschwindet, und alles Glück ein Glück, das zerbricht!«

Er begann vor ihr auf und nieder zu gehen.

»Also das ist es, was Euch auf Klostergedanken bringet?« sagte Marie und sah lächelnd nieder.

»So ist es, Madame; gar manches Mal stelle ich mir vor, daß ich in einer einsamen Klosterzelle eingesperret bin oder in einem hohen Turm gefangen gehalten werde, wo ich einsam an meinem Fenster sitze und achtgebe, wie das Licht verrinnet und die Dunkelheit hervorquillet, während die Einsamkeit, stumm und still, jedoch stark und üppig sich um meine Seele ranket und ihre labenden Traubensäfte in mein Blut gießet. – Ach, aber ich weiß sehr wohl, daß solches Dichtung ist und Trug; niemalen würde die Einsamkeit Macht über mich erlangen, ich würd mich sehnen wie Brand und rote Lohe, würd mich um Sinn und Verstand wieder nach dem Leben sehnen und nach allem, was des Lebens ist . . . aber Ihr verstehet nichts von alledem, was ich hier predige. Lasset uns gehen, ma chère! es wird bäldiglich regnen jetzt, wo sich der Wind gänzlich geleget hat.«

»Aber es klärt sich ja auf! Sehet, wie hell es rings um den ganzen Himmelsrand ist!«

»Jawohl, es lichtet sich und dichtet sich.«

»Ich meine: nein«, sagte Marie und erhob sich.

»Ich schwöre: ja, mit Eurem günstigen Verlaub.«

Marie lief den Abhang hinab.

»Mannes Wille ist Mannes Himmelreich!« rief sie zurück, »kommt Ihr jetzt in das Eure hinab!«

Als sie unten waren, bog Marie ab, vom Schlosse weg, und Sti Högh folgte ihr zur Seite.

Er schien gedankenvoll und machte keine Miene, das unterbrochene Geprächh wieder aufzunehmen.

»Höret jetzt«, sagte Marie alsdann, »Ihr hegt im Grunde gute Gedanken von mir, Sti Högh; aufs Wetter verstehe ich mich nicht, und was die Leute zu mir reden, verstehe ich auch nicht.«

»Ach doch!«

»Aber nicht, was Ihr zu mir gesprochen habt.«

»Nein.«

»Jetzt schwöre ich: ja!«

»Schwören beißt kein Auge aus, wie Ihr wisset, es folge denn die Faust nach.«

»Nun ja, glaubet es, wenn Ihr wollet; aber ich kenne, weiß Gott, gar gründlich die schwere, stille Betrübnis, so einen überkommt, man weiß nicht warum. Herr Jens, der sagte immer, es sei das Heimweh nach dem Himmelreiche, wo einer jeden Christenseele rechte Heimat ist, aber ich glaub das kaum. Man hanget und banget und weiß keine lebende Hoffnung, so einen trösten kann; nein, nein, die bitteren Tränen, die mich das oft gekostet hat! Es kommet so unergründlich schwer und zehrend über einen, so daß man im tiefsten Herzen hinsiechet und sich so müde fühlt von seinen Gedanken und wünschet, man wäre niemalen geboren. Doch keinerzeit ist es des Glückes und der Welt Vergänglichkeit gewesen, so mir schwer in den Gedanken gelegen hat, als sei es das, um was ich traure; nein, niemalen! Es war etwas ganz anderes, es war . . . ja, es ist nun so platterdings unmöglich, dieser Trauer einen Namen zu geben; aber es bedeucht mich, als sei es zuweilen am meisten gleichsam eine Trauer um einen heimlichen Mangel in unserer Natur, um einen inwendigen Schaden an unserer Seele, so uns ganz anders machet als andere Leute, geringer in jedweder Hinsicht . . . nein, es ist nun so über die Maßen schwer, es in Worte zu fassen, geradeso wie man es meinet! Sehet, das Leben, die Welt, erschienen mir so unsagbar prächtig und schön, es mußte so stolz sein und lustig über die Maßen, daran teilzuhaben; ob in Leid oder Glück, das machte keinen Unterschied, wenn ich nur so recht wirklich litt oder mich freute, nicht zum Schein wie in einem Mummenschanz oder Fastnachtsspiel. Ich wollte, daß mich das Leben so stark packen sollte, daß ich niedergebeugt oder erhoben würde, so daß kein Gedankenraum in meinem Sinn blieb für anderes als für das, was mich erhöbe, oder das, was mich niederbeugte; ich wollte mit meinem Kummer dahinschmelzen oder mit meiner Freude zusammenglühen. Ach, Ihr fasset es niemalen! – wann ich würde wie einer von den Feldherren des römischen Reiches, die in Triumphwagen durch die Straßen geführet wurden, so wollt ich es solchermaßen sein, daß *ich* der Sieg und das Jubilieren wäre und der Stolz und das Freudengeschrei des Volkes und der Ton der Posaunen, die Macht und die Ehre, alles zusammen in einem einzigen schmetternden Klang; solchermaßen wollt ich es sein, doch nicht wie der, so in erbärmlicher Ehrsucht und kaltem Hochmut, während der Wagen dahinrollet, in seinem Herzen daran denket, wie stolz er in den neidsüchtigen Augen des Pöbels strahlet und wie ohnmächtig die Wellen der Mißgunst nach seinen Füßen lecken, während er mit Wohlbehagen den Purpur weich um seine Schultern und den Kranz kühl auf seiner Stirn fühlt. – Verstehet Ihr, Sti Högh, *das*, glaube ich, heißt Leben, das ist das Leben, nach dem mich dürstete; aber ich wußte bei mir selber, daß es so niemals für mich werden könne, und es wollte mir scheinen, daß ich selber schuld daran sei, auf die eine oder die andere unbegreifliche Weise, daß ich mich gegen mich selbst versündiget habe oder mich selbst in die Irre geführet; ich weiß nichts, aber es schien mir, als quelle all mein bitterer Kummer daraus, daß ich eine Saite berühret habe, die nicht tönen durfte, und bei ihrem Klingen sei etwas in mir zerrissen, das nimmermehr heilen könne, so daß ich niemalen mehr die Gesundheit erlangen würde, um die Tür des Lebens offen zu zwingen, sondern müßte da draußen stehen bleiben und den Tönen des Festes lauschen, ungeladen und ungesucht, wie eine mißgebildete Magd.«

»Ihr!« rief Sti Högh wie in Staunen aus; dann veränderten sich seine Mienen plötzlich, und er sagte mit einem ganz andern Klang der Stimme: »Nein, nein, jetzt sehe ich, was es ist«, und er schüttelte den Kopf über sie, »du gütiger Gott, wie leicht es dem Menschen doch wird, sich selbst in diesen Materien zu betrügen. So selten schlagen unsere Gedanken die Richtung ein, daß wir nicht Weg noch Steg kennen, aber wir rennen dann blindlings drauflos, ganz lustiglich, wenn wir nur etwas erblicken, so einer Spur verglichen werden kann, und sind bereit zu schwören, daß es die Landstraße ist. Oder hab ich unrecht, ma chère? Sind wir nicht alle beide, jedweder für sich und eins wie das andere, allwo wir eine Ursache für unsere Melancholie suchten, hingegangen und haben den ersten, besten Gedanken, auf den wir zufällig stießen, zu der einzig wahrhaftigen Erklärung erkoren? Sollte eins nicht nach dem, was wir gesagt haben, denken, daß ich umherginge, schwer bedrücket von dem Gedanken an die Vergänglichkeit der Welt und an die Dinge, so in der Welt sind, an ihren Unbestand und ihre Nichtigkeit, und daß Ihr, meine herzliebe Anverwandte, fest davon überzeuget wäret, daß Ihr ein Aschenbrödel seid, dem die Tür verschlossen und das Licht ausgelöscht ist und das kaum Mut hat zu hoffen? – Aber das hat alles nur wenig auf sich, denn wenn wir auf das Kapitel zu sprechen kommen, so trinken wir uns so leicht trunken an unsern eigenen Worten, und wir reiten so hartnäckig auf einem jeden Gedanken herum, dem wir nur einen Halfter überzuwerfen vermögen!«

Unten auf dem Steige kam die übrige Gesellschaft, und sie schlossen sich ihr an auf dem Wege nach dem Schlosse.

*

Die Uhr war halb acht am Abend des sechsundzwanzigsten September, als der Knall der Kanonen und die schmetternden Trompetenklänge eines festlichen Marsches zu erkennen gaben, daß beide Majestäten, begleitet von Seiner kurfürstlichen Hoheit, dem Prinzen Johann Georg von Sachsen, und seiner fürstlichen Frau Mutter, sich an der Spitze der vornehmsten Männer und Frauen des Landes vom Schloß durch den Garten hinabbegaben, um dem Ballett beizuwohnen, das dort jetzt seinen Anfang nehmen sollte.

Eine Reihe von Pechflammen warfen einen brandroten Schein über die roten Mauern der Gartenfassade, machten Taxus und Buchsbaum in einem Glanz von Bronze erröten und alle Wangen in der dunkel-starken Färbung kräftiger Gesundheit erglühen.

Seht, scharlachrote Trabanten in doppelter Reihe halten blumenumwundene Kerzen in die dunkle Luft empor, Lichtkronen und Harzpfannen, Feuerbälle und künstliche Lampetten, in gleicher Höhe mit der Erde und hoch oben zwischen dem vergilbenden Laub der Bäume, verscheuchen die Finsternis und halten dem prächtigen Zug einen strahlenden Weg offen.

Und das Licht funkelt in Gold und goldenen Fäden, spiegelt sich blank in Silber und Stahl und gleitet in glanzvollen Streifen an seidenen Kragen und seidenen Schleppen hinab. So weich wie rötlicher Tau ist es hingehaucht über den dunklen Samt, und sprühend weiß setzt es sich gleich Sternen auf Rubinen und Diamanten, und rote Farben brüsten sich mit gelben, das klare Himmelblau bildet einen Abschluß von dem Braunen, zwischen Weiß und Veilchenblau sticht Seegrün leuchtend hervor, Korallenrot versinkt zwischen Schwarz und Lila, und Gelbbraun und Rosa, Stahlgrau und Purpur werden durcheinander gewirbelt, Licht und Dunkel, Farbe auf Farbe in buntem Wogen.

Vorüber – unten auf dem Wege nicken noch die buschigen Federn weiß, weiß in der dämmernden Luft . . .

Das Ballett oder die Masquerada, die nun agieret wird, heißt »Die Waldlust«.

Der Schauplatz ist ein Wald.

Kronprinz Christian als Jäger dolmetscht seine Freude über das fröhliche Jägerleben unter den laubreichen Kronen, lustwandelnde Damen singen von dem Duft der Veilchen, Kinder spielen Verstecken zwischen den Stämmen und pflücken Beeren in niedliche kleine Körbe, und muntere Bürgersleute jubilieren über die reine Luft und den klaren Traubensaft, während zwei närrische alte Weiber einen hübschen Bauernjungen mit verliebten Gebärden verfolgen.

Dann schwebt die Waldgöttin herbei, die jungfräuliche Diana, Ihre königliche Hoheit Prinzessin Anne Sofie.

Entzückt erhebt sich der Kurprinz und wirft ihr mit beiden Händen Fingerküsse zu, während der ganze Hof jubelt.

Und die Waldgöttin deklamiert, und ihr fürstlicher Freier führt in überströmend froher Dankbarkeit die Hände der hohen Eltern an seine Lippen.

Kaum ist die Göttin verschwunden, als Bauer und Bäuerin hervortreten und ein Duett von dem Glück der Liebe singen.

Nun folgen lustige Auftritte, Schlag auf Schlag; drei junge Herren putzen und verlustieren sich im Grünen, vier Offiziere sind munter, zwei Bauerknechte kehren wohlgemut vom Markt heim, ein Gärtnerbursche singt und ein Poet singt und schließlich sechs Personen, die auf allerhand tollen Instrumenten eine sehr ausgelassene Musik ausführen. Und dann die Schlußszene.

Es sind elf Schäferinnen, nämlich Ihre königlichen Hoheiten die Prinzessinnen Anne Sofie, Friderika Amalie und Wilhelmina Ernestina, Madame Gyldenlöve und sieben schöne adlige Fräulein.

Sie tanzen nun mit großer Kunstfertigkeit einen ländlichen Tanz, worin dargestellt wird, daß Madame Gyldenlöve von den anderen geneckt und gehänselt wird, weil sie in Liebesgedanken versunken ist und nicht an ihrem lustigen Menuett teilnehmen will, und sie verspotten sie, weil sie ihrer Freiheit entsagt und ihren Nacken unter das Joch der Liebe gebeugt hat; aber da tritt sie vor und in einem zierlichen Pas-de-deux, den sie mit Prinzeß Anne Sofie tanzt, drückt sie dieser das reiche Entzücken und die Seligkeit der Liebe aus, und dann tanzen sie alle froh hervor, verschlingen sich untereinander in schwierigen Touren, während ein unsichtbarer Chor hinter der Bühne, von einer schönen Streichmusik begleitet, zu ihrem Preise singt:

»Ihr Nymphen hochberühmt, ihr sterblichen Göttinnen,
Durch deren Trefflichkeit sich lassen Heldensinnen
Ja, auch die Götter selbst bezwingen für und für,
Laßt nun durch diesen Tanz erblicken eure Zier,
Der Glieder Hurtigkeit, die euch darum gegeben,
So schön und prächtig sind, und zu dem End erheben,
Was an euch göttlich ist, auf daß je mehr und mehr
Man preisen mög an euch des Schöpfers Macht und Ehr.«

Damit war das Ballett zu Ende, und man zerstreute sich im Garten und lustwandelte zwischen den erleuchteten Bosketten oder ruhte in schön eingerichteten Grotten, während Edelknaben, als italienische oder hispanische Fruchtverkäufer ausstaffiert, Wein und Backwerk und Konfitüren in geflochtenen Körben umherreichten, die sie auf ihren Köpfen trugen.

Die Mitspielenden mischen sich nun auch in die Gesellschaft und nehmen Komplimente über ihre Kunstfertigkeit und Geschicklichkeit in Empfang; aber alle sind sich einig darüber, daß nächst dem Kronprinzen und der Prinzessin Anne Sofie niemand seine Rolle so gut agiert habe wie Madame Gyldenlöve, und beide Majestäten, wie auch die Kurfürstin zollten ihr hohes Lob, und der König sagte, daß selbst Mademoiselle La Barre die Rolle nicht mit größerer Grazie oder lebenswahreren Gebärden hätte ausführen können.

Bis tief in die Nacht hinein wurde jetzt das Fest in den erleuchteten Gängen und in den nach dem Garten hinausliegenden Sälen fortgesetzt, wo Geigen und Flöten zum Tanz und reichbeladene Tische zum Trinken und Pokulieren einluden. Selbst auf den See hinaus erstreckte sich das Fest, und munteres Lachen klang aus mit Lampions behängten Gondeln da draußen in den Garten hinein.

Überall waren Menschen – am meisten, wo das Licht strahlte und die Töne spielten, am wenigsten, wo das Licht fern war; aber selbst wo die Finsternis allein herrschte und die Töne halb untergingen in dem Flüstern des Laubes, wandelten lustige Reihen und stumme Paare. Ja, selbst in der entlegenen Grotte im äußersten Ostende hatte sich ein einsamer Gast zum Sitzen niedergelassen. Aber er war trübe gesinnt; die kleine Lampe oben in dem Laubgehänge der Grotte warf ihr flimmerndes Licht auf betrübte Mienen und mißmutige Brauen.

Weißgelbe Brauen.

Es war Sti Högh.

».. . E di persona
Anzi grande, che no; di vista allegra,
Di bionda chioma, e colorita alquanto«

flüsterte er vor sich hin.

Er war nicht ungestraft während der letzten vier, fünf Wochen beständig mit Marie Grubbe zusammen gewesen. Sie hatte ihn gänzlich bezaubert. Er ersehnte nur sie, träumte nur sie, sie war seine Hoffnung und seine Verzweiflung. Er hatte früher geliebt, jedoch niemals so, niemals so weich und sanft und mutlos. Es war nicht, daß sie Ulrik Frederiks Gemahlin war, auch nicht, daß er mit ihrer Schwester verheiratet war, was ihm die Hoffnung benahm. Aber es war nun einmal das Wesen *dieser* seiner Liebe, daß sie mutlos war, seiner Schülerliebe, wie er sie bitter nannte. Sie hatte in sich so wenig Begier, so viel Furcht und Bewunderung, und doch auf andere Weise so viel Begier. Eine fieberbrennende, wehmütige Sehnsucht zu ihr hin, ein krankhaftes Schmachten danach, mit ihr in ihren Erinnerungen zu leben, mit ihr in ihren Träumen zu träumen, ihre Leiden mitzuleiden und ihre kühnen Gedanken zu teilen, nicht mehr, nicht minder. Sie war in den Tänzen so schön gewesen, aber noch fremder, noch ferner; die runden, blendenden Schultern, der volle Busen und die schlanken Glieder, das machte ihm geradezu bange; alle diese Leibespracht, die sie noch schöner und vollkommener machte, er fürchtete sich davor; sie machte ihn zittern und erschwerte ihm das Atemholen; er wagte nicht, sich davon fesseln zu lassen; er fürchtete sich vor seiner Leidenschaft, vor dem verzehrenden, himmelan lodernden Brand, der dadrinnen schwelte; denn dieser Arm um seinen Nacken, diese Lippen auf die seinen gepreßt, das war Wahnsinn, törichter Wahnsinnstraum; dieser Mund . . .

»Paragon di dolcezza!
. . . .
. . . bocca beata,
. . . bocca gentil, che può ben dirsi
Conca d'Indo odorata
Di perle orientali e pellegrine;
E la porta, che chiude
Et apre il bel tesoro,
Con dolcissimo mel porpora mista.«

Er erhob sich einen Augenblick von der Bank wie in Schmerz; nein, nein! und er klammerte sich wieder an seine demütige Liebessehnsucht, er warf sich in Gedanken in den Staub zu ihren Füßen, hakte sich fest in der Hoffnungslosigkeit seiner Liebe, hielt sich das Bild ihrer Gleichgültigkeit vor Augen, da – stand Marie Grubbe vor ihm in der gewölbten Öffnung der Grotte, Licht gegen die Finsternis draußen.

Sie war den ganzen Abend in einer seltsam glückseligen Stimmung gewesen; sie fühlte sich so sicher und gesund und mächtig; die Pracht des Festes und seine Klänge, die Huldigung und Bewunderung der Männer, sie schritt darüber hin, als sei es ein Scharlachteppich, der ausgebreitet war, damit ihr Fuß darauf trete. Denn sie war so ganz hingerissen, gänzlich berauscht von ihrer Schönheit. Es war, als dränge sich das Blut in reichen, funkelnden Strahlen aus ihrem Herzen heraus und würde zu Schönheitslächeln auf ihren Lippen, zu Strahlenglanz in ihrem Auge und Wohllautklang in ihrer Stimme. Es war eine jubelgesättigte Ruhe in ihrem Gemüt, eine wolkenlose Klarheit über ihren Gedanken, ein üppiges Entfalten in ihrer Seele, ein seliges Gefühl von Macht und Harmonie.

Niemals war sie so schön gewesen wie jetzt, mit dem übermütigen Lächeln des Glückes auf den Lippen und in Blick und Mienen die stolze Ruhe einer Königin; und so stand sie nun in der gewölbten Öffnung der Grotte, Licht gegen die Finsternis draußen. Sie sah auf Sti Högh herab und begegnete seinem hoffnungslos bewundernden Blick, und sie beugte sich zu ihm hinab, legte mitleidsvoll ihre weiße Hand auf sein Haar und küßte ihn. Nicht in Liebe, nein, nein! Gleich einem König, der einem getreuen Vasallen einen köstlichen Ring schenkt als Zeichen seiner königlichen Huld und Gnade, so gab sie ihm ihren Kuß in ruhiger Freigebigkeit.

Aber dann! dann wich einen Augenblick die Sicherheit von ihr, sie errötete und schlug die Augen nieder.

Hätte Sti Högh jetzt zugegriffen, hätte er den Kuß für mehr genommen denn eine fürstliche Gabe, er würde sie für immer verloren haben. Aber er kniete stumm vor ihr nieder, preßte dankbar ihre Hand an seine Lippen, wich dann ehrerbietig zur Seite und grüßte sie tief und ehrfurchtsvoll mit entblößtem Haupt und gebeugtem Nakken. Und sie schritt stolz vorüber, hinweg aus der Grotte, hinweg in die Finsternis.

Zwölftes Kapitel

Im Januar sechzehnhundertvierundsechzig wurde Ulrik Frederik zum Statthalter von Norwegen ernannt, und in den ersten Tagen des April im selben Jahre reiste er dahinauf.

Marie Grubbe begleitete ihn.

Das Verhältnis zwischen ihnen hatte sich seither nicht sonderlich gebessert, nur daß ihr Mangel an gegenseitigem Verständnis und gegenseitiger Liebe gleichsam von beiden Seiten als eine unabänderliche Tatsache anerkannt war und ihren Ausdruck in der äußerst zeremoniellen Weise gefunden hatte, in der sie miteinander verkehrten.

Das erste oder die ersten anderthalb Jahre, nachdem sie ihren Wohnsitz auf Aggershus genommen hatten, lebten sie solchermaßen, und Marie wünschte hierin für ihr Teil keine Veränderung. Allein mit Ulrik Frederik verhielt es sich anders: er hatte sich nämlich wieder in seine Gemahlin verliebt.

Und nun, an einem Winternachmittag um die Dämmerstunde, saß Marie Grubbe allein in dem kleinen Zimmer, das seit alter Zeit den Namen »die Dose« führte.

Es war rauhes und stürmisches Wetter, grau und finster. Die schweren Tauschneeflocken klebten sich in der Ecke der kleinen Fensterscheiben aneinander und deckten fast die Hälfte des grünlichen Glases. Regenkalte Windstöße, die zwischen den hohen Mauern herabwirbelten, verloren gleichsam die Besinnung und stürzten blindlings vorwärts und donnerten an Tore und Türen und fuhren dann plötzlich mit einem heiseren und hündischen Geheul geradeauf in die Luft. Mächtige Windstöße kamen juchheiend da drüben über das Dach hinab und warfen sich gegen Fensterscheiben und Mauern, mit einem Schlag wie mit dem einer Woge, und verschwanden auf einmal wieder. Und dann waren andere Windstöße, die in den Kamin hinabbrüllten, so daß sich die Flamme vor Angst duckte und der weißliche Holzrauch sich erschreckt wie ein Wellenkamm nach der Kaminöffnung krümmte, bereit, sich in die Stube hinauszuwerfen; doch im nächsten Augenblick wirbelte er dünn und leicht und blau durch den Schornstein hinauf, und die Flammen riefen ihm nach, hüpften und sprangen und schickten ihm ganze Hände voll von sprühenden Funken auf den Fersen nach. Und dann fing das Feuer erst recht zu brennen an, legte sich mit brummendem Wohlbehagen breit über Kohlen und Asche und Gluten, kochte und siedete vor Wonne in dem innersten Mark des weißen Birkenholzes, schnurrte und spann wie eine brandrote Katze, und strich dann verschmitzt und vergnüglich mit Gluten und Flammen schwärzlichen Knorren und heißköpfigen Klafterscheiten um die Nase.

Rot und warm und leuchtend strömte der Atem des lustigen Feuers in die kleine Stube hinaus. In einem flimmernden Lichtfächer spielte er über den getäfelten Estrich hin und jagte das friedliche Dämmerungsdunkel vor sich her, so daß es sich bange als zitternde Schatten rechts und links hinter den geschnörkelten Stuhlbeinen verbarg oder sich in die Winkel drückte, sich lang und dünn machte in dem Versteck hinter vorspringenden Leisten oder sich glatt unter die große Kommode legte.

Dann auf einmal sog der Kamin das Licht und die Wärme gleichsam bullernd wieder ein, und das Dunkel breitete sich unverzagt über den ganzen Estrich, über jede Tafel und jedes Brett, ganz bis an das Feuer heran; aber dann kam der Flammenschein von neuem über die Dielen gejagt, so daß das Dämmerungsdunkel nach allen Seiten flog und der helle Schein hinterdrein, Wände hinan und Türen hinan, ganz hinauf über die blanke Messingklinke, nirgends war es sicher; ja, da saß das Dunkel und klemmte sich fest zwischen Mauer und Decke wie eine Katze in einen Baum, und der Feuerschein sprang da unten herum, hin und her, hüpfend und jagend, wie der Hund an der Wurzel des Baumes. Nicht einmal zwischen Gläsern und Pokalen hoch oben auf dem Dach der Kommode konnte das Dunkel in Frieden verweilen, denn die roten Rubingläser, die blauen Pokale und grünen Römer, sie alle zündeten bunte Feuer an und halfen dem hellen Schein, es aufzustöbern.

Und der Sturm draußen hielt an, und das Dunkel nahm zu; allein drinnen, da loderte Feuer, und da tanzten Lichter, und Marie Grubbe sang. Bald sang sie die Worte so, wie sie sich ihrer entsinnen konnte, bald summte sie nur die Melodie; sie hatte ihre Laute in der Hand, aber sie spielte nicht, sie griff nur hin und wieder in die Saiten und lockte ein paar klare, lang nachklingende Töne hervor.

Es war eins dieser traulichen, kleinen, wehmütigen Lieder, die einem das Polster weicher und die Stube wärmer machen, eine von diesen leis wogenden Melodien, die sich in ihrer gemächlichen Schwermut gleichsam selbst singen und dabei doch unsere Stimmen so vergnüglich voll, so schwellend und so rund klingen lassen. Marie saß gerade im Flammenschein des Kamins, umspielt von dem rötlichen Licht, und sie sang so gedankenlos wohlbehaglich, gleichsam sich selbst mit der eigenen Stimme liebkosend.

Da tat sich die niedrige Tür auf, und Ulrik Frederiks hohe Gestalt duckte sich herein.

Marie hielt sofort inne mit dem Singen.

»Ah, Madame!« rief Ulrik Frederik in einem sanft vorwurfsvollen Ton aus, indem er mit flehender Gebärde auf sie zutrat, »hätte ich gewußt, Ihr würdet Euch von meiner Anwesenheit inkommodieren lassen . . .!«

»Ach nein; ich sang nur, um meine Träume wachzuhalten.«

»Aimable Träume?« frug er und beugte sich über den Wärmebock vor dem Kamin herab und wärmte seine Hände an den blanken, roten Kupferkugeln.

»Jugendträume«, antwortete Marie und lief mit der Hand über die Saiten der Laute.

»Ja, immer ist das Alter sich selbst gleich!« und er sah sie lächelnd an.

Marie schwieg einen Augenblick, dann sagte sie plötzlich:

»Man kann recht jung sein und dennoch alte Träume haben.«

»Welch ein schöner Moschusgeruch hier drinnen ist! – aber ist denn meine Wenigkeit mit in diesen alten Träumen, Madame? – wenn man fragen darf.«

»Ach nein!«

»Es gab doch eine Zeit ...«

»Unter allen anderen Zeiten.«

»Ja, Madame, unter allen anderen Zeiten gab es einmal eine wunderschöne Zeit, da ich Euch sehr, sehr teuer war. Könnet Ihr Euch nur einer Dämmerstunde erinnern, acht Tage nach unserem Beilager oder so ungefähr? Es war ein Sturm und Schnee ...«

»Ganz wie jetzt.«

»Ihr saßet vor dem Kamin ...«

»Ganz wie jetzt.«

»Ja, und ich lag zu Euren Füßen, und Eure lieben Hände spielten in meinem Haar.«

»Ja, damals liebtet Ihr mich!«

»O, ganz wie jetzt! – Und Ihr – Ihr beugtet Euch über mich hinab, Ihr weintet, so daß Euch die Tränen an den Wangen niederliefen, und Ihr küßtet mich und sahet mich so zärtlich und bewegt an, als sprächet Ihr in Eurem

Herzen ein Gebet für mich, und dann auf einmal – wisset Ihr wohl noch? – da bisset Ihr mich in den Hals.«

»Ja, du allgütiger Gott, wie ich Euch doch liebte, mein Herr Gemahl! Wenn ich Eure Sporen auf der Treppe klirren hörte, so klingelte mir das Blut vor den Ohren, ich zitterte von Kopf bis zu Fuß, und meine Hände wurden so kalt wie Eis. Und wenn Ihr dann hereinkamt und mich in Eure Arme drücktet . . .«

»De grâce, Madame!«

»Ach, das sind ja nur tote Erinnerungen an eine Amour, die längst erloschen ist.«

»Ach, erloschen, Madame! sie schwelt ja noch heißer denn zuvor.«

»Nein, sie ist mit der kalten Asche zu vieler Tage zugedecket.«

»Aber sie erhebt sich aus der Asche wie der Vogel Phönix, schöner und feuriger denn zuvor – saget, tut sie das nicht?«

»Nein, die Liebe ist wie eine feine Blume; wenn die Kälte einer frostigen Nacht ihr Herz welken macht, so geht sie ein, von der Spitze bis zur Wurzel.«

»Nein, die Liebe ist wie das Kraut, so man die Rose von Jericho nennet; wann die Dürre kommet, so verdorret sie und schrumpfet zusammen; kommt dann aber eine milde und liebliche Nacht mit weichem Tau, so entfaltet sie alle ihre Blätter wieder und ist so grün und frisch wie nur je zuvor.«

»Mag sein! es gibt wohl vielerlei Arten von Liebe.«

»Die gibt es – ja, und die unsere war just so eine Liebe.«

»Daß die Eure so war, das saget Ihr mir eben, aber die meine, niemals war sie so, niemals.«

»Dann habt Ihr niemals geliebt.«

»Nicht geliebt! – Jetzt will ich Euch erzählen, wie ich geliebt habe. – Es war auf Frederiksborg . . .«

»O, Madame, Ihr seid ohne Schonung!«

»Nein, nein; es ist gar nicht das. – Es war auf Frederiksborg. Ach, Ihr wisset nur wenig, was ich dort litt. Ich sah, daß Eure Liebe zu mir nicht annähernd mehr so war wie früher. Ach, wie eine Mutter über ihr krankes Kind wacht und achtgibt auf jedes kleine Zeichen, so verfolgte ich mit Angst und Beben Eure Liebe. Und als ich in Euren kalten Blicken sah, wie blaß sie wurde, und an Euren Küssen fühlte, wie schwach ihr Puls schlug, da war es, als sollte ich vergehen in Qual und Pein. Ich weinte um diese Liebe in langen Nächten, ich betete für sie wie für ein teures Herzenskind, das stirbt und stirbt, Stunde um Stunde. Und ich spähte nach Hilfe und nach Rat in meiner Not, nach einer Heilung für Eure kranke Liebe; und was für geheime Mittel mir nur zu Ohren kamen, so da sind Liebestränke, die mischte ich mit zweifelnder Hoffnung in Euren Morgentrank und Abendwein. Ich legte Euren Brustlatz während dreier wachsender Monde aus und betete das Hochzeitslied darüber; und auf Eure Bettstatt, da malte ich innen mit meinem eigenen Blut dreizehn Herzen in Kreuzesform, doch ohne Nutzen, mein Herr Gemahl; denn Eure Liebe war krank zum Tode. – Sehet, solchermaßen waret Ihr geliebt!«

»O nein, Marie, meine Liebe ist nicht tot, sie ist auferstanden. Höret mich, Herze! höret mich, denn ich bin mit Blindheit geschlagen gewesen, mit argem Wahnsinnsfieber; aber jetzt, Marie, knie ich vor Euren Füßen nieder, und sehet, ich werbe von neuem, mit Bitten und mit Flehen. Ach, meine Liebe ist gewesen wie ein wankelmütig Kind, aber jetzt ist sie zum Manne herangewachsen; o, gebet Euch getrost ihren Armen hin, und ich schwöre Euch beim Stamme des Kreuzes und bei Mannes Honneur, daß sie Euch nie wieder lassen wird.«

»Schweiget, schweiget; was kann das helfen!«

»O, glaubet mir doch, Marie!«

»Bei Gott dem Lebendigen! ich glaube Euch; es ist keine Faser oder Faden von Zweifel in meiner Seele, ich glaube Euch völlig, ich glaube, daß Eure Liebe groß und stark ist; aber *meine*! die habt Ihr mit eigenen Händen erwürget, sie ist eine Leiche; und wie laut auch Euer Herze rufet, so wird es sie nie wieder aufwecken.«

»O ja, Marie! Ihr von Eurem Geschlecht . . . ich weiß, es gibt solche unter Euch, die, wann sie einen Mann lieben, und stößet er sie auch mit seinem Fuß weg, – sie kommen dennoch wieder, ewiglich wieder; denn ihre Liebe ist gefeit gegen alle Wunden.«

»Ja, das ist richtig, mein Herr Gemahl; und ich – ich bin ein solches Weib, möget Ihr wissen, aber Ihr seid nicht der rechte Mann.«

*

»Gott halte Seine beschirmende Hand über Dich, meine hertzensallerliebste Schwester, und sey Dir ein guter und rundtlicher Geber von Allem, so da wünschenswerth ist für Leib wie für Seele, das wünsche ich Dir von Hertzen.

Meiner hertzallerliebsten Schwester, so mein eintziger wohlmeynender Freund ist von Kinderzeit her, will ich nun beschreiben, welch schöne Früchte ich hab von meinem Erhöhungsstand, so soll seyn verfluchet von dem Tag an, da er begonnen, denn er hat, wie Gott weiß, mir nur Verdrüßlichkeit und Tribulationen in vollen Schaalen gebracht.

Ja, war mir das nicht eine rechte Erhöhung in umgekehrter Weise, wie meine allerliebste Schwester anitzo hören soll und wie ihr wohl schon in vielen Stücken bewußt ist; denn es kann nicht fehlen, daß meine Schwester ja von ihrem lieben Mann vernommen hat, daß es, schon als wir in Seeland wohnten, gantz kaltsinnig zwischen mir und meinem feinen Herrn Gemahl stund; und hier auf Aggershus war es einige Zeit nicht anders, denn er hat sich solchermaßen wider mich auffgeführet, daß es mehrstentheils unglaublich zu erzählen ist, aber wie von einem solchen schmucken Junker wohl zu erwarten stund. Aber ich kümmere mich nur wenig um seine schmutzigen Galanterien, denn die gehen mich in Nichts an, sintemalen ich für ihn schon lange her so geringe Liebe hege, daß es nicht einmal genug seyn würde, ein krankes junges Entlein am Leben zu erhalten; und kann er für meinetwegen dem Schinder seinen Weib nachrennen, so das sein Wunsch seyn sollte, insofern er mir nicht zu nahe thut kommen mit seinen Faxen, wie er es just thut, und auf solche Manier, daß man sich wundern muß, ob er von Tollheit entbrannt ist oder vom Teufel besessen; und das hat darauß seinen Anfang, daß er eines Tages mit feinen Worten und eitlen Versprechungen zu mir kam und wollte, Alles solle wieder gut seyn zwischen uns, wo er mir doch so verabscheuet und veracht ist, was ich ihm auch mit den Worten sagte, daß ich mich viel zu gut für ihn ansähe; aber da war es, als ginge es erst recht an, denn wenns den Düwel friert, pflegt man zu sagen, macht er seine Hölle glühn; und heitzet er mir gleich ein höllisch Badstub ein, solchermaßen, daß er lose Weibsbilder und schmutzige Dirnen in gantzen Schaaren hier auf das Schloß hereinfuhr und sie bewirthete mit Essen und Trincken in großer Menge, ja mit theurem Schneemus und kostbaren Schauessen, wie bei irgend einem fürstlichen Banquet, und da sollten meine künstlich gewebten Damasttücher, so ich von unserer Mutter selig geerbt hab, auffgeleget werden, und meine seidenen Polsterkissen mit Fransen desgleichen, wurde aber nichts darauß, alldieweil ich es Alles hinter Schloß und Riegel sperrete, so daß er in der Stadt leihen mußte zum Ausbreiten über Tische als auch über Bänke.

Meine hertzallerliebste Schwester, ich will Sie nun nicht länger ermüden mit solch garstiger Kompagnie; aber ist es nicht schmählich, daß solch Dirnenpack, so, wann ihnen ihr Recht geschähe, ihre Haut am Pranger der Stadt brav gestäupet kriegen müßt, auf Staatsbänken in Königliche Majestäts Statthalters Stube sitzen soll; ich meyne, es ist so unerhört und lästerlich, daß, wenn es Königlicher Majestät zu Gehör kommt, wie ich von gantzem Hertzen, mit Leib und Seel wünsche, er meinem guten Ulrik Frederik so zureden thät, daß es ihn nur wenig gelüsten möchte, es anzuhören. Den artigsten von seinen Streichen wider mich hab ich noch nicht erzählet; der ist auch gantz neu, sintemal er erst den vergangenen Tag passierte, wann ich nach einem Krämer senden ließ, daß er mit einigen brabantischen Seiden-Agramants herauffkommen sollt, die ich unten um eine Jacke herum haben wollt; aber er ließ antworten, wann ich das Geld hinunterschicken thät, würden die Waaren wohl kommen, aber der Statthalter hätt ihm verboten, mir was auf Borg zu verkauffen, und dergleichen Bescheidt kam von dem Hutstaffierer, zu dem geschicket worden war, so daß ich vermeyne, er hat mich in der gantzen Stadt ehrlos gemacht, wo ich ihm doch für viele Tausend und Tausende von Reichsthalern in das Haus gebracht habe. Nun nichts mehr für dies Mal. Gott sey Alles befohlen, und Er sende mir alleweyl gute Zeytung von Dir.

Aus Aggershus Schloß, 12. December 1665.

Deine vollgetreue Schwester allzeyt
Marie Grubbe.

Wohlgeborener Frau Ane Marie Grubbe, Styge Hoeghs, des Landrichters auf Laaland Gemahlin, meiner hertzlieben Schwester huldreich zu Händen.«

»GOTT nehme Dich in Seine Verwahrung, meine allerliebste Schwester, jetzund und immerdar, das will ich Ihr aus einem aufrichtigen Hertzen wünschen und will vor Sie das Gebet beten, daß Sie einen auffgerichteten Sinn fassen möge und sich nicht platt niederdrücken lasse, denn ein Jeder hat sein Jammerlos zugetheilet, und wir schwimmen und baden in eitel Elendigkeit.

Ihr Schreiben M.A.L.S. ist mir zu Händen gekommen, ungeschädigt und unerbrochen auf alle Weise, und vernehme ich darauß mit sinkendem Hertzen den Spott und die Beschämung, so Ihr Gemahl Ihr zuführet, was ein groß Unrecht ist von Königlicher Majestät Statthalter zu thun, wie er thut. Aber sey Sie doch nicht zu hastig, mein Hühnchen, denn Sie hat Ursache zur Geduld, sintemalen Ihr ein so hoher Platz angewiesen ist, dessen nicht gut wäre verlustig zu gehen und so wohl werth ist, mit Unruhe bewahret zu werden; denn wenn Ihr Gemahl viel Gut verschwärmet und vergeudet, so ist das von seinem eigenen, so er verschwendet, dieweil mein Schlemmer von Mann seines wie auch meines durchgebracht hat, was ein Jammer ist; daß ein Mann so zusammenhalten sollte, was uns von GOTT ist anvertrauet, anstatt dessen zerstreuet oder gäntzlich verschleudert. Wolle nur GOTT mich gnädiglich von ihm scheiden, wenn es doch nur lieber so würde, da wäre das ein rechtes Almosen vor mich armes Weib, und vor welches nicht genugsam zu danken wäre, und könnte das ebensowohl geschehen, als wir das letzte Jahr gar nicht beisammen gewesen sind, wovor GOTT Preis und Dank sey, wenn das so beibleiben möchte, so kann M.A.L.S. wohl begreiffen, daß auch mein Bett nicht gantz mit Seiden überbreitet ist, aber M.A.L.S. muß bedenken, daß Ihr Gemahl sich wohl noch beruhiget und wieder zu Vernunft kommet, so daß er nicht Alles für schamlose Dirnen und Racker-Pack zusetzet; und dieweil sein Ambt ihm große Einnahme gibt, so soll Sie Ihr liebes Hertz nicht lassen beunruhigen von seiner lästerlichen Verschwendung oder von seiner Unholdheit. GOTT will es bessern, das glaube ich gewißlich. Handle Sie nun recht, mein Hühnchen, und nehme Sie viele tausend gute Nächte von mir,

Ihrer treuen Schwester, dieweil ich lebe,
Ane Marie Grubbe.

Aus Vang, 6. Februari 1666.
A Madame
Madame Gyldenleu, meiner guten Freundin und Schwester freundlich zugeschrieben.«

»Gott halte Seine beschirmende Hand über Dich, meine hertzallerliebste Schwester, und sey Dir ein guter und rundtlicher Geber von Allem, so da wünschenswerth ist für Leib wie Seele, das wünsche ich Dir von gantzem Hertzen.

Hertzensallerliebste Schwester, man saget wohl von altersher, daß niemand sey so rasend toll, daß er nicht zwischen Johannis und Paulinus einen lichten Augenblick hätte, aber das will hier nicht Stich halten, sintemalen mein toller Herr Gemahl bishero nicht zu seinem Verstand gelanget ist; ja er ist zehn, ja tausendmal toller denn zuvor, denn das, so ich Dir früher schrieb, das ist nur als Kinderspiel zu rechnen gegen das, so jetzo angehet, was über alle Maßen ist; nämlich, allerliebste Schwester, er ist nach Kopenhagen gewesen und, o undenkbarer Spott und Schande, hat eine seiner alten Weibskarnallien mit hierher gebracht, nämlich Karen, selbe er flugs vor beständig Losament hier auf dem Schlosse nehmen ließ, und die über alle Dinge gesetzet ist und auf alle Weise regieret, während ich sozusagen vor die Thür gesetzet bin; aber hertzliebe

Schwester, Sie muß mir jetzo den Dienst erweisen, daß Sie sich verhöret, ob unser lieber Vater sich meiner Sach annehmen wollte, wann ich von hie entflöhe, was er ja sicherlich will, denn niemand kann ohn groß Mitleyden meine unglückliche Stellung mit ansehen, und das, so mir aufgeladen wird, ist so unleidelich, daß ich denke, ich kann nur recht thun, wann ich es abwerfe. Es ist nicht länger her als jetzt am Tage unserer lieben Frauen, da war ich in unsern Apfelgarten hinabgegangen, und als ich wieder hineinkam, da war der Riegel vor meine Bettkammer von inwendig vorgeschoben, und als ich fragte, wie der Streich zu deuten sey, da antwortete man mir, die Kammer und die nebenan, die wolle sie, Karen, haben, und war mein Bett in die westliche Stube hinaufgetragen, allwo es so kalt ist wie in einer Kirchen, wann der Wind darauf steht, und voll von Zugwind, und die Diele völlig morsch und hie und da mit gantz großen Löchern. Aber wollt ich Dir all den Hohn beschreiben, so mir hier widerfahren thut, da würd es so lang wie eine Fastenpredigt, und wann es auf diese Weise weitergeht, da glaub ich kaum, daß mein Kopf es aushalten wird. Gott sey Alles befohlen, und Er sende mir immer gute Zeytung von Dir,

Deine vollgetreue Schwester allezeyt
Marie Grubbe.

Aus Aggershus Schloß, 2. Septembris 1666.

Wohlgeborene Fraue, Frau Ane Marie Grubbe, Sti Hoeghs, des Landesrichters auf Laaland Gemahlin, meiner hertzlieben Schwester, huldvoll zu Händen.«

Ulrik Frederik war des Zustands auf dem Schlosse eigentlich ebenso müde, wie es Marie Grubbe war.

Er war in bezug auf Ausschweifungen Besseres gewöhnt. Es waren nur erbärmliche Zechgenossen, diese armen, simplen Offiziere hier in Norwegen, und mit ihren Soldatendirnen war es auf die Dauer auch nicht zum Aushalten. Fiedel-Karen war noch die einzige, die nicht eitel Roheit und Plumpheit war, aber selbst ihr würde er lieber heute als morgen Valet sagen.

Aus Ärger über Marie Grubbes Zurückweisung hatte er diese Leute zu seiner Gesellschaft gemacht; dann hatte es ihn eine Weile belustigt, aber nicht lange; und da das Ganze nun anfing, ihm schal und fast widerwärtig zu werden, und ihn gleichsam ein schwaches Gefühl von Reue überkommen hatte, so empfand er das Bedürfnis, sich selbst einzubilden, daß es notwendig gewesen sei, und kam auch wirklich zu dem Glauben, daß es das war und daß er mit dem allen einen Plan gehabt habe, nämlich den, Marie Grubbe dahin zu bringen, daß sie ihr Betragen bereute, und sie bußfertig zurückzuführen. Da es aber gar nicht so schien, als wenn die Reue kommen wollte, so packte er härter zu, in der Hoffnung, daß er, wenn er ihr das Leben so unangenehm wie möglich mache, ihre Widerspenstigkeit schon bezwingen würde; denn daß sie ihn nicht mehr liebe, daran glaubte er nicht; er fühlte sich überzeugt, daß sie sich in ihrem Herzen danach sehnte, sich ihm in die Arme zu werfen, daß sie aber, als sie merkte, daß seine Liebe zu ihr wieder lebendig geworden war, sah, sie könne nun Rache an ihm nehmen wegen seiner Abtrünnigkeit . . . und er gönnte ihr diese Rache; es gefiel ihm sehr, daß sie sich rächen wollte, aber sie zog es zu sehr in die Länge; das wurde ihm zu langwierig hier in diesem barbarischen Norden.

Und doch, er fühlte sich trotzdem nicht so recht sicher, ob er nicht am besten daran getan hätte, Fiedel-Karen in Kopenhagen zu lassen; aber einerseits konnte er es mit den andern nicht mehr aushalten, und andererseits war die Eiferuscht ein mächtiger Bundesgenosse, und Marie

Grubbe *war* eifersüchtig auf Karen geworden, das wußte er.

Marie Grubbe kam jedoch immer noch nicht, und er fing an daran zu zweifeln, ob sie jemals kommen würde, und seine Liebe wuchs mit seinem Zweifel.

Das Verhältnis erhielt jetzt etwas von der Spannung eines Spiels oder einer Jagd.

Mit ängstlichem Sinn, mit berechnender Furcht tat er Marie Grubbe den einen Tort nach dem andern an, und er wartete gespannt auf ein Zeichen, nur auf ein kleines Zeichen, daß er sein Wild auf den rechten Weg trieb; aber es geschah nichts.

Doch – endlich.

Endlich geschah etwas, und er war sicher, daß dies das Zeichen war, just das Zeichen, das er erwartete. Marie Grubbe nahm nämlich eines Tages, als ihr Karen eine ungewöhnlich empfindliche Beleidigung zugefügt hatte, einen guten, starken Lederzügel in ihre Hand, ging durch das Haus bis an die Kammer, wo Karen eben ihren Mittagsschlaf hielt, verschloß die Türen von innen und gab der entsetzten Dirne eine derbe Tracht Prügel mit dem schweren Zügel und kehrte dann ganz ruhig in die westliche Kammer zurück, mitten durch die ganze sprachlose Dienerschaft hindurch, die Karens Geschrei herbeigerufen hatte.

Ulrik Frederik war unten in der Stadt, als dies geschah; Karen sandte ihm sofort Botschaft, aber er übereilte sich nicht mit dem Kommen; erst spät am Nachmittag hörte die harrende Karen sein Pferd im Hofe.

Sie lief hinab, ihm entgegen; er schob sie jedoch sanft, aber bestimmt beiseite und ging geradeswegs zu Marie Grubbe hinauf.

Die Tür stand angelehnt – dann war sie also wohl nicht da drinnen.

Er steckte den Kopf hinein, überzeugt, die Stube leer zu finden, aber sie war da, sie saß am Fenster und schlief. Da ging er denn vorsichtig hinein, so vorsichtig er nur konnte, denn er war nicht ganz nüchtern.

In einem gelben und güldenen Strom floß das Licht der sinkenden Septembersonne in die Kammer hinein und hob die dürftigen Farben drinnen zu Glanz und Herrlichkeit; die getünchten Wände erhielten Schwanenweiße, die gebräunte hölzerne Decke die Glut von Kupfererz, und der verschossene Bettumhang ward zu weinroten Falten und purpurnem Stoff. Es war blendend hell; selbst das, was im Schatten war, leuchtete nach; es war, als schimmere es hervor aus einem Nebel von laubgelbem Licht. Um Marie Grubbes Haupt spann es das Gold eines Glorienscheins und küßte ihre weiße Stirn; aber daß Augen und Mund tief im Schatten lagen, das machte ein vergilbender Apfelbaum, der seine fruchterrötenden Zweige verlockend vor die Fensterscheiben hielt.

Aber sie schlief, saß auf einem Stuhl und schlief, die Hände im Schoß gefaltet.

Auf den Zehenspitzen schlich Ulrik Frederik zu Marie hin, und der Glorienschein schwand, da er sich zwischen das Fenster und sie stellte.

Er betrachtete sie genau.

Sie war bleicher als früher. Sie sah so gut und so sanft aus, wie sie dasaß, den Kopf ein wenig zurückgebeugt, mit leicht geöffneten Lippen und die weiße Kehle bar und bloß; er konnte sehen, wie der Puls an der Seite des Halses pochte, gerade unter dem braunen, kleinen Muttermal. Er verfolgte die feste Rundung der Schulter unter der strammen Seide und den schlanken Arm bis zu der weißen, ruhenden Hand. – Und die war sein. – Er sah, wie sie die rundlichen Finger um den braunen Zügel ballte und wie der Arm in seinen weißen, geäderten Formen fest und blank wurde, schlaff wurde mit matterem Glanz im Schlag, der Karens armen Leib traf. Er sah, wie ihr eifersüchtiger Blick zufrieden funkelte und wie ihre zornigen Lippen grausam lächelten bei dem Gedanken daran, daß sie Kuß auf Kuß mit der Zügelpeitsche auslöschte. – Und sie war sein. – Er war schlecht und streng und grausam gewesen; er hatte diese lieben Hände sich in Jammer ringen und diese roten Lippen sich in Klage öffnen lassen.

Seine Augen bekamen einen feuchten Glanz, während er so dachte, und er fühlte sich durchdrungen von dem ganzen, leichterregten, weichen Mitleid eines betrunkenen Mannes; und er fuhr fort in stumpfsinniger und trunkener Empfindsamkeit dazustehen und zu starren, bis der reiche Lichtstrom der Sonne zu einem dünnen, kleinen, blinkenden Faden hoch oben zwischen den dunklen Balken der Decke aufgezehrt war.

Da erwachte Marie Grubbe.

»Ihr!« schrie sie fast, indem sie emporfuhr und sich zurückwarf, so daß der Stuhl zu Boden flog.

»Marie«, sage Ulrik Frederik so zärtlich, wie er vermochte, und streckte flehend die Hände nach ihr aus.

»Was wollt Ihr? – Ihr wollt Euch wohl beschweren über die Hiebe, die Eure Buhle bekommen hat?«

»Nein, nein, Marie; laßt uns Freunde sein, gute Freunde!«

»Ihr seid trunken!« sagte sie kalt und wandte sich von ihm ab.

»Ja, Marie, von Liebe zu dir bin ich trunken, ich bin taumeltrunken von deiner Schönheit, mein Herzenspüppchen!«

»Ja, so trunken, daß Euer Gesicht Euch getäuscht hat und Ihr andere für mich genommen habet.«

»Marie, Marie, sei jetzt nicht eifersüchtig!«

Sie machte eine höhnische, abweisende Bewegung.

»Ja, Marie! Du warst eifersüchtig; du hast dich selbst

verraten, jetzt, wo du den Reitzügel nahmst, du weißt ... aber laß nun die ganze schmutzige Gesellschaft vergessen sein und tot und in des Teufels Hut; komm, komm! spiel jetzt nicht mehr die Unholde mit mir, wie ich den treulosen Gast gegen dich gespielt habe, mit all diesem Schlemmen und Buhlen zum Schein. Wir machen uns ja nur einen Höllenpfuhl dadurch, dieweil es uns ein Saal des Himmelreichs sein könnte. – Du sollst deinen Willen haben, in was du willst; willst du in Seide schweben, so dick wie Kamelott; willst du Perlen in Strähnen haben, so lang wie dein Haar, du sollst es bekommen, und Ringe und Goldbrokatstoffe in ganzen Stücken, und Federn und Steine, was du nur willst; es ist nichts zu kostbar, um von dir getragen zu werden.«

Er wollte seinen Arm um ihren Leib legen, aber sie packte ihn beim Handgelenk und hielt ihn von sich ab.

»Ulrik Frederik«, sagte sie, »soll ich dir etwas sagen? – Könntest du deine Liebe in Zindel und Marderfell hüllen, könntest du sie in Zobel kleiden und sie mit Gold krönen, ja, ihr Schuhe von reinstem Demantstein geben, ich wollt sie von mir schleudern wie Kot und Dreck, denn ich achte sie geringer als die Erde, so ich mit Füßen trete. Da ist auch kein Tropfen meines Blutes, der dir gut wäre, nicht eine Faser meines Fleisches, die dich nicht wegstieße, – hörest du! Da ist kein Winkel in meiner Seele, so dich mit Namen riefe. – Verstehe mich nur recht! Könnt ich deinen Leib aus der Pein einer tödlichen Krankheit lösen oder deine Seele aus der Hölle Tod, dadurch, daß ich dein würde, – ich täte es nicht.«

»Ja, du tätest es, Weib, darum rede nicht so!«

»Nein und nein und abermals nein!«

»Dann hinaus, hinaus! Fort aus meinen Augen in dem vermaledeiten Namen der Hölle!«

Er war weiß wie eine Wand und zitterte an allen Gliedern. Die Stimme war heiser und unkenntlich, und er fuchtelte mit den Armen in der Luft herum wie ein Wahnsinniger.

»Hebe deinen Fuß hinweg aus meinem Wege! Hebe deinen – hebe deinen – hebe deinen Fuß hinweg aus meinem Wege, oder ich spalte dir die Stirn; Mordblut schwillt vor mir auf und flammt rot vor meinen Augen. – Hinaus, hinaus aus Norwegens Land und Reich, und der Brand der Hölle sei dein Gefährt! Hinaus ...«

Marie sah ihn einen Augenblick entsetzt an; dann lief sie, was sie konnte, aus der Stube hinaus, fort aus dem Schloß.

Als sie die Tür zuschlug, ergriff Ulrik Frederik den Stuhl, in dem sie gesessen hatte, als er kam, und schleuderte ihn zum Fenster hinaus, zerrte den mürben Umhang von der Bettstatt und riß ihn zu Fetzen und Fasern, während er im Zimmer hin und her taumelte; dann sank er auf den Boden nieder und kroch auf den Knien herum, keuchend wie ein wildes Tier und seine Knöchel blutig hämmernd. Endlich war er müde, rutschte nach dem Bett hin und warf sich darin nieder, das Gesicht in den Kissen vergrabend, und rief Marie mit zärtlichen Namen und weinte und schluchzte und verfluchte sie und sprach dann wieder, als liebkose er sie, mit sanfter und leiser Stimme.

In der nämlichen Nacht bewog Marie Grubbe einen Schiffer, sie für gute Worte und reiche Bezahlung nach Dänemark zu segeln.

Am nächsten Tag jagte Ulrik Frederik Fiedel-Karen zum Schlosse hinaus, und wenige Tage darauf reiste er nach Kopenhagen.

Dreizehntes Kapitel

Eines schönen Tages wurde Erik Grubbe dadurch überrascht, Madame Gyldenlöve auf Tjele hereinfahren zu sehen.

Er mutmaßte sogleich, daß etwas Schlimmes vorgefallen sei, wie sie so ohne Dienerschaft oder sonst etwas angefahren kam; und als er erfuhr, wie es sich eigentlich verhielt, da war es kein warmes Willkommen, das er ihr bot, denn er wurde so zornig, daß er seines Weges ging, die Tür hinter sich zuknallte und sich diesen Tag nicht mehr zeigte.

Aber als er die Sache beschlafen hatte, wurde er etwas umgänglicher, ja, er behandelte seine Tochter sogar mit einer respektvollen Liebe, und es kam etwas von der steifen Geziertheit eines alten Höflings in seine Rede. Es war ihm nämlich in den Sinn gekommen, daß bisher ja eigentlich noch kein Unglück geschehen war; es hatte ja freilich eine kleine Uneinigkeit zwischen den jungen Eheleuten gegeben, aber Marie war noch Madame Gyldenlöve, und die Sache mußte ohne große Schwierigkeit wieder ins alte Geleise zu bringen sein.

Allerdings verlangte Marie Scheidung und wollte kein Wort von Versöhnung hören; aber es würde ja fast unsinnig sein, anderes zu erwarten gleich in der frischen Erbitterung der ersten Hitze, jetzt, wo alle Erinnerungen schmerzhafte Stellen und klaffende Wunden waren; also darauf legte er kein Gewicht; dem würde die Zeit abhelfen, davon war er überzeugt.

Es war außerdem ein Umstand, von dem er sich eine nicht geringe Unterstützung versprach. Marie war ja fast nackt von Aggershus gekommen, ohne Kleider und Kleinodien, und sie würde bald die Pracht entbehren, die sie gelernt hatte als alltäglich anzusehen, und selbst die einfache Kost auf Tjele, die mangelhafte Bedienung und die ganze Dürftigkeit des täglichen Lebens würde sie dahin bringen, sich nach dem zu sehnen, was sie verlassen hatte. Auf der andern Seite konnte Ulrik Frederik, er mochte noch so erbost sein, wie er wollte, wohl kaum an Scheidung denken. Seine Geldangelegenheiten waren nicht in einer solchen Ordnung, daß er sich von Mariens Mitgift trennen konnte; denn zwölftausend Taler waren viel bares Geld, und auf Geld und Grundbesitz und andere Herrlichkeit Verzicht zu leisten, war auch schwer, wenn man es nun doch einmal bekommen hatte.

Ein halbes Jahr lang ging alles gut auf Tjele. Marie befand sich wohl auf dem stillen Hof. Der tiefe Friede, der dort herrschte, die Einförmigkeit der Tage und ihr vollständiger Mangel an Ereignissen war etwas Neues für sie, und sie genoß es mit einem träumenden, passiven Wohlbehagen.

Wenn sie an die Vergangenheit dachte, erschien sie ihr wie ein ermüdendes Kämpfen und Ringen, ein rastloses Vorwärtsdrängen ohne Ziel, erhellt von einem grellen, stechenden Licht und durchlärmt von einem unleidlichen, betäubenden Getümmel; und es überkam sie ein wonniges Gefühl von Geborgenheit und Ruhe, von ungestörter Muße in wohltuendem Schatten, in süßer und freundlicher Stille; und sie liebte es, den Frieden ihrer Zufluchtsstätte zu erhöhen, indem sie sich vorstellte, daß sie in der Welt da draußen noch weiter lärmten und stritten und drängten, während sie sich gleichsam hinter das Leben fortgestohlen und einen sicheren kleinen Fleck gefunden hatte, wo niemand sie aufspüren und Unruhe in ihre lieblich dunkle Einsamkeit bringen konnte.

Doch wie die Zeit verstrich, wurde die Stille schwer und

der Friede tot und der Schatten finster, und sie fing jetzt an, gleichsam nach einem lebendigen Laut von dem Leben da draußen zu lauschen. Es war ihr daher nicht unwillkommen, daß Erik Grubbe eine Veränderung vorschlug. Er wollte nämlich haben, daß sie fortgehen und auf ihres Gemahls Schloß Kalö wohnen sollte, und er entwickelte ihr, daß, da ihr Gemahl ihre ganze Mitgift in Besitz habe und ihr doch nichts zu ihrem Unterhalt sende, so sei es billig, daß sie sich von dem Gute Kalö unterhalten lasse, und da könne sie ja leben wie das Dotter im Ei, große Dienerschaft halten und Pracht und Aufwand treiben, ganz anders als hier auf Tjele, das viel zu kärglich für sie sei, die es ja soviel besser gewöhnt war. Außerdem sei in des Königs Morgengabebrief an sie, worin ihr tausend Tonnen Hartkorn zugesichert wurden, für den Fall, daß Ulrik Frederik vor ihr sterben sollte, offenbar an das Gut Kalö gedacht worden, das gerade die tausend Tonnen ausmache und das Ulrik Frederik ein halbes Jahr nach der Hochzeit übertragen worden sei. Falls sie sich nun nicht wieder verständigen sollten, so wäre es nicht unwahrscheinlich, daß Ulrik Frederik ihr das ihr als Mitwohnsitz zugedachte Gut abtreten würde, und es sei daher dienlich, sowohl, daß sie es kennen lernte, wie auch, daß Ulrik Frederik sich daran gewöhnte, es in ihrem Besitz zu wissen; um so leichter würde er es vielleicht abtreten.

Erik Grubbes Absicht bei dieser Anordnung war, von den Unkosten befreit zu werden, in die er durch Mariens Aufenthalt auf Tjele versetzt wurde, und außerdem, in den Augen der Leute den Bruch zwischen Ulrik Frederik und seiner Gemahlin geringer zu machen, als er war; überdies war es ja immerhin eine Annäherung, und man konnte niemals wissen, wohin die führen würde.

So reiste Marie denn nach Kalö, kam aber nicht dazu, dort so zu leben, wie sie es sich gedacht hatte, denn Ulrik

Frederik hatte seinem Verwalter Johann Utrecht Befehl gegeben, Madame Gyldenlöve wohl zu empfangen und zu unterhalten, ihr aber nicht einen Heller oder Schilling in barem Gelde zu verabfolgen. Auf Kalö war es nun außerdem, wenn möglich, noch langweiliger als auf Tjele, so daß Marie wohl kaum lange dageblieben wäre, wenn sie nicht einen Gast bekommen hätte, der ihr bald mehr als ein Gast werden sollte.

Sein Name war Sti Högh.

Seit dem Fest im Frederiksborger Schloßgarten hatte Marie Grubbe oft an diesen ihren Schwager gedacht und immer mit einem Gefühl inniger Dankbarkeit; und manch liebes Mal, wenn sie auf Aggershus besonders empfindlich gekränkt oder verletzt worden war, so hatte es ihr zum Trost gereicht, sich Stis ehrerbietiger, stumm anbetender Huldigung zu erinnern. Und sein Wesen war dasselbe jetzt, wo sie vergessen und verlassen war, wie in jenen Tagen ihrer Herrlichkeit; es lag dieselbe schmeichelnde Hoffnungslosigkeit in seinen Mienen, dieselbe demütige Bewunderung in seinem Blick.

Mehr als zwei – drei Tage auf einmal blieb er nie auf Kalö; dann fuhr er auf acht Tage in die Umgegend auf Besuch, und Marie lernte, sich danach zu sehnen, daß er komme, und zu seufzen, wenn er wegzog; denn er war so gut wie ihr einziger Verkehr, und sie wurden daher sehr vertraut, und es gab nur wenig, was sie voreinander verbargen.

»Madame«, fragte Sti Högh eines Tages, »ist es Eure Absicht, wieder zu Seiner Exzellenz zurückzukehren, wenn er Euch voll und rundlich Abbitte leistet?«

»Und käme er auf seinen Knieen hierher gekrochen«, antwortete sie, »ich würde ihn wegstoßen. Ich trage für ihn nur Abscheu und Verachtung im Herzen; denn es ist auch nicht *ein* treues Sentiment in seinem Sinn, nicht *ein* ehrlicher, warmer Blutstropfen in seinem Körper; er ist eine Metze, so recht eine verrottete, verruchte Metze und kein Mann; er hat die leeren, treulosen Augen einer Metze und einer Metze seelenlose, klamme Begier. Niemals hat eine ehrliche, blutswarme Passion ihn hingerissen, niemals ist ein herzgeborenes Wort von seinen Lippen gerufen worden. Ich hasse ihn, Sti, denn ich fühle mich gleichsam besudelt von seinen schleichenden Händen, von seinen dirnenhaften Worten.«

»Ihr wolltet also auf Separation antragen, Madame?«

Marie antwortete, sie wolle das, und wenn nur ihr Vater einverstanden gewesen wäre, würde die Sache sicher bereits weit gediehen sein; aber er überhaste sich nicht, sintemalen er den Glauben habe, daß alles noch wieder ins Geleise gebracht werden würde; doch das werde niemals geschehen.

Sie sprachen dann davon, was sie nach der Scheidung für ihren Unterhalt erwarten könne, und Marie meinte, daß Erik Grubbe in ihrem Namen hauptsächlich auf Kalö Anspruch erheben werde.

Das, meinte Sti Högh, sei übel bedacht. Er hatte ihr in seinen Gedanken ein ganz anderes Leben angewiesen, denn als Witwe in einem entlegenen Winkel von Jütland zu sitzen und dann schließlich einen gemeinen Edelmann zu heiraten, denn höher würde sie hier nicht gelangen; bei Hofe war ihre Rolle ausgespielt, denn da war Ulrik Frederik zu gut angeschrieben, als daß er nicht imstande sein sollte, sie von dem Hof und diesen von ihr fernzuhalten. Nein, er war nun der Ansicht, sie müsse sich ihre Mitgift in barem Gelde auszahlen lassen und dann außer Landes reisen und nie mehr ihre Füße dahin zurücksetzen; denn mit ihrer Schönheit und ihrem Anstand könne sie in Frankreich ein ganz anderes herrliches Los erringen als hier in diesem armseligen Lande mit seinem bäurischen

Adel und seinem erbärmlichen Konterfei von einem Hofe. Das sagte er, und das dürftige Leben in der Einsamkeit von Kalö war ein so guter Hintergrund für die betörenden Bilder, die er von Ludwigs des Vierzehnten reichem und prächtigem Hof entwarf, daß sich Marie vollständig davon fesseln ließ und in der nächstfolgenden Zeit Frankreich zum Schauplatz aller ihrer Träume machte.

Sti Högh war noch ebenso in Liebe zu Marie Grubbe befangen wie ehedem, und er sprach oft mit ihr von dieser seiner Leidenschaft, nicht bittend oder flehend, nein, nicht einmal in Hoffnung oder Klage, im Gegenteil, vollständig hoffnungslos, immer in Voraussetzung der Unmöglichkeit, daß sie sie erwidern könne oder je erwidern werde. Im Anfang hörte Marie diese Äußerungen mit einem ängstlichen Staunen an, aber allmählich fing es an, sie zu interessieren, diesen hoffnungslosen Reflexionen über eine Liebe zu lauschen, deren Quell sie selber war; und nicht ohne ein berauschendes Machtgefühl hörte sie sich zur Herrin des Lebens und Todes über eine so absonderliche Natur wie Sti Höghs gemacht. Dennoch währte es nicht lange, bis das Mutlose in Stis Worten ein Gefühl der Gereiztheit in ihr erweckte, und sein Aufgeben des Kampfes, weil das Ziel des Kampfes unerreichbar schien, sein zahmes Sichdamitberuhigen, daß zu hoch nun einmal zu hoch sei, machte sie zweifeln, just nicht daran, daß wirklich Leidenschaft hinter Stis absonderlichen Worten oder Kummer hinter seinen schwermütigen Mienen liege, sondern daran, ob er nicht stärker rede, als er fühle; denn diese hoffnungslose Leidenschaft, die nicht trotzig die Augen davor schloß, daß da keine Hoffnung war, und blind vorwärtsstürmte, die verstand sie nicht, an die konnte sie nicht glauben; und sie machte sich ein Bild von Sti Högh als von einer überspannten Natur, die, indem sie beständig umherging und sich selber betastete, dahin gelangt war, sich reicher und größer und viel bedeutender zu fühlen, als sie war, und die jetzt, wo keine Wirklichkeit diese Vorstellung bekräftigte, einherging und sich in große Stimmungen und starke Leidenschaften hineinlog, die nur in phantastischer Schwangerschaft von seinem krankhaft geschäftigen Hirn geboren waren. Und die letzten Worte, die sie nun für längere Zeit aus seinem Munde vernahm, – sie kehrte nämlich auf ihres Vaters Aufforderung nach Tjele zurück, wohin Sti nicht zu kommen wagte, – dienten nur dazu, sie in dem Glauben zu befestigen, daß das Bild ihm in allen Stücken ähnlich sei.

Als er ihr nämlich Lebewohl gesagt hatte und mit der Hand auf der Türklinke dastand, wandte er sich nach ihr um und sagte: »Es ist eine schwarze Seite meines Lebensbuches, die jetzt aufgeschlagen wird, Madame, jetzt, da Eure Kalöer Tage vorüber sind; und ich werde mich in Qual und Pein sehnen und traure wie jemand, der *das* verloren hat, so seines ganzen Erdenreiches Glück, all sein Hoffen und Sehnen war; und doch, Madame, wenn es einmal geschehen sollte, daß triftiger Grund sei zu glauben, Ihr hättet mich lieb, und ich glaubte daran, da weiß nur Gott allein, wozu das mich machen würde. Möglich, daß es in mir die Kräfte erwecken würde, so ich noch niemals dazu vermochte, die Schwingen ihrer Gewalt zu gebrauchen, so daß der Teil meines Gemütes, der durstig ist nach Taten und brennend von Hoffnung, die Oberhand gewinnen und meinen Namen berühmt und herrlich machen würde. Aber es ist ebenso leicht zu denken, daß solch ein unnennbares Glück jede hochgespannte Saite abspannen, jedem rufenden Verlangen die Stimme rauben und jede lauschende Hoffnung betäuben könne, so daß das Land meines Glückes für meine Kräfte und Fähigkeiten ein erschlaffendes Capua werden würde . . .«

Es war begreiflich, daß Marie dachte, wie sie dachte,

und sie sah ein, daß es so am besten war, aber dennoch seufzte sie dabei.

Nun fuhr sie nach Tjele. Erik Grubbe wünschte diese Rückkehr, weil er fürchtete, Sti Högh könne sie dahin bringen, Verhaltungsmaßregeln zu ergreifen, die mit seinen Plänen nicht übereinstimmten, und außerdem wollte er versuchen, ob es nicht möglich sei, sie durch Überredungen gewillt zu machen, auf eine Ordnung der Sache einzugehen, durch die die Ehe in Kraft bestehen bliebe.

Dies erwies sich jedoch als fruchtlos, aber dessenungeachtet fuhr Erik Grubbe fort, Ulrik Frederik durch Briefe aufzufordern, daß er Marie wieder zu sich nehme. Ulrik Frederik antwortete nie, er wünschte es so lange als möglich in Ungewißheit hinzuhalten, denn jegliche, sich aus einer Scheidung notwendigerweise folgernde Vermögensabtretung war ihm höchst ungelegen, und an des Schwiegervaters Versicherungen betreffs Mariens Versöhnlichkeit glaubte er nicht. Herrn Erik Grubbes Unwahrhaftigkeit war allzu wohlbekannt.

Der Ton in Erik Grubbes Briefen wurde indessen immer drohender, und es war schließlich sogar die Rede von einer persönlichen Hinwendung an den König. Ulrik Frederik sah ein, daß es so nicht lange weitergehen konnte, und er schrieb nun von Kopenhagen an seinen Verwalter auf Kalö, Johann Utrecht, einen Brief, in dem er ihn beauftragte, sich in aller Heimlichkeit darüber zu vergewissern, inwiefern Madame Gyldenlöve auf Schloß Kalö mit ihm zusammentreffen wolle, ohne daß Erik Grubbe etwas davon erfahre. Dieser Brief wurde im März neunundsechzig geschrieben.

Ulrik Frederik hoffte bei der hierin vorgeschlagenen Zusammenkunft, Marie Grubbes wahre Gesinnung zu erfahren, und falls er sie versöhnlich fand, wollte er sie gleich mit sich nach Aggershus nehmen, wenn aber nicht, so hoffte er durch das Versprechen, für eine sofortige Separation zu wirken, sich so billige Scheidungsbedingungen wie möglich zu verschaffen.

Allein Marie Grubbe lehnte die Begegnung ab, und Ulrik Frederik reiste unverrichteter Sache nach Norwegen zurück.

Erik Grubbe setzte noch eine Zeitlang seine nutzlose Schreiberei fort, aber da geschah es im Februar siebenzig, daß die Nachricht von Frederiks des Dritten Tode kam, und nun meinte Erik Grubbe, es sei Zeit zum Handeln; denn König Frederik hatte immer seinen Sohn Ulrik Frederik so hoch gestellt und eine so blinde Liebe für ihn gehegt, daß er in einer Sache wie dieser alle Schuld beim Gegenpart gefunden hätte; doch bei König Christian ließ sich erwarten, daß es anders sein würde, denn wohl waren er und Ulrik Frederik Herzensfreunde und innig zusammengelebte Gesellschaftsgenossen, aber es war doch möglich, daß ein kleiner Schatten von Mißgunst bei dem König vorhanden war, denn er war zu des Vaters Lebzeiten so oft von dem begabteren und weit ansehnlicheren Halbbruder in den Schatten gestellt worden; außerdem hielten junge Fürsten darauf, ihre Unparteilichkeit zu zeigen, und da waren sie in eifrigem Gerechtigkeitsgefühl nicht selten ungerecht wider diejenigen, von denen der große Haufe denken mochte, daß sie gerade sie unter ihren Schutz nehmen würden. Es wurde also deswegen beschlossen, daß sie, sobald der Frühling kam, alle beide nach Kopenhagen reisen wollten, und Marie sollte in der Zwischenzeit versuchen, zweihundert Reichstaler von Johann Utrecht zu erlangen, um Trauerkleider zu kaufen, damit sie sich mit Anstand vor dem neuen König zeigen könne; aber der Verwalter durfte ohne Ulrik Frederiks Order kein Geld verabfolgen, und Marie mußte ohne Trauerkleider reisen, denn ihr Vater wollte keine bezahlen und meinte außerdem, daß dieser Mangel nur um so besser ihr Elend bezeuge.

Ende Mai kamen sie nach Kopenhagen, und da eine Begegnung zwischen Vater und Schwiegersohn zu keinem Ergebnis führte, schrieb Erik Grubbe an den König, daß er in aller Untertänigkeit nicht genugsam beschreiben könne, mit was für Spott, Beschämung und Unehre Seine Exzellenz Gyldenleu seine Gattin Marie Grubbe von Aggershus weggeschicket und sie Wind und Wetter und Kapern preisgegeben habe, so derzeit stark auf der See grassierten, sintemal als da eine heftige Fehde zwischen England und Holland entbrannt war. Gott habe sie mittlerweile gnädiglich vor obbemeldeter Lebensgefahr bewahret, und sie sei mit Leben und Gesundheit in sein Haus gekommen. Aber es sei eine unerhörte Schmach, so ihr widerfahren, und er habe nun viele Male mit Schreiben, Bitten und weinenden Tränen seinen hohen, hochgeehrten Sohn, wohlgeboren Seine Exzellenz, ersucht, daß er doch möge die Sache in Erwägung ziehen und entweder Marie ihre Ursache beweisen, aus selbiger die Ehe müsse getrennt werden, oder aber sie wieder zu sich nehmen, welches indessen alles nichts gefruchtet habe. Marie habe ihm viele tausend Reichstaler in seine Haus zugeführet, aber dessenungeachtet habe sie nicht einmal soviel wie zweihundert Reichstaler erlangen können, um Trauerkleider dafür zu kaufen; in Summa: ihr Elend sei zu weitläufig, um es zu schildern, und daher flöhen sie zu Seiner Königlichen Majestät, ihres allergnädigsten Erbherrn und Königs, angeborenen Gnade und Mildheit mit ihrer alleruntertänigsten Bitte und Supplik, daß Seine Majestät sich um Gottes willen seiner, Erik Grubbes, erbarmen wolle, um seines hohen Alters wegen, so da siebenundsechzig Jahre sei, und ihrer um ihres großen Elends und ihrer Beschämung willen, und gnädigst geruhen, Seiner Exzellenz Gyldenleu zu befehlen, daß er entweder Marie ihre Ursach nachweise, aus welcher Christus sagt, daß Eheleute geschieden werden dürfen, was er niemalen würde zu tun vermögen, oder auch sie wieder zu sich nehme, wodurch Gottes Ehre gefördert würde, indem die Ehe in der Achtung erhalten werde, in welche Gott selber sie eingesetzet hat, groß Ärgernis vermieden, große Sünde weggefeget und eine Seele aus der Verdammnis befreiet würde.

Marie wollte anfänglich durchaus nicht ihren Namen unter diese Supplik setzen, da sie unter keiner Bedingung mit Ulrik Frederik zusammenleben wollte, wie es denn auch gehen mochte. Aber der Vater versicherte sie, es seien nur Formalitäten mit dem Verlangen, daß Ulrik Frederik sie wieder zu sich nehmen solle, denn er *wolle* jetzt die Trennung um jeden Preis, und die Art und Weise, wie die Bittschrift abgefaßt sei, zwinge ihn, das zu begehren, und es würde ihre Sache in ein besseres Licht setzen und ihr bessere Bedingungen verschaffen. Da gab Marie denn nach; ja, sie fügte sogar auf des Vaters Aufforderung und nach seinem Entwurf folgende Nachschrift an die Supplik:

»Ich würde gern mit Eurer Königlichen Majestät geredet haben, aber ich Elendige habe nicht die Kleider, mit denen ich unter Leute kommen kann. Erbarmet Euch über mich, allergnädigster Erbherr und König, und helfet mir Elendiger zu Recht. Gott wird es lohnen.

Marie Grubbe.«

Aber da sie Erik Grubbes Worten nicht allzusehr traute, ließ sie durch Vermittlung eines ihrer alten Hoffreunde dem König ein ganz privates Schreiben in die Hände gelangen, in dem sie ganz unverblümt aussprach, wie stark sie Ulrik Frederik verabscheue, wie eifrig sie sich nach Scheidung sehne und wie ungern sie wolle, daß sie durch die Ordnung der Vermögensfrage auch nur in die geringste Verbindung mit ihm gelangen möchte.

Erik Grubbe hatte indessen dies *eine* Mal die Wahrheit gesagt. Ulrik Frederik *wollte* geschieden werden. Seine Stellung am Hofe war eine andere als Halbbruder des Königs denn als des Königs Lieblingssohn. Es genügte jetzt nicht, auf väterliche Güte zu bauen, er mußte mit andern Männern des Hofes geradezu um Ehre und Lohn wetteifern. Eine Sache wie die vorliegende in Umlauf zu haben, trug nur wenig dazu bei, sein Ansehen zu stärken; es würde weit dienlicher sein, sie so schnell wie möglich zu beenden und in einer neuen und besser bedachten Ehe Erstattung für das zu suchen, was die Ehescheidung kosten konnte, sowohl an Ruf als auch an Gut. Er wendete daher den Einfluß, den er hatte, an, um dies Ziel zu erreichen.

Der König ließ die Sache sogleich dem Konsistorium vorlegen, daß es sein Gutachten darüber abgeben könne, und dieses fiel derart aus, daß die Ehe durch das Urteil des Höchsten Gerichts vom 14. Oktober 1670 für aufgehoben erklärt wurde, so daß beide Teile die Erlaubnis hatten, sich wieder zu vermählen. Marie Grubbe erhielt die zwölftausend Reichstaler und all die übrige Mitgift von Kleinodien und Grundbesitz zurück, und sobald sie das Geld ausbezahlt erhalten hatte, bereitete sie sich trotz der Vorstellungen des Vaters vor, außer Landes zu reisen. Was Ulrik Frederik anbetrifft, so schrieb er sofort an seine Halbschwester, Kurfürst Johann Georg von Sachsens Gemahlin, von der Auflösung seiner Ehe und fragte sie, ob sie ihm so viel schwesterliche Liebe erweisen wolle, daß er sich der schmeichelhaften Hoffnung hingeben dürfe, eine Gemahlin aus ihren fürstlichen Händen zu empfahen.

*

Marie Grubbe hatte nie zuvor über Geld zu verfügen gehabt, und daher schien es ihr jetzt, wo sie eine so große Summe in die Hände bekommen hatte, daß ihre Macht und ihr Vermögen ohne Grenzen sei. Ja, es war ihr, als sei ihr die Wünschelrute des Wunderreiches selbst in die Hand gelegt, und sie sehnte sich wie ein Kind danach, sie Schwung auf Schwung zu schwingen und alle Herrlichkeiten der Erde zu ihren Füßen zusammenzurufen.

Ihr nächster Wunsch war, weit weg zu sein von Kopenhagens Türmen und Tjeles Fluren, von Erik Grubbe und Muhme Rigitze, und so schwang sie denn die Rute zum erstenmal, und per Achse und Kiel über Wasser und Wege ward sie hinweggeführt von Seeland, hinab durch Jütland und Schleswig bis zu der Stadt Lübeck. Ihr ganzes Gefolge war die Kammerzofe Lucie, die ihr zu überlassen sie ihre Muhme bewogen hatte, und dann ein Kaufmannskutscher aus Aarhus; denn erst in Lübeck sollten die eigentlichen Reisevorbereitungen getroffen werden.

Sti Högh hatte sie auf den Gedanken gebracht, zu reisen, und damals hatte er gesagt, er wolle ebenfalls das Land verlassen und sein Glück draußen suchen, und hatte sich erboten, ihr Reisemarschall zu sein. Er kam nun auch, durch einen Brief aus Kopenhagen nach Lübeck gerufen, vierzehn Tage nach Mariens Ankunft alldort an, und begann sofort, sich nützlich zu machen, indem er die Veranstaltungen traf, die eine so große Reise erforderte.

In ihrem stillen Sinn hatte Marie eigentlich gedacht, dem armen Sti Högh eine Wohltäterin zu sein, indem sie ihm mit ihren reichen Mitteln die Kosten der Reise und des Aufenthalts in Frankreich erleichterte, bis es sich zeigen würde, ob eine andere Quelle für ihn sprudeln werde. Sie war daher, als der arme Sti Högh kam, sehr überrascht, ihn mit so viel Pracht gekleidet, ausgezeichnet beritten und von zwei stattlichen Reitknechten begleitet zu finden, überhaupt mit allen möglichen Anzeichen, daß sein Beutel keineswegs darauf angewiesen war, sich mit ihrem Golde rund zu füllen. Aber noch mehr erstaunte sie über den Umschlag, der in seinem Gemüt vorgegangen zu sein schien; er war lebhaft und beinahe übermütig, und während er früher so aussah, als geleite er sich mit feierlichen Schritten selbst zu Grabe, so trat er jetzt die Erde wie ein Mann, der die halbe Welt besaß und die andere Hälfte zu erwarten hatte. Es war ehemals etwas von einem gerupften Vogel an ihm gewesen, jetzt glich er zumeist einem Adler mit brausendem Gefieder und scharfen Augen, die von noch schärferen Klauen sprachen.

Marie dachte erst, es sei die Freude darüber, alle Sorgen der Vergangenheit hinter sich werfen zu können, und die Hoffnung, eine Zukunft zu gewinnen, die wert war, von Dauer zu sein, was die Veränderung bewirkt hatte; aber als er einige Tage dagewesen war, ohne den Mund für jene liebeskranken, mutlosen Worte zu öffnen, die sie so gut kannte, da fing sie an zu glauben, daß er seine Leidenschaft überwunden habe und nun in dem Gefühl, siegesstolz seine Ferse auf das Haupt des Liebesdrachens setzen zu können, sich frei und stark fühle und als Herr seines Geschicks; und sie wurde ganz neugierig, zu erfahren, ob sie recht geraten habe, und sie dachte bei sich, ein wenig verdrießlich zugleich, daß je mehr sie von Sti Högh sehe, desto weniger kenne sie ihn.

Ein Gespräch, das sie mit Lucie hatte, konnte nicht anders, als sie in dieser ihrer Vermutung bestärken.

Es war an einem Vormittag, als sie beide in dem großen Torraum auf und nieder gingen, wie er sich in allen Lübecker Häusern fand und der zugleich Gang und Wohnstube, Tummelplatz für die Kinder und der Schauplatz für die meisten Handverrichtungen war, zuweilen auch Eßzimmer und Gemüsekammer. Der Raum, in dem sie gingen, wurde indessen eigentlich nur in den milderen Jahreszeiten benutzt; daher befanden sich dort jetzt nur ein langer, weißgescheuerter Tisch, einige schwere, hölzerne Stühle und ein alter Schrank; ganz hinten waren lange Bretterborde aufgeschlagen, auf denen Kohlköpfe in grünen Reihen über roten Haufen von Wurzeln und strotzenden Meerrettichbündeln lagen.

Das Tor stand weit offen nach der feuchtblanken Straße hinaus, wo der Regen in schimmernden Strömen herabplätscherte.

Marie Grubbe wie auch Lucie waren zum Ausgehen angekleidet, die eine in einem pelzverbrämten Tuchmantel, die andere in einem Kragen von braungrauem Beiderwand; sie gingen hier, darauf wartend, daß der Regen aufhören solle, und schritten hurtig über den roten Ziegelsteinboden auf und nieder, mit kleinen, stampfenden Schritten, als würde es ihnen schwer, die Füße warm zu halten.

»Sollte er nun aber auch ein wirklich zuverlässiger Begleiter sein, glaubt Ihr das?« fragte Lucie.

»Sti Högh? – Ja, freilich ist er das, sollt ich meinen. Was willst du damit sagen?«

»Hm, nur, ob er nicht irgendwo unterwegs sitzen bleibet?«

»Was?«

»Ja, die deutschen Jungfrauen oder auch die holländischen. Ihr wisset, er stehet in dem Ruf, sein Herz sei aus einer so glühenden Materie gemacht, daß es in lichterlohen Brand gerät, sobald nur ein Unterrock da ist, der es anfächelt.«

»Wer hat dir so törichte Parabeln aufgebunden?«

»Aber du lieber Gott, habt Ihr denn das niemalen zuvor gehört? Euer eigner Schwager! – Wer konnte denken, daß

Euch das Neues sei; ich hätt ebensogut darauf verfallen können, Euch zu erzählen, daß die Woche sieben Tage hat.«

»Was hast du heute nur einmal, du faselst ja, als hättst du spanischen Wein zur Morgenkost bekommen?«

»Ja, eine von uns, wie es scheint. Saget mir, habt Ihr nie den Namen Ermegaard Lynow gehört?«

»Nein!«

»So fraget Sti Högh, ob er ihn nicht zufälligerweise kennen sollte, und nennet dann auch gleich Jydte Krag und Christence Rud und Edele Hansdatter und Lene Pappings, wenn Ihr wollt; es wäre ja denkbar, daß er zufälligerweise einige Parabeln, wie Ihr es nennet, von ihnen allzuhaufe zu erzählen wüßt.«

Marie hielt in ihrem Gang an dem offenen Tor inne und sah lange starr in das Regenwetter hinaus. »Weißt du vielleicht«, sagte sie dann und fing wieder an zu gehen, »weißt du vielleicht auch einige von diesen Parabeln zu erzählen?«

»Das sollt man fast meinen!«

»Von Ermegaard Lynow?«

»Ja, sonderlich von ihr.«

»Was denn?«

»Ach, es war mit einem von diesen Höghs, Sti, glaub ich, hieß er, einem großen, rothaarigen, blassen . . .«

»Danke, *das* weiß ich nun just ebensogut.«

»Wißt Ihr auch das mit dem Vergiften?«

»Nein, nein!«

»Oder etwa mit dem Brief?«

»Nun, so erzähl doch!«

»Hm, das ist eine so grausliche Geschicht!«

»Nun!«

»Also, dieser Högh war gut Freund mit ihr, das war ja, ehe er sich verheiratete; ja er und Ermegaard Lynow waren die allerbesten Freunde, sie hatte das längste Haar, das eine Jungfrau nur haben konnte, denn sie konnt fast darauf treten, und sie war so weiß und rot, so recht ein schönes Püppchen; aber er war so hart und bös gegen sie, als wär sie ein widerspenstig Windspiel und nicht das sanfte Geschöpf, das sie war; aber je schlimmer er war, um so mehr hatt sie ihn lieb, er hätt sie grün und blau schlagen können, wenn er es nicht gar tat, sie würd ihn dafür geküßt haben; huhu, es ist wahrlich schrecklich zu denken, wie ein Mensch sein kann, wenn er seine Sinne auf eine andere gestellt hat. Aber dann hatt er sie satt, und er sah nie mehr dahin, wo sie war, weil er eine andere in seinen Gedanken trug, und Jungfer Ermegaard, die grämt' sich und härmt' sich und war nahe daran zu vergehen vor lauter Jammer und Elend, aber sie lebte dennoch, was für ein Leben es auch war. Und dann konnt sie es nicht länger aushalten, die Jungfrau; sie sagen, sie hätt Sti Högh am Haus vorüberreiten sehen und sei ihm nachgerannt und eine Weile Seite an Seite mit seinem Pferd gelaufen, ohne daß er auch nur einen Schritt aufgehalten hätt oder ihre Bitten und ihr Weinen anhören gewollt; sondern ritt bloß scharf zu und von ihr weg. Das konnt sie nicht ertragen, und da nahm sie tödliches Gift und schrieb an Sti Högh, das hätt sie um seinetwillen getan, nun würd sie ihm nimmermehr ein Hindernis sein, wenn sie ihn bloß noch einmal sehen könnt, ehe sie stürbe.«

»Und dann?«

»Ja, Gott weiß, ob es auch so ist, wie die Leute sagen, denn dann ist er ja der erbärmlichste Leib und die schlimmste Seel, so der Höllen Pein zu erwarten hat; – dann schrieb er zurück – ja, so war es, er schrieb, daß das Gegengift, so sie am besten wieder heilmachen könnt, das wär seine Liebe; aber ihr die zu geben, stünd nicht in seiner Macht, doch habe er gehört, daß Milch und Knoblauch auch solle gut sein, und das wolle er ihr raten zu nehmen. Seht, das antwortete er; was denket Ihr? kann es wohl etwas Schändlicheres geben als dies?«

»Und Jungfer Ermegaard?«

»Jungfer Ermegaard?«

»Ja freilich!«

»Ja, es war nicht sein Verdienst; aber sie hatt nicht Gift genug genommen, um davon zu sterben, doch sie wurd so krank und elend, daß sie beinah nie wieder gesund geworden wär.«

»Das arme kleine Lamm!« sagte Marie und lachte.

Fast jeder Tag in der nun folgenden Zeit führte irgendeine kleine Veränderung in Marie Grubbes Auffassung von Sti Högh herbei und damit auch in der Art und Weise ihres Verkehrs miteinander.

Es war so leicht, zu sehen, daß Sti kein Träumer war, aus der Umsicht und Geistesgegenwart, mit der er alle die unzähligen Hindernisse und Schwierigkeiten beseitigte, die die Reise darbot; und es war ebenso leicht, darüber ins klare zu gelangen, daß er an Manieren wie auch an Begabung selbst die vornehmsten Edelleute, mit denen sie zusammentrafen, bei weitem überragte. Immer war seine Rede neu und interessant und ungleich der aller anderen; es war, als habe er einen eigenen, nur von ihm gekannten Weg zum Verständnis von Menschen und Dingen, und es wollte Marie scheinen, als bekenne er mit einem kecken Hohn seinen Glauben daran, wie groß die Macht des Tieres im Menschen sei oder wie wenig Gold sich in den Schlacken seiner Natur verberge; und die kalte, leidenschaftliche Beredsamkeit, mit der er ihr bewies, wie gering der Zusammenhang im Wesen des Menschen sei, wie unverstanden und unverständlich, wie haltlos und tastend und ganz dem Zufall anheimgegeben das, was edel, und das, was niedrig war, in unserer Seele miteinander stritt; die Beredsamkeit, mit der er ihr dies klarzumachen suchte, erschien ihr groß und hinreißend, und sie fing an zu glauben, daß seltenere Gaben und mächtigere Kräfte ihm zuteil geworden seien, als sie sonst in das Los der Sterblichen fielen, und sie beugte sich in Bewunderung, ja fast in Anbetung vor der Macht dieses Überflusses, den sie ahnte; aber dennoch herrschte bei alledem ein stiller, lauernder, beständig raunender Zweifel in ihrer Seele, der niemals in ausgedachten Gedanken zum Ausdruck gelangte, sondern nur in dunklem, instinktivem Gefühl von der Furcht ergriffen ward, daß diese Macht eine Macht war, die drohte und raste, die wünschte und sich sehnte, nie jedoch niederschlug, nie zugriff.

*

In Lohendorf, etwa drei Meilen von Vechta, lag hart an der Landstraße ein altes Wirtshaus, und hier waren Marie und ihr Gefolge ein paar Stunden, nachdem die Sonne untergegangen war, eingekehrt.

Spät am Abend, als Kutscher und Reitknechte in den Nebenhäusern zur Ruhe gegangen waren, saßen Sti Högh, Marie und ein paar bäurisch aussehende Oldenburger Edelleute in recht vertraulicher Unterhaltung an einem kleinen, rotgemalten Tisch vor dem großen Ofen in der Schenkstube des Kruges.

An dem langen Tisch unter den Fenstern, den Rücken gegen den Rand der Tischplatte gestützt, saß Lucie am Ende einer Bank und strickte und sah zu.

Auf dem Herrschaftstisch stand ein Talglicht in einem gelben Tonleuchter und verbreitete seinen schläfrigen Schein über die Gesichter dahinten und spiegelte sich fettig in der Reihe von Zinntellern, die sich über dem Ofen befand. Marie hatte eine kleine zinnerne Kanne mit warmem Wein vor sich stehen, Sti Högh eine größere, während die beiden Oldenburger gemeinsam aus einem mächtigen hölzernen Humpen Bier tranken, der beständig geleert und ebenso beständig von einem strubbelköpfigen Burschen, der auf einer Schemelbank ganz hinten in der Stube lag und faulenzte, wieder gefüllt wurde.

Sowohl Marie wie auch Sti Högh hätten sich am liebsten in ihre Kammern zurückgezogen, denn die beiden Landedelleute waren keine angenehme Gesellschaft; und sie würden es auch getan haben, wären die Kammern nicht so eisig kalt gewesen und die Unannehmlichkeiten bei dem Versuch, sie zu erwärmen, noch schlimmer als die Kälte, was sie erfahren hatten, als ihnen der Wirt Feuerbecken hineinstellte. Der Torf war nämlich dort in der Gegend so schwefelig, daß nur Leute, die daran gewöhnt waren, Atem holen konnten, wenn er in Glut kam.

Die Oldenburger waren zurückhaltend, denn sie merkten wohl, daß sie in feiner Gesellschaft waren, und gaben sich daher Mühe, sich so gebildet auszudrücken, wie es in ihrer Macht stand; aber allmählich, als das Bier mehr und mehr Gewalt über sie bekam, ward auch das Band, das sie sich selbst angelegt hatten, schlaffer und schlaffer, ja ganz lose. Ihre Sprache bekam einen noch lokaleren Anstrich denn zuvor, ihre Späße wurden massiver und ihre Fragen ziemlich anzüglich.

Als jetzt der Scherz an Plumpheit und Unschicklichkeit zunahm, begann Marie unruhig auf ihrem Sitz zu werden, und Sti Höghs Augen fragten über den Tisch, ob sie fortgehen wollten. Da kam gerade der Blonde von den Fremden mit einer reichlich groben Andeutung, die Sti Högh veranlaßte, die Brauen zu runzeln und ihn drohend anzusehen; aber das reizte den nur, und er wiederholte seinen schmutzigen Scherz in noch kräftigeren Ausdrücken, was Sti dazu brachte, ihm zu geloben, daß er den Zinnkrug an seiner Stirn finden solle, falls er noch ein Wort mehr von dieser Art wage.

Gerade im selben Augenblick näherte sich Lucie mit ihrem Strickzeug dem Tische, um eine Masche, die sie hatte fallen lassen, wieder aufzunehmen, und das machte sich der andere Oldenburger zunutze; er faßte sie um den Leib, zwang sie auf seinen Schoß nieder und drückte ihr einen lautschallenden Kuß auf die Lippen.

Diese Kühnheit feuerte den Blonden an, und er schlang seinen Arm um Marie Grubbes Hals.

Im selben Augenblick flog ihm Stis Krug so kräftig und sicher an die Stirn, daß er mit einem tiefen Grunzen hintenüber gegen den Ofen fiel.

In der nächsten Sekunde waren Sti und der Braune mitten im Zimmer und Marie und ihre Zofe in eine Ecke geflüchtet.

Der Knecht auf der Schemelbank sprang auf, brüllte zu der einen Tür der Stube hinaus, lief selbst an die andere und schickte sich an, sie mit einer ellenlangen eisernen Stange zu verbarrikadieren; gleichzeitig hörte man, wie ein Riegel vor die Hintertür des Hauses geschoben wurde. Es war nämlich hier in der Schenke Brauch, sobald Schlägerei entstand, so zu verrammeln, daß niemand, der draußen war, hereinkommen und an dem Streit teilnehmen und ihm dadurch eine größere Ausdehnung geben konnte, als notwendig war; aber das war auch ihre einzige Einmischung, und sobald das Verrammeln besorgt war, schlichen sie sofort in ihre Betten; denn wer nichts sah, konnte auch nichts aufklären.

Keiner von den Kämpfenden führte Waffen bei sich, so daß sie nur die Fäuste hatten, um die Sache auszutragen. Und da standen sie, Sti und der Braune, und fluchten und rangen. Sie zogen einander von Fleck zu Fleck, drehten sich in zähen, widerstrebenden Wendungen und stießen einander gegen Türen und Wände; sie fingen gegenseitig ihre Arme ein, befreiten sich aus den packenden Fäusten des Gegners, beugten sich und wanden sich hin und her, das Kinn in die Schulter des andern gedrückt. Endlich taumelten sie an die Erde; Sti war zu oberst und hatte eben den Kopf seines Gegners ein paarmal hart gegen den kalten Lehmfußboden gestoßen, als er zwei kräftige Hände um seinen Hals fühlte. Es war der Blonde, der wieder zu sich gekommen war.

Sti war nahe daran zu ersticken; die Luft röchelte in seiner Kehle, es ward ihm schwarz vor den Augen, und seine Glieder erlahmten. Der Braune schlang seine Beine um ihn und zog ihn an den Schultern herunter, der Blonde umklammerte seinen Hals mit den Händen und stemmte ihm die Knie in die Seiten.

Marie schrie auf und wollte zu Hilfe eilen, aber Lucie hatte die Arme in einem fast krampfhaften Griff um sie geschlugen, so daß sie sich nicht rühren konnte.

Da, gerade als Sti im Begriff war, die Besinnung zu verlieren, warf er sich mit einer letzten Kraftanstrengung vornüber, so daß der Hinterkopf des Braunen auf die Erde hämmerte und der Blonde seinen Griff ein wenig lockerte und den Weg für etwas Luft freiließ. Mit einem geschmeidigen, kräftigen Ruck warf sich Sti auf die Seite, stürzte sich über den Blonden, so daß der zu Boden rollte, beugte sich dann wütend über den Gefallenen nieder, ward aber von einem Fußtritt in die Herzgrube getroffen, so daß er fast umsank; aber dann pakte er mit der einen Hand den Knöchel des Fußes, der ihn getroffen hatte, und mit der andern Hand hielt er sich an dem Stiefelschaft gerade unter dem Knie fest, hob solchermaßen das Bein in die Höhe und hieb es wider seinen strammgespannten Schenkel, so daß die Knochen im Stiefel zerbrachen und der Blonde ohnmächtig hinsank. Der Braune, der dalag und starrte, verwirrt von dem Schlag auf den Kopf, stieß, als er dies sah, ein so schmerzliches Gebrüll aus, als sei es über ihn selber hergegangen, und kroch ins Versteck unter die Bank am Fenster, und damit war die Balgerei zu Ende.

Aber die Wildheit, die, wie Sti Högh bei dieser Gelegenheit zeigte, in seinem Gemüt wohnte, hatte einen mächtigen, wunderlichen Einfluß auf Marie; denn als sie in dieser Nacht den Kopf auf ihre Kissen legte, sagte sie zu sich selbst, daß sie ihn liebe; und als Sti Högh in den folgenden Tagen bemerkt hatte, daß etwas in ihrem Blick und Benehmen darauf hindeutete, daß eine große Veränderung zu seinen Gunsten in ihrem Sinn vorgegangen war, und er, hierdurch ermutigt, um ihre Liebe bat, erhielt er die Antwort, die er wünschte.

Vierzehntes Kapitel

Jetzt in Paris.

Die Zeit eines Halbjahres ist dahingegangen, und der Liebesbund, der so jäh geschlossen wurde, war schon seit einer Weile gelöst und gebrochen, und Marie Grubbe und Sti Högh sind langsam auseinander geglitten. Sie wissen es alle beide, aber es ist nicht zwischen ihnen zu Worten geworden; es liegt so viel Bitterkeit und Schmerz, so viel Entwürdigung und Selbstverachtung in dem drohenden Geständnis, daß es eine Linderung ist, zu zögern.

Darin sind ihre Gemüter einig.

Aber in der Art und Weise, ihren Kummer zu tragen, sind sie äußerst verschieden. Denn während Sti Högh in hoffnungsloser Qual, durch den Schmerz selber gegen den schärfsten Stachel des Schmerzes abgestumpft, trauert und trauert in machtloser Benommenheit, gleich einem gefangenen Raubtier auf und nieder geht, auf und nieder in seinem engen Käfig, so ist Marie vielmehr einem Tier zu vergleichen, das sich losgerissen hat und in unaufhaltsamer Flucht flieht, in nimmer ruhgemilderter Flucht, vorwärts und vorwärts getrieben in wahnwitziger Angst durch die Kette, die klirrend in seiner Spur nachschleift.

Sie wollte vergessen.

Aber vergessen ist wie Heidekraut; das wächst nur von selber, und das Hegen und die Sorgfalt und das Plagen einer ganzen Welt fügt seinem Wachstum nicht einen Zoll hinzu.

Sie verschwendete ihr Gold mit vollen Händen und kaufte sich Pracht; sie griff nach dem Becher jeden Genusses, den Geld kaufen konnte, den Geist und Schönheit und Rang kaufen konnten; aber es war alles vergebens.

Ihr Elend war ohne Ende, und nichts, nichts konnte sie davon befreien. Hätte eine Trennung von Sti Högh nicht eine Erleichterung, sondern nur eine Veränderung in ihrer Qual hervorbringen können, so wäre dies längst geschehen; aber es war gleichgültig, war völlig einerlei, ob es geschah oder nicht; es war kein Funke einer Hoffnung auf Linderung darin; ebensogut beieinander bleiben als sich trennen, darin lag keine Rettung.

Aber sie trennten sich dennoch, und zwar machte Sti Högh den Vorschlag dazu.

Sie hatten sich ein paar Tage lang nicht gesehen, als Sti das vordere der prachtvollen Zimmer betrat, die sie von Isabel Gilles, der Wirtin in »La croix de fer«, gemietet hatten.

Marie war da, und sie saß und weinte.

Sti schüttelte mißmutig den Kopf und nahm am andern Ende des Zimmers Platz.

Es war so schwer, sie weinen zu sehen und zu wissen, daß jedes tröstende Wort von seinen Lippen, jeder mitleidige Seufzer und teilnahmsvolle Blick den Kummer nur bitterer und das Weinen nur heftiger machen würde.

Er ging auf sie zu.

»Marie«, sagte er leise und tonlos, »laß uns noch einmal gründlich miteinander reden und uns dann trennen.«

»Ja, was kann das nützen?«

»Sage das nicht, Marie; es harren dein noch frohe Tage in dichten Scharen.«

»Ja, Weintage und Tränennächte in einer langen und ununterbrochenen Kette.«

»Marie, Marie, gib acht auf die Worte, die du sagst; denn ich verstehe sie, wie du nimmer glauben magst, daß ich sie verstehen könne; und da verwunden sie so schmerzlich hart.«

»Die Wunden, die von spitzigen Worten gestochen werden, die achte ich nur gering und habe nie den Gedanken gehabt, dich damit zu verschonen.«

»So stoß denn zu; hab nicht so viel wie einen Funken Mitleid mehr; sag mir, daß du dich erniedrigt fühlst durch deine Liebe zu mir, tief erniedrigt! Sag mir, daß du Jahre deines Lebens dafür hingeben würdest, könntest du jede einzelne Erinnerung an mich aus deiner Seele reißen! Und mach mich dann zum Hund und gib mir Hundenamen; nenne mich das Schmähendste, das du sagen kannst, und ich will auf alle deine Namen hören und sagen, daß du recht hast, weil du recht hast, *recht hast,* so qualvoll es auch zu sagen ist. Denn höre, Marie, höre und glaube es, wenn du kannst: obwohl ich weiß, es grauet dir vor dir selber, weil du mein gewesen bist, und du erkrankst in deiner Seele jedesmal, wenn du daran denkst und runzelst deine Stirn in Abscheu und Not, so liebe ich dich dennoch – ja, ja, mit all meiner Kraft und all meinem Vermögen liebe ich dich, Marie.«

»Nein, pfui, schäme dich, Sti Högh, ach, schäm dich doch, du weißt nicht, was du redest. Und doch, ach Gott verzeih mir, doch ist es wahr, so schrecklich es auch klinget. Ach, Sti, Sti! warum bist du die Bauernseele, die du bist, der kriechende Madenwurm, der sich treten läßt und doch nicht sticht? Wenn du wüßtest, wie groß ich dich geglaubt! stolz und groß und stark, dich, der du so schwach bist. Aber das machten deine klingenden Worte, so von einer Macht logen, die du nie besessen, so von einer Seele riefen, die all das war, was die deine nie gewesen, nie werden würde. Sti, Sti, war das recht? ich fand Kleinheit für Stärke, erbärmlichen Zweifel für kühnes Hoffen, und Stolz, Sti! wo ist dein Stolz geblieben?«

»Recht und Gerechtigkeit sind nur geringe Gnade; aber ich verdiene nicht mehr, denn ich bin wenig besser denn ein Fälscher gegen dich gewesen. – Marie, ich habe nie an deine Liebe zu mir geglaubt, nein, niemals; nicht einmal in jener Stunde, als du sie mir schwurest, war Glauben in meiner Seele. Ach, wie gern wollte ich glauben, konnte aber nicht. Ich konnte nicht das dunkle Haupt des Zweifels zu Boden zwingen; es starrte mich an mit den kalten Augen, und alle die reiche, ranke Hoffnung meiner Träume, die blies es weg mit seinem bitter lächelnden Mund. Ich konnte nicht glauben, daß du mich liebtest, Marie, und doch griff ich mit beiden Händen und mit ganzer Seele nach dem Schatz deiner Liebe, und ich freute mich daran in Angst und bangem Glück, wie sich ein Räuber seines gülden blitzenden Raubes freuen kann, wenn er weiß, daß der rechte Eigentümer über eine kurze Weile kommen und ihn ihm aus den liebbelasteten Händen reißen wird. Denn *der* wird einstmals kommen, Marie, der deiner Liebe wert ist oder den du ihrer wert glaubst; und er wird nicht zweifeln, nicht betteln oder zittern, er wird dich in seiner Hand biegen wie lötig Gold und seinen Fuß auf deinen Willen setzen, und du wirst ihm folgsam sein in Demut und Freude; aber das ist nicht, weil er dich mehr liebt als ich, denn das kann nicht sein, sondern weil er mehr Glauben an sich selbst hat und weniger Auge für deinen unschätzbaren Wert, Marie.«

»Ach, das ist ja eine förmliche Wahrsagerlektion, die Ihr da herbetet, Sti Høgh; aber das ist so, wie Ihr pfleget: immer will Euer Gedanke auf die weite Fahrt hinaus. Ihr seid just wie die Kinder, die ein Spielzeug zum Geschenk bekommen haben; statt damit zu spielen und sich daran zu freuen, haben sie keine Ruhe, bis sie nicht sehen, was inwendig darin ist und es aus Glied und Gelenk gezerret haben. Ihr ließet Euch niemals Zeit, zu halten und zu bewahren, vor lauter Fangen und Greifen; ihr zerhacket alles Bauholz des Lebens in Gedankenspäne.«

»Lebe wohl, Marie.«

»Lebe wohl, Sti Högh, so gut Ihr vermöget.«

»Dank – Dank – es muß wohl so sein – aber ich bitt um eins.«

»Nun?«

»Wann Ihr von hinnen reiset, so lasset niemand den Weg wissen, den Ihr gehen wollt, damit ich es nicht zu hören kriege, denn . . . denn ich stehe nicht dafür ein, daß ich die Macht hätt mich abzuhalten, Euch zu folgen.«

Marie zuckte ungeduldig die Achseln.

»Der liebe Gott segne Euch, Marie, jetzt und ewiglich.«

Und dann ging er.

*

Eine lichte Novemberdämmerung, in der sich das bronzebraune Licht der Sonne zögernd von den einsam blitzenden Fensterscheiben hoher Giebel zurückzieht, auf den schlanken Spitzen der Zwillingstürme des Domes weilt, auf Kreuzen und goldenen Kränzen da oben funkelt, sich in schimmernder Luft auflöst und verschwindet, während der Mond schon seine runde, blanke Scheibe über den länglich gerundeten Linienzug der fernen, braunen Hügel gehoben hat.

In gelben, blauenden und violetten Flecken spiegeln sich die entschwindenden Farben des Himmels in den blanken, lautlos rinnenden Wassern des Flusses; und Blätter von Weide und Ahorn und Holunder und Rosenstrauch lösen sich aus dem gelben Laubgehänge, flattern in zitterndem Fluge dem Wasser zu, werden von der blanken Fläche erhascht und gleiten mit, längs überhängender Mauern und nasser, steinerner Treppen, hinein in das Dunkel unter schwere, niedrige Brücken, um feuchte, hölzerne Pfähle herum, fangen einen Blitz von den glühenden Kohlen in der roterleuchteten Schmiede auf, werden in dem rostroten Strom aus der Schleifmühle herumgewirbelt und verschwinden dann zwischen Röhricht und lecken Booten, zwischen versenkten Gefäßen und dem ertrinkenden Flechtwerk schlammiger Reiserzäune.

Eine bläuliche Dämmerung breitet ihr durchsichtiges Dunkel über Märkte und offene Plätze, wo das Wasser verschleiert blinkt, während es aus nassen Schlangenschnauzen und tropfbärtigen Drachenmäulern in den phantastisch gebrochenen Bogen der Springbrunnen und zwischen zackenlinigen, schlanken Fialen niederströmt; es murmelt sanft und rieselt kalt, es gurgelt gedämpft und tropft scharf und bildet schnell wachsende Ringe auf dem dunklen Spiegel des reichlich überfließenden Kummenbassins. Ein sachter Windhauch saust über den Platz, und ringsumher aus finsteren Toren, aus schwarzen Fensterscheiben und aus düsteren Gassen starrt ein anderes Dunkel in das Dunkel hinaus.

Dann bricht der Mond hervor und wirft Silberschein über Dächer und Zinnen und teilt Licht und Schatten in scharfe Felder ab. Jeder Balkenkopf, jedes geschnörkelte Schild, jede kurze Brustlehne in dem niedrigen Geländer der Altane wird auf Mauer und Wand abgezeichnet. Alles wird in scharfen, schwarzen Formen ausgeschnitten, die künstlich durchbrochenen Steinmuster über den Portalöffnungen der Kirchen, St. Georg mit seiner Lanze dort an der Ecke des Hauses und die Blume mit ihren Blättern hier im Fenster. Und wie er die breite Straße erhellt, und wie er sich in dem Wasser des Flusses spiegelt! Und es sind keine Wolken am Himmel; ein weißlicher Kreis, ein Glorienschein um den Mond, und sonst nichts als tausend Sterne.

Ein solcher Abend war es jetzt in Nürnberg, und in der steilen Gasse hinauf zur Burg und in dem Hause, das man das v. Kamdorfsche nannte, fand an diesem Abend ein Festmahl satt.

Sie saßen bei Tische, und sie waren alle satt, lustig und

trunken. Bis auf einen waren sie alle ältere Leute, und dieser eine war nur achtzehn Jahre alt. Er hatte keine Perücke, er trug sein eigenes Haar, und das war üppig genug dazu, golden, lang und gelockt. Sein Antlitz war so schön wie das eines Mädchens, weiß und rot, und die Augen waren groß, blau und still.

Den goldenen Remigius nannten ihn die andern, und golden nicht bloß um seines Haares willen, sondern auch wegen seines großen Reichtums; denn trotz seiner jungen Jahre war er der reichste Edelmann im ganzen Bayrischen Wald – denn aus dem Bayrischen Wald, da war er her.

Sie sprachen von Frauenschönheit, die lustigen Herren an der guten Tafel; und alle waren sie einig darüber, daß dazumals, als sie jung waren, es in der Welt von Schönheiten gewimmelt habe, mit denen die, so nun den Namen von Schönheit trugen, gar keinen Vergleich aushalten konnten.

»Aber wer hat die Perle von ihnen allzuhauf gesehen?« sagte ein rotwangiger Dickwanst mit winzig kleinen, funkelnden Augen; »wer hat Dorothea von Falkenstein, von den Falkensteinern aus dem Harz, gesehen? Sie war rot wie eine Rose und weiß wie ein Lamm, sie konnte mit ihren Händen ihre Taille umspannen und noch einen Zoll dazu, und sie konnte auf Lercheneier treten, ohne daß sie zerbrachen, so leicht war ihr Gang auf Erden; aber sie war darum keine von euren Reiherbeinen, sie war voll wie ein Schwanenvogel, der auf einem Teich segelt, und fest wie nur irgendein Reh, so in einem Walde springet.«

Dann tranken sie darauf.

»Gott segne euch allesamt, so grau ihr seid!« rief ein langer, alter Knacker am Ende der Tafel; »aber die Welt wird häßlicher Tag für Tag. Wir können das an uns selber sehen«, und er sah sie der Reihe nach an, »was für Kerle sind wir doch gewesen! aber meinetwegen zum Teufel damit. Wo aber im Namen aller Welt, Zechbrüder, kann mir jemand das erzählen? was? – kann es jemand? – wer kann es? – kann mir jemand das erzählen: wo sind die drallen Wirtinnen mit ihren lachenden Mündern und funkelnden Augen und netten Füßen, und dann der Wirtsfrau Töchterlein mit dem gelben, gelben Haar und den Augen so blau, wo sind die geblieben? Was? Oder sind es Lügen, konnte eins in eine Herberge, in eine Schenke an der Landstraße oder in ein Wirtshaus kommen, was, konnte eins dahin kommen, ohne daß sie nicht auch da waren? Ach, Jammersjammer und Elendigkeit, was sind das für buckelrückige Töchter mit Schweinsaugen und breiten Hüften, die sich die Wirtsleute heutzutage zulegen; was sind das für zahnlose, kahlköpfige Hexen, so jetzt Brief und Bewilligung kriegen, mit ihren triefenden Augen und runzeligen Händen hungrigen und durstigen Leuten die Seel aus dem Leib zu schrecken! Uh, pfui; mir ist so bange vor einer Schenke wie vor dem leibhaftigen Teufel; denn ich weiß, der Bierausschenk dadrinnen ist mit dem Tod von Lübeck in eigener garstiger Gestalt verheiratet, und wenn eins erst so alt geworden ist wie ich, so ist da was in dem memento mori, was man lieber vergessen möcht, als sich daran erinnern lassen.«

Es saß ein Mann mitten an der Tafel, kräftig gebaut und recht voll im Gesicht, das gelb war wie Wachs; er hatte graue und buschige Brauen und helle, spähende Augen; er sah nicht eben schwächlich aus, aber als habe er viel gelitten, große körperliche Schmerzen gelitten; und es war ein Zug um seinen Mund, wenn er lächelte, als ob er zugleich etwas Bitteres hinunterschlucke. Er sagte mir mit einer weichen und gedämpften Stimme, ein wenig heiser war sie: »Die braune Euphemia aus dem Geschlecht der Burtenbacher, die war stattlicher als irgendeine Königin, so ich vor meinen Augen gesehen habe. Sie konnte die steife Goldbrokatpracht tragen, als sei es das bequemste Hausgewand, so es gab, und Ketten und Kleinodien um Hals und Taille, auf der Brust und im Haar; das hing und das saß, als wären es die Kränze von wilden Beeren, so Kinder sich umhängen, wann sie im Walde spielen. Es gab keine, die wie sie war; wann die andern jungen Jungfrauen in ihrem Staat prunkten wie prächtige Reliquienschreine mit Schnörkeln aus Gold und mit Ketten aus Gold, mit Rosen aus kostbaren Steinen, so war sie so festlich und schön, so frisch und leicht anzusehn wie ein Banner, das im Winde flattert. Es war keine ihresgleichen, war nicht und ist auch nicht.«

»Ei freilich; und ist ihr obendrein noch über!« rief der junge Remigius und sprang auf. Er beugte sich eifrig über den Tisch, auf die eine Hand gestützt, während er in der andern einen blanken Pokal schwenkte, dessen goldener Traubensaft über den Rand spülte und seine Finger und sein Handgelenk netzte und in klaren Tropfen von seiner weißen, vollen Spitzenmanschette tropfte. Seine Wangen glühten von Wein, seine Augen funkelten, und er sprach mit unsicherer Stimme:

»Schönheit!« sagte er; »seid ihr allesamt blind, oder hat keiner von euch die dänische Frau gesehen, Frau Marie nicht einmal gesehen? Ihr Haar ist, wie wenn die Sonne auf eine Wiese schimmert und das Gras in Ähren steht; ihr Auge ist blauer als wie eine Klinge, und ihre Lippen sind so rot wie eine blutende Traube. Sie geht wie ein Stern, der über den Himmel geht; sie ist rank wie ein Zepter und stattlich wie ein Thron; ach, alle, alle Leibestugenden und alle Scharen der Schönheit stehen bei ihr in Blüte, wie Rose an Rose in florierender Pracht. Aber es ist etwas an ihrer Schönheit, so bewirket, daß, wenn eins sie siehet, einem zumute wird, als ob man am Feiertagmorgen sie von den Türmen des Domes blasen höret; einem wird so still, denn sie ist gleichwie die heilige Schmerzensmutter auf der schönen Bildertafel; es ist eine solche Hoheit der Trauer in ihren klaren Augen und das gleiche, hoffnungslose Geduldslächeln um ihren Mund.«

Er war ganz bewegt und hatte Tränen in den Augen, er wollte reden, konnte aber nicht und blieb aufrecht stehen, mit seiner Stimme kämpfend, um die Worte hervorzubringen. Aber dann schlug einer von seinen Nachbarn ihn freundlich auf die Schulter und vermochte ihn, sich niederzusetzen, und trank dann mit ihm Becher auf Becher, und dann ward wieder alles gut; die Lustigkeit der Alten ging hoch wie zuvor, und alles ward Jubel, Gesang und Lachen.

Marie Grubbe war also in Nürnberg.

Seit sie sich von Sti Högh getrennt hatte, war sie fast ein Jahr lang umhergeschweift und hatte sich nun endlich hier zur Ruhe gesetzt.

Sie hatte sich sehr verändert seit jenem Abend, als sie an dem Ballett im Frederiksborger Schloßgarten teilgenommen. Nicht nur ging sie jetzt in ihr dreißigstes Jahr, sondern die unglückliche Verbindung mit Sti Högh hatte auch einen merkwürdig starken Eindruck auf sie gemacht. Sie hatte sich von Ulrik Frederik getrennt, durch zufällige Umstände geleitet und getrieben, vor allem aber kraft und aus Anlaß der Träume ihrer ersten Jugend, die sie bewahrt hatte, daß nämlich derjenige, dem eine Frau folgen soll, sein muß wie ein Gott auf Erden, so daß sie in Liebe und demütiglich aus seinen Händen Gutes und Böses hinnehmen könne, je nach seinem Willen; und nun hatte sie in der Verblendung eines Augenblickes Sti für diesen Gott gehalten, ihn, der nicht einmal ein Mann war. Das waren ihre Gedanken. Jede Schwäche, jeden unmännlichen Zweifel bei Sti fühlte sie wie einen unauslöschlichen Schandfleck an sich selber. Es ekelte ihr vor sich selbst wegen dieser kurzen Liebe, und sie gab ihr niedrige Schmähnamen.

Diese Lippen, die ihn geküßt hatten, möchten sie welken; diese Augen, die ihm zugelächelt hatten, möchten sie blöde werden; dieses Herz, das ihn geliebt hatte, möchte es brechen. Jedes Vermögen in ihrer Seele, sie hatte es besudelt durch diese Liebe; jedes Gefühl, sie hatte es entheiligt. Sie hatte alles Zutrauen zu sich selbst verloren, allen Glauben an ihren eigenen Wert, und in der Zukunft – es leuchtete ihr keine Hoffnung in der Zukunft.

Ihr Leben war abgeschlossen, ihr Lebenslauf vollendet; ein stiller Winkel, wo sie ihr müdes Haupt zur Ruhe legen konnte, um es nie mehr zu erheben, das war das Ziel aller ihrer Wünsche.

So war ihr Sinn, als sie nach Nürnberg kam. Ein Zufall führte sie mit dem goldenen Remigius zusammen, und seine innige, aber zurückhaltende Anbetung, die abgöttische Anbetung der frischen Jugend, sein jubelnder Glaube an sie und sein Glück in diesem Glauben an sie, ist wie kühler Tau für die niedergetretene Blume gewesen; sie erhebt sich freilich nicht, aber sie welkt auch nicht, sie entfaltet noch die feinen, farbenreichen Blätter dem Lichte zu und duftet und strahlt in zögernder Lebenskraft. Also auch sie. Denn es lag Labung darin, sich rein und zart und unbefleckt in eines andern Gedanken zu sehen, und es war halb wie Erlösung, zu wissen, daß man diejenige war, die in der Seele eines andern ein frisches Zutrauen weckte, Schönheitshoffnung und edle Sehnsucht, so den, in dem sie erweckt wurde, reich machte. Und es war auch sanft und lindernd, in vagen Bildern und dunklen Worten die Klage seiner Schmerzen vor einer Seele auszuklagen, die, selbst unerprobt und frei von Kummer, mit stiller Wollust jedes ihrer Leiden litt und dankbar war, weil sie Erlaubnis erhielt, die Schmerzen zu teilen, die sie ahnte, aber nicht verstand und dennoch vollauf teilte. Ja, es war sanft zu klagen und zu sehen, wie unsere Schmerzen Ehrfurcht erweckten und nicht Mitleid, so daß sie wurden wie ein dunkles und majestätisches Prachtgewand um unsere Schultern, ein tränenfunkelndes Diadem um unsere Stirn.

Solchermaßen begann Marie nach und nach, sich mit sich selbst zu versöhnen; aber dann geschah es eines Tages, als Remigius ausgeritten war, daß sein Pferd scheute, ihn aus dem Sattel warf und ihn in den Steigbügeln zu Tode schleifte.

Als Marie das hörte, versank sie in eine schwere, dumpfe und tränenlose Trauer. Sie saß ganze Stunden und starrte vor sich hin mit einem müden, gedankenlosen Blick, stumm, wie jemand, der der Sprache beraubt ist, und war nicht zu bewegen, irgend etwas vorzunehmen, ja, sie wollte nicht einmal, daß man zu ihr redete; tat jemand das, so wies sie ihn mit einer matten Bewegung der Hand und einem stillen Schütteln des Kopfes ab, als ob es ihr Schmerzen verursachte.

Dies währte nun lange; aber mittlerweile war fast all ihr Geld verbraucht, und es war kaum mehr so viel übrig, daß sie dafür nach Hause reisen konnten. Lucie ward nicht müde, Marie das vorzuhalten, aber erst ganz allmählich fand sie Gehör.

Endlich reisten sie denn.

Unterwegs erkrankte Marie, so daß die Reise sich sehr in die Länge zog, und Lucie mußte das eine reiche Gewand nach dem andern, den einen kostbaren Schmuck nach dem andern verkaufen, damit sie des Weges weiter kommen konnten.

Als sie Aarhus erreichten, besaß Marie kaum mehr als die Kleider, die sie auf dem Leibe hatte.

Hier trennten sie sich; Lucie kehrte zu Frau Rigitze zurück, Marie ging nach Tjele.

Das war im Frühling dreiundsiebenzig.

Fünfzehntes Kapitel

Nachdem Frau Marie Grubbe nach Tjele gekommen war, blieb sie dort zusammen mit ihrem Vater wohnen, bis sie sich sechzehnhundertneunundsiebenzig dem Justizrat Seiner Königlichen Majestät, Palle Dyre, antrauen ließ; und mit ihm lebte sie dann in einer bis zum Jahre sechzehnhundertneunundachtzig ereignislosen Ehe.

Es ist dies ein Zeitraum, der mit ihrem dreißigsten Jahre beginnt und mit ihrem sechsundvierzigsten endet, volle sechzehn lange Jahre.

Volle sechzehn lange Jahre, gelebt in alltäglichen Sorgen, in kleinlichen Pflichten und in abstumpfender Einförmigkeit, und kein Vertrauens- oder Vertraulichkeitsverhältnis, um diesem Leben Wärme zu verleihen, keine versöhnende Gemütlichkeit, um es licht zu machen. Ewige Zänkereien um nichts, lärmendes Geschelte wegen unbedeutender Vergeßlichkeiten, mürrische Zurechtweisungen hier und plumpe Spöttereien dort, das war alles, was ihre Ohren hörten. Und dann jeder sonnenhelle Lebenstag in Taler, Ort und Heller ausgemünzt; jeder Seufzer, der erklang, ein Seufzer um Verlust; jeder Wunsch, den man hörte, ein Wunsch nach Gewinn; jede Hoffnung eine Hoffnung auf mehr. Und fadenscheinige Knickerei an allen Ecken; behagenstörende Geschäftigkeit in jedem Winkel; und des Geizes allzeit spähendes Auge, das wach aus jeder Stunde schaute. Das war das Leben, in dem Marie Grubbe lebte.

In der ersten Zeit geschah es oft, daß sie mitten in der Geschäftigkeit und dem Lärm alles um sich her vergaß, in wachen Schönheitsträumen befangen, wechselnd wie Wolken, reich wie das Licht.

Aber da war namentlich einer.

Es war der Traum von dem schlummernden Schloß, das die Rosen verbargen.

Der stille Garten, der stille Garten des Schlosses! Ruhe in Luft und Laub, und wie eine Nacht ohne Finsternis träumendes Schweigen über dem Ganzen. Da schlummerten der Duft in den Blütenglocken und der Tau auf der biegsamen Klinge des zarten Grashalms. Da schlief das Veilchen mit halbgeöffnetem Munde unter den gekrümmten Schößlingen der Farnen, während Tausende von aufbrechenden Knospen mitten in der üppigsten Zeit des Frühlings auf den Zweigen der moosgrünen Bäume in Schlaf gelullt waren. – Sie kam zum Burghof: die dornigen Ranken der Rosen ergossen lautlos die mächtige, grüne Laubwelle über Mauern und Dach herunter und schäumten still und blütenreich in Rosengewimmel und Rosentupfen. Aus dem offenen Rachen des Marmorlöwen ragte der springende Wasserstrahl gleich einem spinnwebzweigigen Kristallbaum empor, und blanke Pferde spiegelten ihre atemlosen Mäuler und geschlossenen Augen in dem schlummernden Wasser der Porphyrkumme, während der Page sich schlafend den Schlaf aus den Augen rieb.

Sie weidete den Blick an dieser Schönheitsruhe in dem schweigenden Hofe, wo herabgefallene Rosenblätter in hohen Wehen an Mauer und Tür lagen und mit ihrem errötenden Schnee die breiten Stufen der Marmortreppe verbargen.

– Ruhen zu können! – In seligem Frieden die Tage über sich herabschweben lassen, Stunde auf Stunde, während alle Erinnerungen, Hoffnungen und Gedanken einem in unbestimmten, weichen Wellen aus der Seele wegrannen . . . Das war der schönste Traum, den sie kannte.

Dies war die erste Zeit; aber die Phantasie ermüdete davon, ewig fruchtlos demselben Ziel entgegenzuschweben, gleich einer eingeschlossenen Biene, die gegen die Fensterscheibe summt; alle Fähigkeiten ermüdeten mit ihr.

Wie ein schönes und edles Gebäude in Barbarenhänden verwahrlost und verdorben wird, indem die kühnen Türme zu plumpen Kuppelhelmen niedergedrückt, die spitzenfeinen Ornamente Glied um Glied abgebrochen werden und die reiche Bilderpracht Schicht auf Schicht mit tötendem Kalk zugedeckt wird, so ward Marie Grubbe in diesen sechzehn Jahren verwahrlost und verdorben.

Der Vater, Erik Grubbe, war alt und hinfällig geworden, und es schien, als habe das Alter, wie es sein Antlitz schärfer und abstoßender gemacht hatte, auch alle seine schlechten Eigenschaften verschärft und hervorgehoben. Er war mürrisch und unzugänglich, eigensinnig bis zum Kindischen, heftig, im allerhöchsten Grade mißtrauisch, listig, unehrlich und geizig. Er führte jetzt in seinen alten Tagen beständig Gott im Munde, namentlich wenn Vieh erkrankte oder die Ernte mißraten war; und er hatte da eine Heerschar kriechender, gleisnerischer Beinamen eigener Erfindung für den lieben Gott. Es war unmöglich, daß ihn Marie lieben oder achten konnte, und sie hegte jetzt obendrein Groll wider ihn, weil er durch nie erfüllte Versprechungen, durch Drohungen, sie zu enterben und von Tjele fortzujagen und sie aller Unterstützung zu berauben, sie dazu vermocht hatte, sich mit Palle Dyre zu vermählen; obwohl das, was sie am meisten zu diesem Schritt veranlaßt hatte, die Hoffnung war, unabhängig von der väterlichen Vormundschaft zu werden, welche Hoffnung sich jedoch nicht erfüllt hatte, sintemalen Palle Dyre mit Erik Grubbe übereingekommen war, Tjele und Nörbäkgaard, das Marie bedingungsweise als Mitgift gegeben war, gemeinsam zu bewirtschaften; und da Tjele das größere von den Gütern und Erik Grubbe nicht imstande war, die Aufsicht zu führen, so hatte dies zur Folge, daß sich die Neuvermählten häufiger unter dem Dache des Vaters als unter ihrem eigenen aufhielten.

Palle Dyre, der Gemahl, ein Sohn von Obrist Klaus Dyre auf Sandvig und Krogsdal, später auf Vinge, und seiner Gattin, Edele Pallesdatter Rodtsteen, war ein feister, kurzhalsiger, kleiner Mann, mit recht lebhaften Bewegungen und einem entschlossenen Gesicht, das indessen etwas durch ein Muttermal entstellt wurde, das sich über die ganze rechte Wange ausbreiete.

Marie verachtete ihn.

Er war ebenso geizig und knauserig wie Erik Grubbe, aber im Grunde war er ein tüchtiger Mann, klug, schneidig und mutig, nur ermangelte er völlig des Ehrgefühls; er beschummelte und betrog, wo er nur damit durchkommen konnte, und schämte sich niemals, wenn es entdeckt wurde; er ließ sich ausschelten wie ein Hund, wenn es ihm einen Schilling Vorteil einbringen konnte, keine Widerrede zu führen; und wenn ihm ein Bekannter oder ein Anverwandter einen Kauf oder Verkauf oder eine andere Vertrauenssache übertrug, so hegte er niemals Bedenken, dies Vertrauen so auszunutzen, daß es ihm selber Vorteil einbrachte. Obwohl seine Heirat ihm in der Hauptsache ein Geschäft gewesen war, so war er doch stolz darauf, mit der geschiedenen Frau des Statthalters verheiratet zu sein, was ihn indessen nicht hinderte, sie auf eine Weise anzureden und zu behandeln, die mit jenem andern Gefühl unvereinbar schien; nicht daß er in irgendeiner Art ungewöhnlich grob oder gewalttätig gewesen wäre, keineswegs; aber er gehörte zu jenen Menschen, die in einem stolzen und selbstzufriedenen Bewußtsein ihrer eigenen Tadellosigkeit als in jeder Hinsicht korrekte und normale Alltagsmenschen sich nicht enthalten können, andere, in dieser Beziehung weniger glücklich Gestellte ihre Überlegenheit fühlen zu lassen und sich selbst mit einer unangenehmen Naivität als Muster zur Nachahmung hinzustellen, und Marie gehörte ja nun einmal nicht unter die glücklich Gestellten; sowohl ihre Scheidung von Ulrik Frederik als auch die Vergeudung ihres mütterlichen Erbteils waren nur allzusehr in die Augen fallende Unregelmäßigkeiten.

So war nun also der Mann, der der dritte im Leben auf Tjele wurde, und keine seiner Eigenschaften berechtigte zu der Hoffnung, daß er es lichter und freundlicher zu gestalten vermöchte, was er denn auch nicht tat. Ewiger Streit und Uneinigkeit, gegenseitige Störrigkeit und wechselseitiges Ertrotzen, das wars, was der eine Tag nach dem andern mit sich führte.

Marie wurde dadurch abgestumpft, und all das Blütenfeine, Duftende und Holde, das sich bisher in üppigen, freilich unbändigen und oft barocken Arabesken durch ihr Leben geschlungen hatte, das welkte dahin und starb des Todes. Roheit in Gedanken wie in der Rede, einen plumpen und knechtischen Zweifel an dem Edlen und Großen und eine freche Verachtung gegen sich selbst – das hatten diese sechzehn Tjelejahre gebracht.

Und noch eins.

Es war eine dickblütige Sinnlichkeit über sie gekommen, ein gieriges Verlangen nach den guten Dingen des Lebens, ein kräftiges Wohlbehagen an Speise und Trank, an weichem Sitz und weichem Lager, ein wollüstiges Entzücken an betäubenden, würzigen Düften und ein weder geschmackbeherrschender noch schönheitsgeadelter Hang zur Pracht. Alles Gelüste, die sie nur kärglich befriedigen konnte, – aber das machte ja ihre Begierde nicht minder stark.

Sie war üppig geworden und bleich, und es lag eine

lässige Trägheit über allen ihren Bewegungen. Ihr Blick war meistens wunderlich leer und ausdruckslos, aber zuweilen seltsam glänzend, und sie hatte die Gewohnheit angenommen, ihre Lippen zu einem unveränderlichen und nichtssagenden Lächeln zu formen . . .

Nun schreibt man sechzehnhundertundneunundachtzig. – Es ist Nacht, und der Tjeler Pferdestall brennt.

Die flackernden Flammen züngelten durch den dicken, brandbraunen Rauch und leuchteten über den ganzen grasbewachsenen Hofplatz hinüber auf die niedrigen Wirtschaftsgebäude, auf die weißen Mauern des Wohnhauses bis zu den schwarzen Baumkronen des Gartens, die sich bis über das Dach erhoben. Knechte und zugelaufene Leute rannten hin und her zwischen dem Brunnen und der Brandstätte mit feuerblank blinkendem Wasser in Kübeln und Eimern. Palle Dyre stürzte von einem Ort zum andern, das Haar um die Ohren fliegend, einen rotbemalten Rechen in der Hand, während Erik Grubbe betend über einer alten, in Sicherheit gebrachten Häckselkiste lag und mit steigender Angst den Fortschritt des Feuers von Spanne zu Spanne verfolgte und hörbar jammerte, sooft eine Flamme Luft erhielt und triumphierend ihren funkenumstobenen Wirbel hoch über das Haus hinschwang.

Marie war auch da unten, aber ihr Blick hatte ein anderes Ziel als die Feuersbrunst.

Sie sah den neuen Kutscher an, der die erschreckten, brandscheuen Pferde aus dem raucherfüllten Stall führte. Der Türrahmen war ausgestoßen und die Türöffnung über ihre doppelte Breite erweitert, indem die schwache Rohziegelmauer zu beiden Seiten niedergerissen war; und aus dieser Öffnung heraus führte er die Pferde, eins an jeder Hand. Die kräftigen Tiere, die ganz verstört waren von dem Rauch, bäumten sich und warfen sich gewaltsam zur

Seite, sobald das blendende, unsichere Licht der Flammen ihre Augen traf, und es sah so aus, als müsse der Kutscher in Stücke gerissen oder zwischen ihnen niedergestampft werden; aber er ließ weder los, noch fiel er; er zwang ihnen die Mäuler zu Boden und jagte mit ihnen, halb laufend oder springend, halb schleppend, quer über den Hof und ließ sie dann innerhalb der Gartenpforte frei.

Es waren viele Pferde auf Tjele, und Marie Grubbe hatte reichliche Gelegenheit, die schöne, hünenhafte Gestalt zu bewundern, während sie in wechselnden Stellungen mit den feurigen Tieren rang, jetzt fast hängend an dem ausgestreckten Arm, in die Höhe gehoben von einem sich bäumenden Hengst, jetzt sich gewaltsam auf die gegen die Erde gestemmten Füße zurückwerfend, jetzt wieder sie in Sprüngen und Sätzen vorwärtstreibend, und das alles mit diesen weichen, zähen, elastischen Bewegungen, wie sie allen ungewöhnlich starken Leuten eigentümlich sind.

Die kurzen Leinwandhosen und das graue Werggarnhemd, dem der Brand einen gelblichen Schein verlieh und das er mit schattenstarken Falten zeichnete, hoben vorzüglich die prächtigen Formen hervor und stimmten schön und einfach zu dem kräftig gefärbten Antlitz, dem feinen, blonden Flaum um Mund und Kinn und dem dichten, blonden, wallenden Haar.

Sören Großknecht wurde dieser zweiundzwanzigjährige Hüne genannt; eigentlich hieß er Sören Sörensen Möller, hatte aber den Zunamen von seinem Vater erhalten, der auf einem Edelhof in Hvornum Großknecht gewesen war.

Die Pferde wurden also gerettet, der Stall brannte nieder, das Feuer an der Erde wurde ausgelöscht, und die Leute gingen hin, um nach der durchwachten Nacht einen kleinen Morgenschlummer zu halten.

Auch Marie Grubbe suchte ihr Lager auf; sie schlief nicht, sie lag da und dachte, und bald errötete sie über ihre Gedanken, bald warf sie sich unruhig hin und her, als würde ihr bange vor ihnen.

Endlich stand sie auf.

Sie lächelte höhnisch mitleidig über sich selbst, während sie sich ankleidete. Im allgemeinen pflegte sie an Werkeltagen nachlässig, unreinlich, fast schäbig gekleidet zu gehen, um sich dann bei Gelegenheiten um so stärker, auf eine mehr in die Augen fallende als geschmackvolle Art zu putzen; aber heute war das anders; sie zog ein altes, aber reines, dunkelblaues Beiderwandkleid an, band ein kleines, hochrotes, seidenes Tuch um den Hals und nahm eine nette, kleine, einfache Haube hervor; aber dann besann sie sich und wählte eine andere, die mit ihrer umgebogenen, gelb und braun geblümten Kante und ihrem Nackenstück aus unechtem Silberbrokat gar nicht zu dem übrigen paßte. Palle Dyre dachte, sie wolle zur Stadt und über den Brand berichten, sagte aber zu sich selbst, daß aus Pferden für sie zum Fahren heute nichts werden könne. Sie blieb indessen zu Hause, aber mit der Arbeit wollte es nicht recht gehen; es war eine solche Unruhe über ihr, sie ließ das eine wegen des andern liegen, um auch das wieder hinzulegen. Schließlich ging sie in den Garten hinaus; sie sagte, es geschehe, um wieder in Ordnung zu bringen, was die Pferde in der Nacht zerstört hätten; aber sie stiftete nicht viel Nutzen da draußen, denn sie saß den größten Teil der Zeit im Lusthaus, die Hände im Schoß, und starrte sinnend vor sich hin.

Die Unruhe, die über sie gekommen war, legte sich nicht; sie ward vielmehr von Tag zu Tag stärker, und sie hatte eine plötzliche Lust bekommen zu einsamen Wanderungen nach dem Fastruper Gehölz hinüber oder in dem untersten Teil des äußeren Burggartens. Ihr Mann wie auch ihr Vater schalten sie deswegen; aber es war, als sei sie taub, nicht einmal eine Antwort gab sie ihnen, und da dachten sie denn, es sei am besten, sie sei eine kleine Weile sich selbst überlassen, solange die geringeren Anforderungen der Wirtschaft es zuließen.

Eine Woche nach dem Brande machte sie an einem Nachmittag ihre gewohnte Wanderung nach Fastrup zu und folgte gerade dem Rande eines langgestreckten, brusthohen Gehölzes von Eichengestrüpp und wilden Heckenrosen, als sie plötzlich Sören Großknecht, so lang er war, am Saum des Gehölzes mit geschlossenen Augen liegen sah, als schlafe er. Eine Heusense lag in einiger Entfernung von ihm, und das Gras war gemähet, da, wo sie stand, und ein gutes Stück weiter aufwärts.

Sie blieb lange stehen und starrte nieder auf seine großen, regelmäßigen Züge, seine breite, kräftig atmende Brust und seine dunklen starkgeäderten Hände, die er über seinen Kopf gefaltet hatte; aber Sören ruhte mehr, als daß er schlief, und schlug plötzlich die Augen auf und sah sie ganz wach an. Er fuhr zusammen vor Schrecken darüber, daß die Herrschaft ihn schlafend angetroffen hatte, statt beim Mähen, aber er war so erstaunt über den Ausdruck in Mariens Blick, daß erst, als sie errötend etwas über die Wärme sagte und sich wandte, um zu gehen, daß er erst da zur Besinnung kam und aufsprang, seine Sense und seinen Dengelstock ergriff und den Stahl zu streichen begann, so daß es durch die warme, zitternde Luft hinschrillte.

Und dann fing er an zu mähen, als gölte es das Leben.

Endlich, als er Marie über den Rain in das Gehölz gehen sah, hielt er inne und stand eine Weile da und starrte ihr nach, die Arme auf die Sense gestützt. Dann schleuderte er auf einmal die Sense weit von sich und setzte sich nieder, mit gespreizten Beinen, mit offenem Munde und die Hände nach beiden Seiten weitab in das Gras gestemmt; und so saß er in stiller Verwunderung über sich selbst und seine eigenen verwunderlichen Gedanken.

Er glich ganz einem Mann, der gerade von einem Baum heruntergefallen ist.

Ihm deuchte, sein Kopf sei so voll, ganz als träume er. – Ob da nicht irgend jemand war, der irgendwelche Hexerei an ihm ausgeübt hatte? Denn so war er noch nie gewesen; es wimmelte und wimmelte drin in seinem Kopf; es war just, als könne er sieben Dinge auf einmal denken, und er hatte gar keine Gewalt darüber, es kam ganz von selbst und ging wieder von selbst, als wenn er gar nichts damit zu tun hätte. – Es war doch sonderbar, wie sie ihn angesehen hatte, und sie hatte nichts darüber gesagt, daß er mitten am Tage dalag und schlief. – Gerade aus ihren klaren Augen hatte sie ihn so sanft angesehen und so ... so wie Jens Pedeserns Trine hatte sie ihn angesehen. Die gnädige Frau. Die gnädige Frau. Da war eine Geschichte von einer Frau auf Nörbäkgaard, die mit ihrem Jäger davongelaufen war; ob der wohl auch so angesehen worden war, während er dalag und schlief? – Die gnädige Frau! ob er mit der gnädigen Frau gut Freund werden konnte, so wie es der Jäger geworden war? Er verstand es nicht; ob er wohl krank war? Es brannte wie ein Fleck auf seinen beiden Wangen, sein Herz klopfte und war so beklommen, und er hatte Not, Atem zu holen ... Er fing an, an einem Eichengestrüpp zu zerren, konnte es jedoch nicht herausreißen, so wie er saß; da stand er auf und riß es los, warf es hin, griff nach seiner Sense und begann zu mähen, so daß das Gras in Schwaden hinflog.

In den nächsten Tagen darauf traf es sich oft, daß Marie dicht in Sören Großknechts Nähe kam, weil er in dieser Zeit zumeist Hofarbeit hatte, und er starrte sie da immer mit einem unglücklichen, verwirrten und fragenden Blick an, als wollte er sie um die Lösung des wunderbarsten Rätsels bitten, das sie ihm in den Weg geworfen hatte; aber Marie sah nur verstohlen zu ihm hin und wendete den Kopf ab.

Sören war ganz beschämt über sich selbst und ging in beständiger Angst umher, daß seine Dienstgenossen merken könnten, daß es mit ihm nicht ganz richtig war. Er war nie in seinen Lebtagen von einer Empfindung oder einer Sehnsucht erfaßt worden, die auch nur im geringsten phantastisch gewesen wäre, bis jetzt, und daher machte es ihn unruhig und bange. Es konnte ja sein, daß er im Begriff war, sonderbar oder verrückt zu werden. Man wußte ja niemals, wie so was über die Leute kam, und er gelobte sich selbst, daß er nie mehr daran denken wollte; aber schon im nächsten Augenblick waren seine Gedanken wieder da, von wo er sie ausschließen wollte. Gerade das, daß er diese Gedanken nicht wieder loswerden konnte, was er auch tat, bedrückte ihn am meisten; denn er verglich es damit, was er von Cyprianus gehört hatte, nämlich, daß man ihn verbrennen und ertränken könne; und er kam gleichwohl wieder, und doch nährte er im innersten Herzen den Wunsch, daß die Gedanken nicht entschwinden möchten, weil es nachher so leer und traurig werden würde; aber das wollte er sich selbst nicht eingestehn, denn er schämte sich so, daß seine Wangen rot wurden, sobald er ruhig erwog, welche Tollheit er in seinen Gedanken trug.

Eine Woche, nachdem sie Sören schlafend gefunden hatte, saß Marie Grubbe unter der großen Buche auf dem Heidehügel mitten im Fastruper Gehölz. Sie saß mit dem Rücken gegen den Stamm gelehnt und hatte ein aufgeschlagenes Buch auf dem Schoß; aber sie las nicht, sie starrte ernsthaft vor sich hin, einem großen, dunklen Raubvogel nach, der in langsam gleitendem, spähendem

Flug über die unendliche, wogende Fläche der laubschweren Kronen dahinschwebte. Die lichterfüllte, durchsonnte Luft ward durchzittert von dem eintönigen, schlaflullenden Summen von Myriaden unsichtbarer Insekten, und süße, allzu süße Düfte des gelbblühenden Ginsters und der bittere Duft des sonnendurchwärmten Birkenlaubs am Fuße des Hügels vermischte sich mit dem erdigen Waldbodenduft und dem mandelsüßen Duft der weißen Spireen unten in der Niederung.

Marie seufzte.

»Petits oiseaux des bois«,

flüsterte sie klagend,

»que vous êtes heureux,
De plaindre librement vos tourmens amoureux.
Les valons, les rochers, les forêsts et les plaines
Sçauent également vos plaisirs et vos peines.«

Sie saß einen Augenblick da, als strenge sie sich an, sich auf den Rest zu besinnen, dann nahm sie das Buch und las mit leiser, mutloser Stimme:

»Vostre innocente amour ne fuit point la clarté,
Tout le monde est pour vous un lieu de liberté,
Mais ce cruel honneur, ce fleau de nostre vie,
Sous de si dures loix la retient asservie«
. . . .

Sie schloß das Buch mit einem Schlag und rief fast:

»Il est vray je resseus une secrète flame,
Qui malgré ma raison s'allume dans mon âme,
Depuis le jour fatal, que je vis sous l'ormeau,
Alcidor, qui dançoit au son du chalumeau.«

Ihre Stimme hatte sich wieder gesenkt, und die letzten Verse wurden nur ganz leise und ausdruckslos geflüstert, fast mechanisch, als ob ihre Phantasie sich zur Begleitung des Rhythmus ein anderes Bild schüfe als das, was die Worte zeichneten.

Sie lehnte den Kopf zurück und schloß die Augen. Es war so sonderbar, so beängstigend, jetzt wo sie fast alt geworden war, sich von demselben schweratmigen Sehnen, denselben ahnungsvollen Träumen und unruhigen Hoffnungen bewegt zu fühlen, die ihre erste Jugend durchbebt hatten; aber würden sie Bestand haben, würden sie anders sein, als der kurze Flor, den eine sonnenreiche Herbstwoche ins Leben rufen konnte, ein Nachflor, der seine Blüten aus der allerletzten Kraft der Pflanze aufbaute und sie schwach und erschöpft der Gewalt des Winters preisgab? Es war ja einmal tot, dies Sehnen, und hatte still in seinem Grabe geruht; was wollte es, warum kam es? War nicht sein Lebensziel erfüllt, daß es in Frieden ruhen konnte, statt in einer erlogenen Form des Lebens aufzuerstehen und das Jugendspiel noch einmal zu spielen?

So dachte Marie wohl, aber es war durchaus nicht ernst gemeint mit diesen Gedanken; es war nur dichterisch gedacht und ganz unpersönlich, gleichsam mit dem Gedankengang eines andern; denn sie hegte keinen Zweifel an der Stärke oder Dauer ihrer Leidenschaft, und die hatte sie so ganz und so unwiderstehlich wirklich erfüllt, daß da gar kein Raum blieb für nachdenkliche Verwunderung. In Fortsetzung dieser unwirklichen Vorstellung verweilte sie einen Augenblick bei dem Bilde des goldenen Remigius und seinem unerschütterlichen Glauben an sie; aber das entlockte ihr nur ein bitteres Lächeln und einen künstlichen Seufzer, und dann waren ihre Gedanken anderwärts gefesselt.

Sie war neugierig, ob Sören den Mut haben würde, um sie zu werben. Sie konnte es kaum glauben. Er war ja ein

Bauer . . . und sie malte sich seine sklavische Furcht vor der Gutsherrschft aus – sein hündisches Gehorsamkeitsgefühl, seine kriechende, sich selbst herabsetzende Ehrerbietung; sie dachte an seine simplen Gewohnheiten und seine Unwissenheit, an seine bäurische Sprache und seine groben Kleider, seine grobe Beschäftigung, seinen arbeitsgehärteten Körper und seine plumpe Gefräßigkeit. Und sie sollte sich unter dies alles beugen, dies alles lieben, Gutes und Böses aus dieser schwarzen Hand nehmen . . . es lag in dieser Selbsterniedrigung ein seltsamer Genuß, der halb verwandt war mit grober Sinnlichkeit, aber zugleich auch verwandt mit dem, was als das Edelste und Beste in der Natur des Weibes gilt.

Aber so war ja auch der Ton gemischt, aus dem sie geschaffen war. –

Einige Tage darauf war Marie Grubbe in der Braustube auf Tjele damit beschäftigt, Met zu mischen; denn nicht wenige der Bienenstöcke hatten in der Nacht, als der Brand ausbrach, Schaden gelitten.

Sie stand gerade ganz drinnen am Herd und starrte durch die Tür hinaus, in deren Öffnung Hunderte von Bienen, angelockt von dem süßen Honiggeruch, umhersummten, golden und glänzend in dem hereinfallenden Sonnenlicht.

Im selben Augenblick bog Sören Großknecht mit einem leeren Reisewagen, in dem er Palle Dyre nach Viborg gefahren hatte, durch das Tor ein.

Er gewahrte einen Schimmer von Marie, beeilte sich auszuspannen, zog den Wagen hinein und die Pferde in den Stall und stolzierte dann eine Weile umher, die Hände in den Taschen seines langen Kutscherrockes vergraben, den Blick auf seine großen Stiefel geheftet. Plötzlich drehte er sich um und ging auf die Braustube zu, während er resolut den einen Arm schwenkte, die Stirn runzelte und sich in die Lippe biß wie ein Mann, der sich selbst zu einer unangenehmen, aber unvermeidlichen Entscheidung zwingt. Er hatte sich auch von Viborg bis Foulum geschworen, daß es ein Ende haben solle, und er hatte vermittels einer kleinen Flasche, die sein Herr im Wagen vergessen hatte, seinen Mut aufrechterhalten.

Er nahm seinen Hut in die Hand, als er in die Braustube hinabkam, sagte aber nichts und stand da und scheuerte verlegen mit dem Finger auf dem Rande des Braugefäßes herum.

Marie fragte, ob Sören eine Bestellung von ihrem Mann für sie habe.

Nein.

Ob Sören ihr Gebräu kosten oder ob er ein Stück Steinhonig haben wolle?

Ja, danke – nein, übrigens, danke; das sei es nicht, warum er gekommen wäre.

Marie wurde rot und fühlte sich ganz beklommen.

Ob er noch etwas fragen dürfe?

Ja, das dürfe er gern.

Ja, dann wolle er, mit gütigem Verlaub, bloß *das* sagen, daß es nicht ganz richtig mit ihm sei, denn sowohl wenn er schlafe, als auch wenn er wache, habe er allezeit die gnädige Frau in Gedanken; aber könne nichts dafür.

Ja, aber das sei ja auch ganz recht von Sören.

Hm, das wisse er denn doch nicht, ob es das sei; denn es sei nicht so, daß er auf das passen tät, was er sollte, wenn er an die gnädige Frau dächte. Es sei auf eine andere Art; er dächte an sie, wie die Leute zu sagen pflegten, in Liebe.

Er sah sie ängstlich fragend an und wurde ganz verzagt und schüttelte den Kopf, als Marie antwortete, das sei ganz recht so, das wäre das, was der Pastor sagte, daß alle Menschen tun sollten.

Nein, es wäre auch wohl nicht auf die Weise; es wäre so verliebt. Aber das sei es wohl ohne Ursach, denn, fuhr er in einem aufreizenden Tone fort, als suche er Händel, so eine feine Frau, der sei wohl bange, einen simplen Bauernburschen wie ihn anzurühren, obwohl Bauern doch auch halb wie Menschen wären und weder mehr als andere Menschen Wasser noch sauren Milchbrei statt Blut hätten; er wisse wohl, vornehme Leute, die hielten sich für eine Art ganz für sich; aber das eine sei doch wohl wie das andere, sollt er meinen, denn sie äßen und tränken und schliefen und all dergleichen, wie der gemeinste, ärmste Bauerntropf es täte, und er könnte sich darum nimmermehr denken, daß die gnädige Frau mehr Schaden davon nehmen könnt, wenn er sie auf ihren Mund küßte, als wenn sie einen Kuß von einem Edelmann nähme. – Ja, sie solle ihn nur nicht so scharf ansehen, weil er so frei in seinem Mundwerk sei, er mache sich nichts daraus, was er sage, sie könne ihn seinetwegen gern in Verdrießlichkeiten bringen; denn wenn er von hier wegginge, ginge er entweder in des Müllers Teich oder schlinge sich ein Strickende um den Hals.

Das müsse er nicht sagen, sie habe gar nicht daran gedacht, zu irgendeinem Menschen auf der Welt ein Wort über ihn zu sagen.

Na, das habe sie also nicht, ja, das könne man ja glauben, wenn man Lust hätte; aber das mache nun doch keinen Unterschied in der Sache. Sie habe ihm doch sonst Verdrießlichkeiten genug gemacht, und es sei allein ihre Schuld, daß er sich umbringen wolle, denn er liebe sie so von Herzen.

Er hatte sich auf einen Bierschemel gesetzt und saß nun da und starrte Marie mit einem tiefbetrübten Ausdruck seiner treuen, sanften Augen an, während seine Lippen bebten, als kämpfe er mit den Tränen.

Sie konnte es nicht lassen, zu ihm zu gehen und ihre Hand tröstend auf seine Schulter zu legen.

Aber das müsse sie nicht tun; er wisse recht gut, daß, wenn sie ihre Hand auf ihn lege und einige Worte still vor sich hinsage, sie ihm den Mut wegbeten könne, und das wolle er nicht haben. Übrigens könne sie sich sehr gut neben ihn setzen, wenn er auch bloß ein simpler Bauernbursche sei, falls sie bedenke, daß er noch vor Abend tot sei.

Marie setzte sich.

Sören schielte zu ihr hin und rückte ein wenig auf der Bank von ihr weg, dann stand er plötzlich auf. Er wolle also Lebewohl sagen und der gnädigen Frau für alles Gute danken, in der Zeit, daß sie sich gekannt hätten, und ob sie seine Schwestertochter Ane grüßen wolle, die hier Braumagd auf dem Hofe sei.

Marie hielt seine Hand fest.

Ja, nun wolle er denn gern weg.

Nein, er solle bleiben; da sei niemand in der Welt, den sie so lieb habe wie ihn.

Ach, das sage sie jetzt bloß, weil ihr bange sei, daß er kommen und überall um sie herumspuken würde; aber davor könnt sie ganz ruhig sein, denn er sei gar nicht gehässig gegen sie, und er würde ihr auch nie nahe kommen, wenn er erst tot sei, das wolle er ihr versprechen und auch halten, wenn sie ihn dann loslassen wolle.

Nein; sie wolle ihn niemals loslassen.

Ja, es könnt aber doch nichts helfen; und Sören riß seine Hand an sich und rannte aus der Braustube und quer über den Hof.

Marie war dicht hinter ihm drein, als er in die Knechtekammer schlüpfte, die Tür hinter sich zuschlug und den Rücken dagegenstemmte. »Mach auf, Sören, mach auf, sonst rufe ich alle Leute zusammen!«

Sören antwortete nicht, aber nahm ganz ruhig etwas gepichtes Segelgarn aus der Tasche und begann, es um die Klinke zu wickeln, während er die Tür mit Knie und Schulter zuhielt. Die Drohung mit den Leuten fürchtete er nicht, da er wußte, daß sie alle auf der Wiese beim Heuen waren.

Marie hämmerte aus Leibeskräften gegen die Tür.

»Herrgott, Sören!« rief sie, »so komm doch heraus, ich liebe dich ja so innig, wie nur ein Mensch lieben kann, ja, das tue ich, Sören, ich liebe dich, liebe dich, liebe dich; – ach, er glaubt mir nicht; was soll ich armes, elendes Menschenkind denn nur anfangen?«

Sören hörte sie nicht; er war durch die Knechtekammer gegangen und in eine kleine Kammer dahinter, wo er und der Jäger zu schlafen pflegten. Hier sollte es vor sich gehen, und er sah sich drinnen um. Da fiel ihm ein, daß es unrecht gegen den Jäger sei; es sei besser, es da draußen zu tun, wo so viele beisammenlagen. Er ging wieder in die Knechtekammer hinaus.

»Sören, Sören, ach laß mich hinein, laß mich hinein; wie, ach, mach auf. Nein, nein, ach, er hängt sich auf, und hier steh ich. Ach, um Gott des Allmächtigen willen, so mach doch auf, ich hab dich ja geliebt seit dem erstenmal, da ich dich sah. Kannst du denn nicht hören? Es ist keiner, den ich so lieb hab wie dich, keiner, keiner in der ganzen Welt, Sören!«

»Is dat wahr?« fragte Sörens Stimme, heiser und unkenntlich dicht an der Tür.

»Ach, Gott sei Lob in alle Ewigkeit! ja, ja, ja, Sören, es *ist* wahr, es *ist* wahr; ich schwör dir den heiligsten Eid, so es auf Erden gibt, daß ich dich aus meiner innersten Seele liebe. Ach, Gott sei ewig Lob und Dank . . .«

Sören hatte die Schnur abgenommen, und die Tür ging auf.

Marie stürzte in die Kammer hinein und warf sich um seinen Hals, schluchzend und jubelnd.

Sören stand ganz verwirrt und verlegen bei dem allen da.

»Ach, dem Himmel sei Dank, daß ich dich wiederhabe«, rief Marie, »aber wo wolltest du es denn tun? Sag mir das jetzt«, und sie sah sich neugierig um in der Kammer mit ihren ungemachten Betten, wo verschossene Pfühle, verfilztes Stroh und schmutzige, lederne Laken unordentlich übereinanderlagen.

Aber Sören antwortete nicht, er starrte Marie drohend an: »Worum häst du dat nicht iher seggt?« sagte er und schlug sie auf den Arm.

»Verzeih mir, Sören! Verzeih!« weinte Marie und drückte sich an ihn, während ihre Augen flehend die seinen suchten.

Sören beugte sich verwundert zu ihr hinab und küßte sie. Er war ganz erstaunt.

»Dat is doch kein Komedie nich und kein Wunnerwerk?« fragte er leise vor sich hin.

Marie schüttelte lächelnd den Kopf.

»Düwel ok! wer haar dat denken künnt!«

*

Im Anfang wurde das Verhältnis zwischen Marie und Sören gut geheimgehalten; als aber Palle Dyres häufige Reisen nach Randers und sein langwieriger Aufenthalt dort in seiner Eigenschaft als Königlicher Kommissarius sie unvorsichtig machte, blieb es für das Gesinde auf Tjele bald kein Geheimnis mehr; und als das Paar sich entdeckt sah, versuchte es nicht im mindesten, die Sache geheimzuhalten, sondern lebte, als ob sich Palle Dyre am andern Ende der Welt befände und nicht in Randers. Um Erik Grubbe kümmerten sie sich gar nicht; wenn er Sören mit seinem Krückstock drohte, drohte ihm dieser mit der Faust wieder, und wenn er auf Marie schalt und versuchen wollte, sie zur Vernunft zu bringen, foppte sie ihn, indem sie eine ganze Menge vor ihm herleierte, ohne ihre Stimme mehr als gewöhnlich zu erheben, was notwendig war, wenn er etwas hören sollte, da er ganz schwerhörig geworden war und obendrein wegen seiner Kahlköpfigkeit und seiner Gicht eine Mütze trug, deren lange Ohrenklappen fest um seinen Kopf gebunden waren, was ihn auch nicht gerade hellhöriger machte.

Daß nicht auch Palle Dyre Mitwisser wurde, war nicht Sörens Schuld; denn in der Unbändigkeit seiner jugendlichen Liebe trug er kein Bedenken, selbst wenn der Herr zu Hause war, in der Dämmerung, oder wenn er sonst Gelegenheit hatte, Marie in den Herrschaftsgemächern selbst aufzusuchen; und nur die günstige Lage der Bodentreppe errettete ihn in mehr als einem Falle davor, entdeckt zu werden.

Seine Stimmung Marie gegenüber war ziemlich wechselnd, indem es ihm zuweilen in den Sinn kommen konnte, daß sie stolz sei und ihn verachte, und alsdann wurde er sehr launenhaft, tyrannisch und unbillig und behandelte sie härter und roher, als er es eigentlich beabsichtigte, um dann durch ihre Folgsamkeit und Sanftmut seine Zweifel widerlegt und vernichtet zu sehen; in der Regel war er indessen gut und fügsam und leicht zu lenken; nur mußte Marie sehr vorsichtig sein mit ihren Klagen über ihren Mann und ihren Vater, daß sie sich nicht als zu empfindlich gekränkt darstellte; denn dann ward er toll und rasend und schwur, er werde Palle Dyre das Gehirn einschlagen und seine Hände um Erik Grubbes dünnen Hals legen, und war so erpicht darauf, seine Drohung auszuführen, daß es vieler Bitten und Tränen bedurfte, um ihn wieder ganz zu beschwichtigen.

Aber von alledem, was störend auf das Verhältnis zwischen Sören und Marie einwirken konnte, war doch nichts andauernder und wirksamer als die Neckereien der Leute; denn die waren selbstverständlich aufs höchste erbittert über diese Liebelei zwischen Brotherrin und Kutscher, die ja diesen ihren Dienstgenossen ungleich günstiger stellte, als sie selbst gestellt waren, und ihm, namentlich in Abwesenheit des Hausherrn, einen Einfluß verlieh, auf den er nicht mehr Anrecht hatte als sie. Deswegen quälten und plagten sie Sören denn auch auf alle erdenkliche Weise, so daß er oft ganz außer sich geriet und bald entschlossen war, Reißaus zu nehmen, bald sich das Leben zu nehmen gedachte.

Die Mägde trieben es natürlich am ärgsten mit ihm.

Eines Abends wurden in der Tjeler Gesindestube Lichte gegossen. Marie stand neben dem in ein strohgefülltes Gefäß herabgelassenen kupfernen Kessel und tauchte die Dochte ein, die die Braumagd Ane Trinderup, Sörens Schwestertochter, in eine gelbe Tonschüssel abtropfen ließ. Die Küchenmagd brachte und holte die Dochtspieße, hängte sie unter dem Lichtertische auf und nahm die Kerzen ab, wenn sie dick genug geworden waren. Am Tisch in der Gesindestube saß Sören Großknecht und sah zu; er hatte eine rote Tuchmütze auf, die mit Goldtressen und schwarzen Plumagen ausstaffiert war; vor ihm stand eine silberne Kanne mit Met, und er saß da und aß von einem großen Stück Braten, das er mit seinem Taschenmesser auf einem kleinen zinnernen Teller in Stücke zerschnitt. Er aß mit großer Bedächtigkeit, trank dazwischen aus dem Krug und beantwortete hin und wieder Mariens lächelndes Nicken mit einer langsamen, anerkennenden Kopfbewegung.

Sie fragte ihn, ob er gut sitze.

Nun, das ließ sich halten.

Dann wäre es wohl am besten, wenn Ane in die Mägdekammer ginge und ein Kissen für ihn holte.

Das tat sie auch, jedoch nicht, ohne den andern Mägden hinter Mariens Rücken eine ganze Menge Zeichen zu machen.

Ob Sören ein Stück Kuchen haben wollte?

Ja, das wäre nicht so übel.

Marie nahm eine Talglichtrolle und ging, um den Kuchen zu holen, blieb aber ziemlich lange weg.

Sie war kaum zur Türe hinaus, als beide Mägde wie auf Verabredung anfingen, aus vollem Halse zu lachen.

Sören schielte wütend zu ihnen hinüber.

»Ach, kleiner Sören«, sagte Ane, indem sie Marie Grubbes Stimme und Rede nachahmte, »will Sören nicht eine Salviette haben, um Sörens feine Finger abzutrocknen, und einen Polsterschemel für Sörens Füße? Und kann Sören bei dem einen dicken Licht nun auch genug zum Essen sehen, oder soll ich besser für ihn anzünden? wie, kleiner Sören? Und dann hängt da ein weiter, geblümter Rock in des Herrn Kammer; soll ich den nicht holen, der würd so fein zu Sörens roter Kapuze passen!«

Sören würdigte sie keiner Antwort.

»Ach, will der Junker nicht ein klein Wörtlein sprechen?« fuhr Ane fort; »so gemeine Leut wie wir und unseresgleichen, die wollen so gern ein bißchen feine Rede hören, und ich weiß, der Junker kann es, denn du hast doch gehört, Trine, daß seine Liebste ihm ein Komplimentenbuch gegeben hat mit allerlei Feinheit darin, und es kann doch niemalen daran fehlen, daß so ein hochgeborener Herr buchstabieren wie auch lesen kann, einerlei ob vorwärts oder rückwärts.«

Sören schlug mit der geballten Faust auf den Tisch und sah sie wütend an.

»Sören«, fing nun die andere an, »ick will di nen falschen Schilling förn Kuß gewen; ick weet wull, du kriegst von de Ollsch Braden und Win . . .«

Im selben Augenblick trat Marie mit dem Kuchen ein und setzte ihn vor Sören hin, aber er schleuderte ihn über den Tisch.

»Jag de Fruenslür rut!« rief er.

Ja, aber der Talg würde ja kalt.

Das wär ihm ganz egal.

So wurden die Mägde denn hinausgeschickt.

Sören schmiß die rote Mütze weit von sich und fluchte und war wütend; sie solle hier nicht gehen und ihm Futter ranschleppen, als wär er ein mageres Schwein, und er wolle nicht vor den Leuten zum Narren gemacht werden, indem sie Komödiantenspielermützen für ihn mache; das solle ein Ende haben, das; er wäre ein Mann, und es wäre unerhört, daß er hier herumginge und sich verhätscheln lasse; so habe ers nicht gemeint; er wolle befehlen, und sie solle gehorchen, er wolle geben, und sie solle nehmen; ja, er wisse recht gut, daß er nichts habe, um davon zu geben, aber darum solle sie ihn nicht zu Nummer Null machen, indem sie gäbe. Wolle sie nicht mit ihm über Stock und Stein gehen, so müßten sie sich trennen. Das könne er nicht aushalten, sie solle sich wirklich in seine Macht geben und mit ihm davonlaufen; sie solle nicht dasitzen und die gnädige Frau sein, so daß er immer zu ihr aufsehen müsse; er hätt das Verlangen, daß sie Hund mit ihm sei; sie solle es so haben, daß er gut gegen sie sein könne und von ihr Dank empfinge, und ihr solle bange vor ihm sein, und sie solle nichts haben, worauf sie sich verlassen könne, als ihn.

Ein Wagen kam zum Tore hereingerollt, und da man annehmen konnte, daß es Palle Dyre sein müsse, schlich Sören in die Knechtekammer hinab.

Hier saßen drei Knechte auf ihren Betten, außer dem Jäger Sören Jensen, der aufstand.

»Dor häbben wir den Baron!« sagte der eine Knecht, als der Kutscher eintrat.

»Pst! Lat em nix hüren!« rief der andere mit erheuchelter Ängstlichkeit aus.

»Ja«, flüsterte der erste halblaut, »ick wull nich an sin Stell sin för soveel Rosennobel, as dör in' Mehlsack gahn dohn!«

Sören sah sich unruhig um und setzte sich dann auf eine Kiste nieder, die an der Wand stand.

»Dat möt 'n fürchterlich qualvollen Dod sin«, sagte der eine, der geschwiegen hatte, und schauderte.

Jäger Sören nickte ihm ernsthaft zu und seufzte.

»Wovon snackt Ji dor?« fragte Sören mit erheuchelter Gleichgültigkeit.

Niemand antwortete.

»Is dat hier an dieß Stell?« fragte der erste Knecht und ließ den Finger quer über den Nacken gleiten.

»Pst!« sagte der Jäger und runzelte die Stirn gegen den Fragenden.

»Bün ick dat, von den Ji snackt«, sagte Sören, »denn sitt nich dor und tuschelt, denn seggt gerad rut, wat Ji seggen willt.«

»Ja!« erwiderte der Jäger mit starkem Nachdruck auf dem Wort und sah ihn mit ernster Bestimmtheit an. »Ja, Sören, wir reden von dir. Herrgott . . .«, er faltete seine Hände und schien in finstere Grübeleien versunken. »Sören«, begann er dann von neuem und wischte sich die Nase ab, »es ist ein tödlich Verbrechen, so du betreibest, und ich will dir sagen«, er sprach, als ob er aus einem Buche läse, »kehre um, Sören! da stehen Block und Galgen«, er zeigte nach dem Wohnhause hinüber; »hier ist ein christlich Leben und Begräbnis«, und er führte die Hand im Bogen in der Richtung auf den Pferdestall zu. »Denn du sollst an deinem Halse gestrafet werden, also lautet das heilige Wort des Gesetzes, ja, so ist es, so ist es, bedenke das wohl!«

»Pah«, sagte Sören trotzig, »wen wull mi woll anpetzen?«

»Ja«, wiederholte der Jäger mit einer Betonung, als würde da ein Umstand berührt, der die Sache sehr verschlimmerte, »wer wird dich wohl angeben? Sören, Sören, wer wird dich angeben? – du bist ja auch, hol mich der Deuwel, ganz und gar verrückt«, fuhr er in einem ganz unfeierlichen Tone fort, »und obendrein dämelich, so'm halbalten Frauenzimmer nachzulaufen, wenn da das bei zu riskieren is, was da is. Wenn sie noch jung wär! – Und so'n toller Satan obendrein, laß du die den Blaubäckigen man ungeschoren behalten, es gibt doch, Gott sei Dank, noch andere Weibsbilder als die da!«

Sören hatte weder Mut noch Lust, den Versuch zu machen, ihnen zu erklären, daß er gar nicht ohne Marie Grubbe leben könne; er war selbst ganz beschämt über diese unvernünftige Leidenschaft; aber wollte er die Wahrheit gestehen, das hieße die ganze Koppel, Knechte und Mägde, auf sich hetzen, und darum log er denn und verleugnete seine Liebe.

»Ja, Ji hewt klog snacken«, sagte er, »äwerstens, kiekt mal Lühr, ick hew 'n Dahler, wenn Ji annern kenen hewt, un enen Lappen un enen Plünnen und noch enen und noch vele, dat wat toletzt 'ne ganze Last, Frünnings, un hew ick irst minen Büdel vull, denn mak ick mi ganz stilling up de Socken, denn kann jo een von juch sin Glück versöken.«

»Das mag ja ganz gut sein«, erwiderte Jäger Sören, »aber das nenn ich Geld stehlen mit 'm Strick um den Hals. Es kann ja ganz angenehm sein, Kleider und Silber geschenkt zu kriegen, und es kann ja auch ganz schön sein, in seinem Bett zu liegen und sich zu strecken und sich für krank auszugeben und Wein und Braten und sonst was Gutes runtergeschickt zu kriegen; aber es wird nie im Leben gehen hier unter so vielen Leuten; es kommt doch eines Tages raus, und dann ist dir das Schlimmste auf der Welt sicher.«

»Ach, se laten dat nich so wiet kamen«, sagte Sören ein wenig mutlos.

»Ja, sie wollen sie alle beide gern los sein; und ihre Schwestern und ihre Schwäger sind nicht die Leute, die sich ins Mittel legen werden, wenn sie sie erblos gemacht kriegen können.«

»Ach, Düwel ok, denn helpt se mi wull ut de Patsch!«

»Meinst du? Die mag genug zu tun haben, sich selbst in Sicherheit zu bringen, mit der ist es zu oft schief gegangen, als daß da jemand wär, der ihr auch bloß mit einer Haferspreu helfen wollt.«

»Na, denn man to«, sagte Sören und ging in die Hinterkammer, »bedrohter Mann lewt lang.«

Von dem Tage an mußte Sören, wo er ging und stand, dunkle Anspielungen auf Galgen und Block und glühende Zangen hören, und die Folge davon war, daß er, um die Angst fern- und den Mut aufrechtzuhalten, seine Zuflucht zum Branntwein nahm; und da ihm Marie häufig Geld zugesteckt hatte, war er nie genötigt, sich nüchtern zu halten. Allmählich wurde er indessen gleichgültig gegen die Drohungen, war aber doch viel vorsichtiger als früher, hielt sich mehr zu dem Gesinde und suchte Marie seltener auf.

Als Weihnachten herankam und Palle Dyre heimkehrte und zu Hause blieb, hörten die Zusammenkünfte zwischen Sören und Marie ganz auf; und um nun die Dienstgenossen äußerlich glauben zu machen, daß alles vorbei sei, und sie dadurch davon abzuhalten, dem Hausherrn gegenüber zu klatschen, begann Sören eine Liebelei mit

Ane Trinderup vorzuspiegeln, und er täuschte sie alle, sogar Marie, die er doch in den Plan eingeweiht hatte.

Am dritten Feiertag, als fast alle in der Kirche waren, stand Sören vor dem Ende des Hauptgebäudes und spielte mit einem der Hunde, als er Mariens Stimme rufen hörte, fast unter der Erde, deuchte es ihm.

Er wandte sich um und sah alsdann Mariens Antlitz durch eine Luke hart am Boden, durch die Luke im Pökelkeller.

Sie war bleich und verweint, und ihre Augen starrten gar verwirrt und ängstlich unter den schmerzlich verzogenen Brauen.

»Sören«, sagte sie, »was habe ich dir getan, daß du mich nicht mehr lieb hast?«

»Äwers dat doh ick doch! Kannst du denn nich verstahn, dat ick mi fürsehn möt, denn se dohn hier ja nix nich wider as mi int Unglück to bringen und mi wat nahtoseggen. Schnack nich mit mi und lat mi gahn, wenn du nich willst, dat se mi dotmaken.«

»Lüge nicht, Sören, ich sehe wohl, wo du hinauswillst, aber ich wünsche dir deswegen auch nicht eine böse Stunde; denn ich bin ja nicht deine Jugendgenossin, und dein Sinn hat immer nach Ane gestanden; aber es ist unrecht von dir, es mich sehen zu lassen, und das ist nicht wohlbedacht. Du brauchst nicht zu glauben, ich wolle mich dir anbetteln, denn ich weiß ganz genau, in welche Gefahr du dich begeben würdest und was für Not und Plackerei und Entbehrung dazu gehören, wenn wir ein Paar für uns selbst werden wollten, und das wäre ja auch für keinen von uns zu wünschen, wiewohl ich es doch nicht lassen kann.«

»Ja, äwers ick will Ane nich hewen, nich um allens in de Welt, so 'ne Buerdiern, ich holl von keenen Minschen wat as von di, lat sei di ok oll und dull nennen un watt se willn.«

»Ich glaube dir nicht, Sören, so gern ich auch wollt!«

»Glöwst du mi nich?«

»Nein, Sören, nein; ich habe nur den einen Wunsch, daß hier, wo ich steh, mein Grab wär, und ich könnt die Luke schließen und mich niedersetzen und im Dunkeln hinüberschlummern.«

»Du sast mi all glöwen!«

»Niemals, niemals! Es gibt nichts auf der Welt, was du tun könntest, was mich dazu brächte; denn es ist kein Wahrscheinlichkeitsgedanke darin.«

»Du makst mi ganz mall mit din Gered, und dat ward di noch leed dohn, denn wenn ick dorför ok bi lebennigen Liew verbrennt warr oder to Dod quält warr, du sast mi dat wull glöwen.«

Marie schüttelte den Kopf und sah ihn betrübt an.

»Ja, denn möt dat gahen, as dat gahen will«, rief Sören und lief davon.

An der Küchentür blieb er stehen und fragte nach Ane Trinderup und erhielt die Antwort, sie sei im Garten. Er ging in die Knechtekammer hinüber, nahm eine geladene, alte Flinte des Jägers und lief in den Garten hinaus.

Ane stand da und schnitt Grünkohl, als Sören sie erblickte. Sie hatte die Schürze voll Blätter und hielt die Finger der einen Hand an den Mund, um sie warm zu hauchen. Ganz langsam stahl sich Sören zu ihr heran, den Blick auf das Untere ihres Rockes gerichtet, denn er wollte ihr Gesicht nicht sehen.

Plötzlich wandte Ane sich um und sah Sören und seine finstere Miene; die Flinte und der schleichende Gang machten ihr bange, und sie rief ihm zu: »Ach, lat dat, Sören, lat dat!« Er erhob die Flinte, Ane stürzte mit einem wilden, gellenden Schrei durch den Schnee davon.

Der Schuß fiel, Ane lief weiter, griff sich dann an die Wange und sank mit einem entsetzten Schrei um.

Sören warf die Flinte hin und rannte an das Ende des Wohnhauses.

Die Luke war geschlossen.

Dann zur Haupttür, durch alle Stuben hindurch, bis er Marie fand.

»Dat is ut!« flüsterte er, blaß wie eine Leiche.

»Sind sie hinter dir her, Sören?«

»Ne, ick hew ehr schaten.«

»Ane? Ach, wie wird es uns ergehen? – Lauf, Sören, lauf – nimm ein Pferd und flieh, mach schnell, mach schnell, nimm den Grauschimmel!«

Sören rannte.

Einen Augenblick später sprengte er zum Tore hinaus.

Er war noch nicht halbwegs nach Foulum gekommen, als die Kirchgänger heimkehrten.

Palle Dyre fragte gleich, wohin Sören reite.

»Es liegt eine draußen im Garten und jammert«, antwortete Marie; sie zitterte am ganzen Leibe und konnte kaum auf den Beinen stehen.

Palle und einer von den Knechten trugen Ane herein, die schrie, daß man es weithin hören konnte; im übrigen aber war die Gefahr nicht groß; die Flinte war mit Fuchsschrot geladen gewesen, und ein paar Stück waren durch die Wange gegangen, und noch ein paar hatten sich in die Schulter hineingebohrt; aber da es stark blutete und sie so jämmerlich klagte, wurde ein Wagen nach Viborg zum Bartscherer geschickt.

Palle Dyre fragte sie, als sie sich einigermaßen gefaßt hatte, darüber aus, wie das alles zugegangen sei, und erfuhr da sowohl dies als auch die ganze Geschichte von dem Verhältnis zwischen Sören und Marie.

Als er aus dem Krankenzimmer herauskam, umdrängte ihn das Gesinde, und alle wollten ihm von dem erzählen, was er soeben gehört hatte; ihnen war nämlich bange, daß sie sonst auf irgendeine Weise gestraft werden könnten. Palle wollte sie jedoch nicht anhören, sagte, es sei Gerede und dummes Gerücht, und schickte sie weg. Das Ganze war ihm nämlich sehr ungelegen; Scheidung, Verhörsreisen, Prozeß- und ähnliche Ausgaben, das wollte er am liebsten vermeiden, die Sache mußte niedergeschlagen werden können, und alles mußte sich wieder in Ordnung bringen lassen und bleiben, wie es war. Mariens Untreue selbst war ihm ziemlich gleichgültig, und die Sache ließ sich vielleicht gar dadurch zum guten wenden, daß er mehr Macht über sie und möglicherweise auch über Erik Grubbe gewinnen konnte, dem sicher viel daran liegen würde, daß die Ehe weiter bestände, trotzdem sie gebrochen worden war.

Als er mit Erik Grubbe gesprochen hatte, wußte er freilich nicht recht, was er glauben sollte; aus dem Alten war nicht klug zu werden, er war sehr aufgeregt und hatte sogleich vier berittene Knechte mit dem Befehl ausgeschickt, Sören tot oder lebendig anzuhalten, und das war keine gute Art, für die Geheimhaltung zu sorgen; denn bei den Verhören betreffs des Mordversuchs konnte so viel anderes herauskommen.

Am Abend des nächsten Tages kehrten drei von den Knechten heim; sie hatten Sören bei Dallerup gefangen, wo der Grauschimmel gestürzt war, und hatten ihn nach Skanderborg gebracht, wo er nun in Arrest saß. Der vierte Knecht war irre geritten und kam erst am Tage darauf zurück.

Mitte Januar zogen Palle Dyre und Marie nach Nörbäkgaard; denn die Leute hatten das Vergessen leichter, wenn die gnädige Frau ihnen aus den Augen war; allein Ende Februar wurden sie an alles wieder erinnert, denn da erschien ein Schreiber aus Skanderborg und sollte erkunden, ob Sören nicht dort in der Gegend gesehen worden sei, sintemal er aus dem Arrest ausgebrochen sei. Der Schreiber war indessen zu früh gekommen, erst vierzehn Tage später wagte sich Sören eines Nachts nach Nörbäkgaard und pochte an Mariens Kammerfenster. Das erste, wonach er fragte, als sie aufschloß, war, ob Ane tot sei; und es schien seine Seele von einer schweren Last zu befreien, als er hörte, daß sie ganz gesund war. Er hatte seine Zuflucht in einem verlassenen Hause der Gassumer Heide und kam später oft wieder und wurde beständig mit Geld und Nahrungsmitteln unterstützt. Sowohl die Leute als auch Palle Dyre wußten, daß er seine Einkehr auf dem Hofe hatte; aber Palle tat, als wisse er von nichts, und auch die Leute kümmerten sich nicht weiter darum, als sie sahen, daß der Herr so gleichgültig dabei war.

Um die Zeit der Heuernte zog die Herrschaft nach Tiele zurück, und dort wagte Sören nicht, sich blicken zu lassen. Sowohl hierüber als auch über die ewigen Sticheleien und Beleidigungen des Vaters wurde Marie so ungeduldig und erregt, daß sie den Vater ein paarmal unter vier Augen vornahm und ihn ausschalt, als wäre er ihr Hundejunge gewesen. Die Folge davon war, daß Erik Grubbe Mitte August einen Klagebrief an den König sandte. Dieser Brief endete, nachdem er ausführlich alle ihre Vergehen besprochen hatte, durch die Gott erzürnet, großes Skandalum begangen und bald dem ganzen Weibsgeschlecht ein Ärgernis bereitet worden sei, folgendermaßen:

»Solches ihres Verhaltens, ihrer Unschicklichkeit und Ungehorsamkeit willen, bin ich veranlasset, sie zu enterben, was ich Ew. Kgl. Majt. allerunterthänigst bitte, mir allergnädigst beyzufallen und zu konfirmiren, und daß Ew. Kgl. Majt. mir ferner die Gnade erweisen möge, mir durch Ew. Kgl. Majts. allergnädigsten Befehl an den Stifts Ambtmann Herrn Mogens Scheel zu gestatten, daß er nach Erforschung solches ihres Verhaltens gegen mich und ihren Ehegemahl und um ihrer eigenen Unschicklichkeit willen, sie auf meine eigenen Kosten auf Borringholm gefangen setzen möge, um Gottes Zorn und Unwillen über sie, so eine derartig ungehorsamb Kreatur ist, vorzubeugen, andern zum Abscheu, und dadurch ihre Seligkeit erlangen könne. Wenn nicht das Alleräußerste mich dazu getrieben hätte, würde ich mich nicht unterstanden haben, um dies anzuhalten; aber lebe in der allerunterthänigsten gewissen Hoffnung auf Ew. Kgl. Majt. allergnädigste Erhörung, Antwort und Hülf, so Gott gewißlich wird belohnen. Ich leb und sterbe

Tjele, 14. August 1690.

Euer Kgl. Majestät
Allerunterthänigster und pflichtschuldigster
treuer Erb-Unterthan
Erik Grubbe.«

Der König wollte hierüber des wohlgebornen Palle Dyre Erklärung haben, und diese ging denn darauf hinaus, daß Marie Grubbe sich nicht wider ihn wie eine ehrbare Gattin schicke, und er suchte nun darum an, daß der König ihm die Gnade erweisen und die Ehe ohne Prozeß aufheben wolle.

Dies wurde nicht bewilligt; die Eheleute wurden kraft Urteil vom dreiundzwanzigsten März sechzehnhundertundeinundneunzig geschieden.

Auch nicht Erik Grubbes Gesuch, sie erblos machen und einsperren zu dürfen, wurde erhört; er mußte sich damit begnügen, Marie auf Tjele gefangen zu halten, unter Bewachung von Bauern, solange der Prozeß währte; und er war ja auch einer von den letzten, denen man gestatten konnte, den strafenden Stein der Verdammnis zu werfen.

Gleich nach der Verkündigung des Urteils verließ Marie Grubbe Tjele mit einem armseligen Bündel Kleider in der Hand. Sie traf Sören südwärts auf der Heide und bekam in ihm ihren dritten Mann.

Sechzehntes Kapitel

Einen Monat später, in einer Abendstunde des April, waren viele Menschen vor dem Portal des Domes zu Ribe zusammengeströmt. Es war nämlich zur Zeit des Landkonvents, und es war nun einmal eine alte Sitte, daß, solange der dauerte, dreimal in der Woche um acht Uhr abends Licht in der Kirche angezündet wurde, und dann kamen die feinen und vornehmen Standespersonen der Stadt wie auch ihre achtbaren Bürgersleute dahin, um im Schiffe auf und nieder zu wandeln, während ein kunstfertiger Organist ihnen auf der Orgel vorspielte. Aber die geringeren Leute mußten sich damit begnügen, von draußen zuzuhören.

Unter ihnen waren Marie Grubbe und Sören.

Ihre Kleider waren einfach und zerrissen, und sie sahen just nicht so aus, als hätten sie jeden Tag satt zu essen bekommen, was auch natürlich genug war, denn es war keine einbringende Hantierung, die sie betrieben. Sören hatte nämlich in einem Krug zwischen Aarhus und Randers einen armen, kranken Deutschen getroffen, der ihm für sechs schlechte Taler einen kleinen, hart mitgenommenen Leierkasten, einen bunten Hanswurstanzug und einen gewürfelten, alten Teppich verkauft hatte, und nun lebten er und Marie davon, daß sie von Jahrmarkt zu Jahrmarkt zogen, wo sie dann die Orgel drehte, während er, mit den bunten Kleidern angetan, auf dem gewürfelten Teppich stand und auf so viele Arten, wie er nur zu ersinnen vermochte, große eiserne Gewichte und lange eiserne Stangen, die sie von den Kaufleuten liehen, aufhob und herumschwang.

Es war auch ein Jahrmarkt, der bewirkte, daß ihr Weg

durch Ribe führte. Sie standen dicht an der Kirchentür, und es lief ein schwacher, gleichsam verblaßter Lichtschimmer von da drinnen über ihre bleichen Gesichter und über den dunklen Haufen von Köpfen hinter ihnen hinaus. Die Leute fuhren fort, in Paaren, einzeln und in kurzen Reihen zu kommen, plaudernd und sittsam lachend, bis hart an die Schwelle der Kirchentür; da schwiegen sie plötzlich, starrten ernst vor sich hin und veränderten ihren Gang.

Sören bekam Lust, mehr von dem Staat zu sehen, und flüsterte Marie zu, daß sie auch hineingehen wollten; sie könnten es ja immerhin versuchen, da ihnen nichts Schlimmeres geschehen könne, als wieder hinausgejagt zu werden. Marie schauderte bei dem Gedanken daran, daß *sie* von einer Stätte könne zurückgewiesen werden, wo einfache Handwerksleute frei ihren Fuß hinsetzen durften, und sie hielt Sören zurück, der sie mit sich ziehen wollte; aber dann auf einmal kam sie auf andere Gedanken, sie drängte sich eifrig vor, zog Sören nach sich und schritt zu, ohne ängstliche Behutsamkeit oder schleichende Vorsicht, im Gegenteil, gleichsam als sei sie darauf erpicht, bemerkt und weggejagt zu werden. Vorläufig war niemand da, der sie zurückhielt, aber als sie gerade in das erleuchtete, menschengefüllte Langschiff hineintreten wollten, wurden sie von dem dort postierten Kirchendiener bemerkt, der, nachdem er einen entsetzten Seitenblick die Kirche hinauf geworfen hatte, mit abweisenden, ausgestreckten, eifrig abwinkenden Händen und entrüstet raschen Schritten sie vor sich hertrieb, bis ganz über die Türschwelle hinaus. Hier blieb er einen Augenblick stehen und sah die Menge vorwurfsvoll an, als lege er ihr das eben Vorgefallene zur Last, ging dann bedachtsam zurück und stellte sich schaudernd auf seinem Posten auf.

Der Volkshaufe empfing die Hinausgejagten mit einem

gellenden Hohngelächter und einem Regen spöttischer Fragen, die Sören veranlaßten, zu brummen und sich drohend umzusehen; aber Marie war zufrieden, sie hatte sich dem Schlag ausgesetzt, den der respektable Teil der Gesellschaft für Leute wie ihn und seinesgleichen stets bei der Hand hat, und sie hatte den Schlag empfangen.

*

In einer der gewöhnlichsten Herbergen in Aarhus saßen am Abend vor dem Sankt Olufsmarkt vier Gesellen und spielten Styrwolt.

Der eine von den Spielern war Sören Großknecht. Sein Partner, ein schmucker Mann mit kohlschwarzem Haar und dunkler Hautfarbe, hieß allgemein Jens Untenherum und war Taschenspieler, während die beiden andern von der Partie gemeinschaftlich einen schäbigen Bären herumführten; beide waren sehr häßlich, der eine hatte eine mächtige Hasenscharte und hieß Salmand Bärenführer, der andere war einäugig, breitkiefrig und pockennarbig und wurde Rasmus Kiek genannt, offenbar weil die Hautumgebungen des kranken Auges so zusammengeschrumpft waren, daß er das Aussehen hatte, als schicke er sich an, durch ein Schlüsselloch oder eine ähnliche kleine Öffnung zu lugen.

Die Kartenspieler saßen am Ende des langen Tisches unter dem Fenster. Ein Licht und ein henkelloser Krug standen auf dem Tische. An der Wand ihnen gerade gegenüber befand sich ein aufgeschlagener Klapptisch, der mittels eines eisernen Hakens an der Wand befestigt war. An dem andern Ende des Zimmers stand querüber ein Schenktisch, und ein dünnes, langschnuppiges Licht, das durch die Röhre eines alten Trichters gesteckt war, warf einen schläfrigen Schein auf das Flaschenbord dahinter, wo einige viereckige Flaschen mit Branntwein und Bitterm, einige Pot- und Pegelmaße und ein Dutzend Schnapsgläser neben einer Strohschachtel voll Senfkörner und einer großen Laterne mit Scheiben aus abgebrochenen Gläserfüßen vollauf Platz hatten. Der eine Eckplatz an dem Schenktisch wurde von Marie Grubbe eingenommen, die abwechselnd schlief und strickte; und an der andern Ecke saß ein Mann mit vornübergebeugtem Körper, die Ellenbogen auf die Kniee gestützt. Er war sehr eifrig damit beschäftigt, seinen schwarzen Filzhut so tief wie möglich über den Kopf herabzuziehen, und wenn das erreicht war, griff er in die breite Krempe, drehte mit zusammengekniffenen Augen und in die Höhe gezogenen Mundwinkeln, wahrscheinlich weil es die Haare zerrte, langsam den Hut vom Kopfe und fing dann wieder von neuem an.

»Jetzt machen wir also das Meisterspiel[1]«, sagte Jens Untenherum und spielte aus.

Rasmus Kiek klopfte mit den Knöcheln auf den Tisch[2], um Salmand zu erkennen zu geben, daß er stechen solle.

Salmand stach mit einer Zwei.

»Eine Zwei!« schrie Rasmus, »hast du denn nie was anderes als Zweien und Dreien in der Hand?«

»Ja, Herrgott«, brummte Salmand, »es hat allzeit Bettelvolk und arme Leute obendrein gegeben.«

Sören Großknecht stach mit einer Sechs.

»O weh, o weh«, jammerte Rasmus, »soll er den für einen Papst[3] haben? Was zum Teufel sitzest du auch da und knauserst mit den alten Stechern, Salmand?«

Er gab seine Karte zu, und Sören nahm den Stich ein.

»Mückenkirsten[4]«, sagte Sören und spielte Herz-Vier aus.

---

1 Meisterspiel = das letzte Spiel. 2 Klopft man bei Styrwolt auf den Tisch, so bedeutet das, daß der Partner stechen soll.

3 Papst = Sechs im Trumpf. 4 Mückenkirsten und ihre Schwester sind zwei wertlose Karten.

»Und ihre halbtolle Schwester«, fuhr Rasmus fort und warf Rauten-Vier bei.

»Ein Styrwolt[1] wird doch wohl hoch genug sein«, sagte Jens und stach mit Trumpf-As.

»Stich, Mensch, stich, und sollst du auch nie wieder stechen können!« rief Rasmus.

»Der ist mir zu hoch«, jammerte Salmand und warf bei.

»Dann spiel ich meine Sieben[2] aus und noch eine dazu«, sage Jens alsdann.

Sören nahm die Stiche ein.

»Und nu Buckskin[3]«, fuhr Jens fort und spielte aus.

»Nu muß ich mit der gelben Mähre[4] rausrücken«, rief Salmand und stach mit Herz-Zwei.

»Die kommt nie in den Stall!« lachte Sören und stach mit Spaten-Vier[5].

»Jan«, brüllte Rasmus Kiek und schmiß seine Karten hin. »Jan[6] auf Herz-Zwei, das war eine gute Tagesarbeit. Nein, nein, nein; es war nur gut, daß wir nicht länger spielen wollten; nun können die, so gewonnen haben, ihre Karten küssen.«

Sie machten sich nun daran, die Stiche zu zählen, und währenddessen kam ein behäbiger, wohlhabend gekleideter Mann herein.

Er schlug sofort den Klapptisch herunter und setzte sich hinten an die Wand. Als er an den Kartenspielern vorüberging, berührte er mit seinem silberknopfigen Stock den Hut und bot ihnen: »Guten Abend allhie.«

»Danke«, antworteten sie und spuckten dann alle vier aus.

Der Neuangekommene holte ein Papier mit Tabak und

---

1 Styrwolt = As. 2 Die beiden Sieben in den zwei Trumpffarben können nicht gestochen werden. 3 Buckskin = Neun und Acht im Trumpf. 4 Gelbe Mähre = Herz-Zwei, die nächsthöchste Karte. 5 Spaten-Vier = die höchste Karte. 6 Jan = Bête.

eine lange Kreidepfeife heraus, stopfte die Pfeife und klopfte dann mit seinem Stock auf den Tisch.

Eine barfüßige Magd brachte ihm eine Feuerkieke mit glühenden Kohlen und einen großen Steinkrug mit zinnernem Deckel.

Er zog eine kleine, kupferne Zange aus der Westentasche und legte damit Kohlen auf die Pfeife, stellte den Krug zurecht, lehnte sich zurück und machte es sich überhaupt so bequem, wie der Raum es zuließ.

»Was kostet solch ein Brief Tabak wie der, den der Meister da hat?« fragte Salmand, indem er sich anschickte, eine kleine Pfeife aus einem Seehundsfellbeutel mit roten Schnüren zu stopfen.

»Zwölf Schilling«, antwortete der Mann und fügte hinzu, gleichsam um diese Verschwendung zu entschuldigen, »er ist so angenehm für die Brust, will ich Euch sagen.«

»Wie geht es sonst mit der Hantierung?« fuhr Salmand fort und schlug Feuer für seine Pfeife.

»Gut genug, mit schuldigem Dank für gütige Nachfrage, gut genug; aber man wird ja alt, will ich Euch sagen.«

»Ja«, sagte Rasmus Kiek, »aber Ihr habet ja auch nicht nötig, dahinterher zu sein, um Kunden ins Haus zu schaffen, die werden Euch ja allesamt gebracht.«

»Freilich«, lachte der Mann, »es ist das eine gar gute Hantierung, und man braucht auch sein Mundwerk nicht zu verschleißen, indem man den Leuten die Waren aufschwatzt; sie müssen sie nehmen, wie sie fallen, und können weder wählen noch küren.«

»Und sie verlangen auch keine Zugabe«, fuhr Rasmus fort, »und wollen nie mehr haben, als ihnen mit Fug und Recht zukommt.«

»Meister, schrein se bannig?« fragte Sören halb flüsternd.

»Ja, lachen tun sie selten.«

»Hu, dat is 'n gräfig Hantierung!«

»Dann kann es wohl nicht nützen, daß ich mir Hoffnung darauf mache, daß Ihr mir helfet?«

»Macht Ihr Euch vielleicht Hoffnung auf uns?« fragte Rasmus und erhob sich drohend.

»Ich mach mir gar keine Hoffnung, nein; aber ich bin auf der Suche nach einem Gesellen, so mir zur Hand gehen könnte und der dann das Amt von mir erben könnt, das tu ich, will ich Euch sagen.«

»Was für einen Lohn würde der Gesell wohl kriegen?« fragte Jens Untenherum sehr ernsthaft.

»Funfzehn Taler Kurant im Jahr, ein Dritteil von der Kleidung und eine Mark von jedem Taler, der nach der Taxe verdienet wird.«

»Was für eine Taxe ist das?«

»Das ist so eine Taxe, daß ich fünf Taler bekomme, einen mit Ruten zu streichen, sieben Taler, einen aus der Stadt zu peitschen, vier Taler, einen aus der Harde auszuweisen, und ebensoviel für Brandmarken.«

»Aber nun für die bessere Arbeit?«

»Ja, leider kommt die nur seltener vor; aber übrigens gibt es acht Taler, einem den Kopf abzuschlagen, das heißt mit der Axt; mit dem Schwert gibt es zehn; aber es können sieben Jahr dazwischen sein, eh das verlanget wird. Hängen macht vierzehn Reichstaler, die zehn für die Arbeit selbst, die vier dafür, daß man den Leichnam wieder vom Galgen abnimmt. Pfählen und Rädern trägt sieben Taler ein, für einen ganzen Körper nämlich, und da gebe ich selber den Pfahl zu und setze ihn auch ein. Ist sonst noch was? ja; einem Arm und Beine nach deutscher Manier in Stücke schlagen und aufs Rad flechten, das gibt vierzehn – das gibt vierzehn; und fürs Vierteilen und Pfählen bekomme ich zwölf; und das Zwicken mit glühenden Zangen, das macht zwei Taler für jedes Zwicken; das ist alles, weiter ist da nichts, außer was noch Besonderes vorfallen kann.«

»Das ist wohl nicht schwer zu erlernen?«

»Die Profession! Ein jeder kann es ja tun, aber wie, das ist die Sache; es gehört ja Handgriff und Übung dazu, wie zu jeglichem andern Werk der Hände. Das Rutenstreichen ist ja gar nicht so ganz leicht getan; es gehöret ja ein gewisser Griff dazu mit den drei Schlägen in einem Zug mit jeder Rute, so daß es flüssig und fließend gehen kann, als fächle man mit einem Tuch, und dabei doch so gewissenhaft hineinbeißet, wie die Strenge des Gesetzes und die Besserung des Sünders es erfordern.«

»Ich möchte wohl, glaub ich«, sagte Jens und seufzte dabei.

Seine Nachbarn rückten ein wenig von ihm ab.

»Hier ist Handgeld«, lockte der am Klapptisch und breitete einige blanke Silbermünzen vor sich hin.

»Öwerlegg di dat gründlich!« mahnte Sören.

»Überlegen und hungern und warten und frieren, das sind ein paar Vögel, die gut zusammenpassen«, antwortete Jens und stand auf; »leb wohl als ehrlicher und zunftgerechter Mann«, fuhr er fort und reichte Sören die Hand.

»Lewwol ut de Zunft und gah mit Gott!« antwortete Sören.

So ging es um den Tisch herum mit derselben Anrede und derselben Antwort. Auch von Marie nahm Jens Abschied und von dem Mann in der Ecke, der seinen Hut so lange loslassen mußte.

Jens ging dann zu dem Mann am Klapptisch, der ein feierliches Gesicht aufsetzte, seine Pfeife hinlegte und sagte: »Ich, Meister Hermann Köppen, Scharfrichter der Stadt Aarhus, dinge dich angesichts dieser guten Männer, Geselle zu sein und Gesellenwerk zu üben, Gott zur Ehre, dir zur Förderung und mir und dem rechtschaffnen Scharfrichteramt zum Frommen«; und während dieser unnötig pompösen Rede, die ihm eine innige Befriedigung zu gewähren schien, drückte der Meister Jens das blanke Mietgeld in die Hand. Darauf erhob er sich, entblößte sein Haupt, verneigte sich und fragte, ob es ihm vergönnt sein dürfe, den guten Zeugen einen Trunk Polak[1] anzubieten.

Als er hierauf keine Antwort erhielt, fuhr er fort, daß es ihm eine große, eine sehr große Ehre sein würde, ihnen einen Trunk Polak zu bieten, so daß sie untereinander auf das Wohlergehen ihres früheren Genossen trinken könnten.

Die drei am langen Tisch sahen sich fragend an und nickten dann so ziemlich gleichzeitig.

Die barfüßige Magd brachte nun eine gewöhnliche Tonschale und drei grüne Glaskrüge, die hie und da mit roten und gelben Sterntüpfelchen verziert waren. Als sie die Tonschale vor Jens und die Krüge vor Sören und die Bärenführer gestellt hatte, holte sie eine große hölzerne Kanne und füllte erst die Krüge der drei ehrlichen Männer, alsdann die Tonschale und schenkte den Rest in Meister Hermanns Privatkrug.

Rasmus zog sein Glas zu sich hin und spuckte aus, die beiden andern folgten seinem Beispiel, und dann saßen sie eine Weile da und sahen einander an, als ob keiner von ihnen so recht Lust habe, der erste zu sein, der trank, Indessen trat Marie Grubbe an Sören heran und flüsterte ihm etwas zu, das er mit einem Kopfschütteln beantwortete. Sie wollte dann wieder flüstern, aber Sören wollte nichts hören. Einen Augenblick blieb sie unsicher stehen, dann ergriff sie seinen Krug und schleuderte den Inhalt auf die Diele mit den Worten, daß er nicht trinken solle,

1 Polak = eine Mischung von Met und Branntwein.

was der Henker spendiere. Sören sprang auf, packte sie fest am Arm und schob sie zur Tür hinaus, indem er ihr barsch befahl, hinaufzugehen. Dann verlangte er einen Pegel Branntwein und kehrte auf seinen Platz zurück.

»Das hätt meine selige Abelone sich erdreisten sollen«, sagte Rasmus und trank.

»Ja«, stimmte Salmand bei, »sie kann Gott nicht genug danken, daß sie nicht meine Alsche ist; ich hätt ihr, meiner Seel, was andres zu tun gegeben, als Gottes Gaben in den Dreck zu schütten.«

»Aber, weißt du, Salmand«, wandte Rasmus mit einem pfiffigen Blick zu Meister Hermann hinüber ein, »deine Alsche ist auch keine große Kreatur von der Wohlgeborenen ihrer Sippschaft; sie ist ein armes Geschöpf so wie wir hier, und darum kriegt sie ihre Hiebe, wenn sie sich vergangen hat, so wie es unter gemeinen Leuten Schick und Brauch ist; wär sie aber statt dessen ein hochadlig Ding gewesen, so würdest du dich scheinbarlich wohl niemalen erkühnet haben, ihren hochadeligen Rücken zu ärgern, sondern hättest sie dir zwischen die Augen speien lassen, wenn es ihr also beliebet hätte.«

»Nein, den Deuwel hätt ich das getan!« fluchte Salmand, »ich hätt sie durchgewichst, bis sie weder hätt Augen noch Maul aufsperren können; das hätt ich getan und hätt ihr die Nucken ausgetrieben; frag nur meine mal, ob sie die dünne Kette kennt, die Petz trägt, und du sollst sehen, der Buckel schmerzt ihr schon, wenn sie bloß davon höret; aber daß sie herkommen sollt, hier, allwo ich sitze, und meinen Trunk auf die Diele gießen tut, nein, und wär sie auch des Kaisers leibhaftige Tochter, sie sollt gestriegelt werden, solang ich eine Hand rühren könnt und noch ein Atemzug in mir wär. Was bildet so eine verdammte Puppe sich wohl ein! Ist sie mehr als andrer Leute Weiber sind, daß sie so ihren Mann in guter Leute Gesellschaft zu beschämen wagt? Glaubt sie, sie würd Schaden davon nehmen, wenn du sie anrühren tätst, alldieweil du von dem Traktament dieses braven Mannes getrunken hättst? Nein, wenn du mir folgen willst, Sören, so« – und er machte eine Bewegung, als schlüge er, »sonst kriegst du in aller Ewigkeit keine Gewalt über sie.«

»Ja, wer sich das getraute!« sagte Rasmus spöttisch zu Sören hinüber.

»Wohr di, lütt Kiek, süss will ick die wisen, worans de Häuner picken dohn!«

Und dann ging er.

Als er zu Marie hinaufkam, schlug er die Tür mit dem Fuß hinter sich zu und schickte sich an, den Strick zu lösen, der ihr kleines Bündel Kleider zusammenhielt.

Marie saß auf dem Rande des Bretterrahmens, der zusammengeschlagen war, um als Bettstatt zu dienen.

»Bist du böse, Sören?« fragte sie.

»Dat sast du all marken!«

»Nimm dich in acht, Sören, es hat mir keiner Schläge geboten, seit ich erwachsen bin, und ich leide es nicht.«

Sie könne tun, was sie wolle, sagte er, Prügel solle sie haben.

»Sören, um Gottes willen, um Gottes willen, schlag mich nicht, lege nicht gewaltsam Hand an mich, du wirst es bereuen!«

Aber Sören packte sie bei den Haaren und schlug sie mit dem Strick.

Sie schrie nicht, sondern stöhnte nur unter den Schlägen.

»So!« sagte Sören und warf sich auf das Bett.

Marie blieb auf dem Fußboden liegen.

Sie war ganz erstaunt über sich selbst, sie lag gleichsam da und wartete darauf, daß ein Gefühl rasenden Hasses wider Sören, unversöhnlichen, niemals verzeihenden Hasses in ihrer Seele geboren werden sollte; aber es kam nicht, es war nur eine innig tiefe, sanfte Trauer über eine Hoffnung, die zersprungen war ... wie konnte er das übers Herz bringen?

Siebzehntes Kapitel

Im Mai sechzehnhundertundsechsundneunzig starb Erik Grubbe, siebenundachtzig Jahre alt.

Die Erbschaft wurde gleich zwischen seine drei Töchter geteilt, aber Marie Grubbe bekam nicht viel; denn der Alte hatte vor seinem Tode durch Schein-Schuldverschreibungen und auf andere Weise, zum Schaden für Marie und zum Vorteil für die beiden andern, der Erbmasse den größesten Teil des Vermögens entzogen.

Der Anteil, den Marie erhielt, war indessen groß genug, um sie und ihren Mann aus Bettlern zu Bürgern zu machen, und durch eine vernünftige Anwendung der Erbschaft hätten sie sich ein mäßiges Auskommen bis an das Ende ihrer Tage sichern können; aber unglücklicherweise beschloß Sören, sich auf den Pferdehandel zu werfen, und nach Verlauf weniger Jahre war der größte Teil des Geldes verloren. Der Rest war jedoch ausreichend, daß Sören dafür in den Besitz der Fährstelle Burrehus auf Falster gelangen konnte, und dazu wurde es denn auch verwendet.

Im Anfang mußten sie sehr hart arbeiten, und Marie nahm oft selbst das Ruder; später jedoch war es meistens ihr Geschäft, den Bierausschank zu besorgen, der mit dem Fährprivilegium verbunden war. Sie lebten im ganzen sehr glücklich, denn Marie fuhr fort, ihren Mann über alles in der Welt zu lieben, und wenn er sich auch oftmals betrank und sie schlug, so machte das nicht soviel; Marie wußte ja, das war Alltagsbrauch in der Gesellschaftsschicht, in die sie sich hatte einschreiben lassen; und ward sie hin und wieder einmal ungeduldig, so gab sie sich doch bald zufrieden, wenn sie daran dachte, daß der Sören, der so hart und barsch war, derselbe war, der einstmals um ihretwillen auf einen Menschen geschossen hatte.

Die Leute, die sie überzusetzen hatten, waren zumeist Bauern und Roßkämme, aber zuweilen konnten ja auch solche kommen, die höheren Ranges waren. So kam Sti Högh eines Tages dahin. Marie und ihr Mann ruderten ihn, und er setzte sich achtern in das Boot, um mit Marie reden zu können, die das hintere Ruder führte. Er erkannte sie sofort, als er sie sah, verriet aber kein Zeichen der Verwunderung; vielleicht hatte er gewußt, daß er sie hier treffen würde. Marie mußte ihn zweimal ansehen, ehe sie ihn zu erkennen vermochte; denn er war sehr verändert. Sein Gesicht war rotglänzend und aufgedunsen geworden, die Augen schwimmend, und der Unterkiefer hing, als sei er lahm in den Mundwinkeln, und dann waren seine Beine dünn und sein Bauch stark und hängend; kurz, es waren alle deutlichen Anzeichen eines Lebens voll erschlaffender Ausschweifungen nach jeder Richtung hin da, und das war auch der Hauptinhalt seines Lebens gewesen, seit er sich von Marie getrennt hatte. Nach außen hin war seine Geschichte die gewesen, daß er eine Zeitlang Gentilhomme und Maître d'hôtel bei einem fürstlichen Kardinal in Rom gewesen, zum Katholizismus übergetreten und zu seinem Bruder Just Högh gereist war, der sich damals als Gesandter in Nimwegen aufhielt; dann war er wieder zu dem Luthertum übergegangen und nach Dänemark heimgekehrt, wo er nun das Gnadenbrot bei dem Bruder aß.

»Ist das«, fragte er und nickte mit dem Kopf in der Richtung nach Sören hin, »ist das der, von dem ich weissagte, daß er nach mir kommen würde?«

»Ja, das ist er«, antwortete Marie ein wenig widerwillig; sie hätte am liebsten gar nicht geantwortet.

»Und er ist größer, als ich – war?« fragte er wieder und richtete sich auf.

»Ach, da ist gar kein Vergleich, Euer Gnaden«, antwortete sie mit angenommenem bäurischen Wesen.

»Ja, wahrhaftig, so gehts, – wir haben beide ablassen müssen, so gut wie alle andern, und uns dem Leben um einen billigeren Preis ergeben, als wir jemals gedacht hätten, daß wir es tun würden – Ihr auf die eine Weise und ich auf eine andere.«

»Nun, Euer Gnaden habens doch wohl gut genug?« fragte Marie in demselben einfältigen Ton.

»Gut genug«, lachte er, »gut *genug* ist halb verdorben; ich habs wahrhaftig gerade gut *genug*, und Ihr, Marie?«

»O, danke, wir sind gesund, und wenn wir unsern starken Balg recht schinden, haben wir Brot und Branntwein dazu.«

Sie waren am Land, und Sti stieg aus und sagte Lebewohl.

»Herrgott!« sagte Marie und sah ihm mitleidig nach, »dem sind Schwingen und Schopf beschnitten!«

*

Friedlich und einförmig verstrich die Zeit den Leuten im Burrehaus mit täglicher Arbeit und täglichem Gewinn. Nach und nach arbeiteten sie sich zu besseren und besseren Verhältnissen hinauf, hielten Knechte, die den Fährdienst besorgten, trieben allerlei Kleinhandel und bauten ihr altes Haus höher auf. Sie lebten das alte Jahrhundert zu Ende und ein Jahrzehnt in das neue hinein; und Marie wurde sechzig, und sie wurde fünfundsechzig und hielt sich gesund und rüstig, arbeitsfähig und arbeitslustig, als sei sie eine angehende Fünfzigerin; aber dann, an ihrem achtundsechzigsten Geburtstag im Frühling siebzehnhundertundelf, geschah es, daß Sören unter sehr verdächtigen Umständen durch einen fahrlässigen Schuß einen Schiffer aus Dragör tötete und deswegen in Gewahrsam kam.

Das war ein harter Schlag für Marie, und die lange Ungewißheit, wie die Strafe ausfallen würde, denn das Urteil ward erst im Hochsommer des nächsten Jahres gefällt, und ihre Angst, daß die alte Geschichte mit dem Mordversuch auf Ane Trinderup wieder aufleben könne, machte sie sehr altern.

Eines Tages zu Anfang dieser Wartezeit ging Marie hinaus, um die Fähre in Empfang zu nehmen, die gerade anlegte. Es waren zwei Reisende an Bord, und der eine von ihnen, ein Handwerksbursche, nahm ihre ganze Aufmerksamkeit in Anspruch, indem er sich weigerte, sein Wanderbuch zu zeigen, das er den Fährknechten gezeigt zu haben behauptete, was diese indessen bestritten. Da sie dem Burschen indes drohte, daß er die ganze Taxe bezahlen müsse, wenn er nicht durch sein Wanderbuch beweise, daß er ein reisender Geselle sei und als solcher nur verpflichtet, die Hälfte zu zahlen, fügte er sich. Erst als dies abgemacht war, beachtete Marie den andern Passagier, eine kleine, schmächtige Erscheinung, die bleich und frierend infolge der eben überstandenen Seekrankheit, stramm eingehüllt in seinen schwarzgrünen, grobfädigen Mantel, dastand und sich gegen die Reling eines an den Strand gezogenen Bootes stützte. Er fragte in mürrischem Ton, ob er Logis im Burrehaus bekommen könne, und Marie antwortete, er möge sich die Wohnung ansehen.

Sie zeigte ihm dann eine kleine Kammer, die außer Bett und Stuhl eine Tonne Branntwein mit Trichter und Traufuntersatz, einige große Fässer mit Sirup und Essig und endlich einen Tisch mit perlgraubemalten Beinen und einer Platte aus viereckigen Tonkacheln enthielt, auf denen in schwarz-violetten Zeichnungen Szenen aus dem

Alten und dem Neuen Testament dargestellt waren. Der Fremde bemerkte sogleich, daß drei von den Kacheln alle Jonas darstellten, der aus dem Rachen des Walfisches ans Land gespieen wird; und als er die Hand auf eine davon legte, durchschauerte es ihn, und er sagte, er würde Schnupfen bekommen, falls er so unvorsichtig wäre, mit den Ellenbogen auf dem Tisch dazusitzen und zu lesen.

Auf Mariens Frage erklärte er, daß er der Pest halber aus der Hauptstadt fortgegangen sei und hierorts bleiben wolle, bis sie wieder erloschen sei; er esse nur dreimal am Tage und könne kein Salzfleisch und auch kein frischgebackenes Brot vertragen; im übrigen sei er Magister, zurzeit Alumnus in Borchs Kollegium und heiße Holberg, Ludwig Holberg.

Magister Holberg war ein sehr stiller Mann mit einem außerordentlich jugendlichen Aussehen; er schien auf den ersten Blick nur achtzehn, neunzehn Jahre alt zu sein, beachtete man aber seinen Mund und seine Hände und den Ausdruck in seiner Stimme, so konnte man wohl erkennen, daß er beträchtlich älter sein mußte. Er hielt sich sehr für sich, sprach wenig und, wie es schien, nicht gern. Doch scheute er keineswegs Gesellschaft, wenn sie nur so beschaffen war, daß man ihn in Ruhe ließ und ihn nicht in die Unterhaltung hineinziehen wollte; und es war ihm offenbar ein Vergnügen, wenn die Fähre Reisende hin- oder herbrachte, oder, wenn die Fischer mit ihrem Fang ans Land kamen, aus der Entfernung ihre Geschäftigkeit zu beobachten und ihrem Wortaustausch zu lauschen. Überhaupt sah er die Leute gern arbeiten, mochten sie nun pflügen oder Heuschober aufrichten oder Boote ins Wasser schieben; und war einer da, der einen richtigen Griff tat, so den gewöhnlichen Durchschnitt menschlicher Kräfte überstieg, so konnte er ganz zufrieden darüber lächeln und in stillem Wohlbehagen die Achseln zucken.

Als er einen Monat lang im Burrehaus gewesen war, begann er, sich Marie Grubbe zu nähern, oder gestattete ihr, sich ihm zu nähern; und sie saßen oft an den warmen Sommerabenden und sprachen ein oder auch zwei Stunden hintereinander zusammen in der Schankstube, wo dann die Tür offen stand und Aussicht gab über das blanke Wasser bis zu der bläulich dämmernden Insel Möen hinüber.

In einer Abendstunde, als ihre Bekanntschaft schon ziemlich alt geworden war, hatte ihm Marie ihre Geschichte erzählt und sie mit einem Klageseufzer darüber beendet, daß Sören ihr genommen war.

»Ich muß bekennen«, sagte Holberg, »daß ich ganz unvermögend bin zu begreifen, wie Ihr habet einen gemeinen Stallknecht und Bettler einem so perfekten Kavaliere präferieren können wie Seine Exzellenz der Statthalter, der ja doch von allen als ein Meister in Lebensart und feinen Manieren, ja als Muster von allem, was sonderlich galant und aimabel ist, gerühmet wird.«

»Und wäre er davon so voll gewesen wie das Buch, so die alamodische Sittenschule benennet wird, das würde nicht so viel wie eine Feder gewogen haben, sintemal ich nun einmal einen solchen dégout und Abscheu vor ihm hatte, daß ich ihn kaum vor meinen Augen dulden konnte; und Ihr wisset, wie gänzlich unüberwindbar ein derartiger dégout sein kann, also daß, wenn einer die Tugend und die Prinzipien eines Engels hätte, so würde der natürliche Abscheu dennoch den Sieg davontragen. Mein armer gegenwärtiger Mann hingegen, für ihn ward ich von einer so heftigen und unvermuteten Neigung entzündet, daß ich nicht anders kann, als es einer natürlichen Attraktion zuschreiben, so ebenfalls nicht zu widerstehen war.«

»Solches nenne ich wohl räsonieret! Wir haben also nur alle Moral der Welt in eine Kiste zu packen und sie nach dem Blocksberg zu schicken und nach unseres Herzens Lüsten zu leben; denn es gibt ja keine Unsittlichkeit, so man nennen kann, die man nicht als eine natürliche und unüberwindliche Attraktion ausstaffieren könnte, und ebenfalls gibt es keine Tugend unter allen den Tugenden, die man herzählen kann, von der man sich nicht leichthin lossagen könnte; denn es wird sicherlich einen geben, so dégout vor Mäßigkeit hat, und einen, so vor Wahrheit oder vor Ehrbarkeit dégout hat, und so ein natürlicher dégout ist ganz unüberwindlich, werden sie sagen, und der, so damit behaftet ist, der ist daher ganz unschuldig. Aber Ihr seid zu wohl aufgekläret, Mütterchen, als daß Ihr nicht solltet wissen, daß solcherlei nur schändlich Hirngespinst ist und Tollhäuslergeschwätz.« Marie antwortete nicht.

»Glaubet Ihr denn nicht an einen Gott, Mütterchen«, fuhr der Magister fort, »und an das ewige Leben?«

»Gott sei Lob und Dank, das tue ich; ich glaube an den lieben Gott.«

»Aber die ewige Strafe und den ewigen Lohn, Mütterchen?«

»Ich glaube, jeder Mensch lebet sein eigenes Leben und stirbt seinen eigenen Tod, das glaube ich.«

»Das ist gar kein Glaube; glaubet Ihr an die Auferstehung?«

»Wie soll ich auferstehen? als das junge, unschuldige Kind, das ich war, da ich zuerst hinauskam unter die Leute und nichts wußte und nichts kannte; oder wie damals, wo ich geehret und beneidet als des Königs Liebling des Hofes Zierat war; oder soll ich auferstehen als die alte, arme hoffnungslose Fährmanns-Marie, soll ich das? und soll ich verantworten, was die andern, das Kind und das lebensstolze Weib, was die gesündigt haben, oder soll eine von denen für mich eintreten? Könnet Ihr mir das sagen, Herr Magister?«

»Aber Ihr habet ja doch nur *eine* Seele gehabt, Mütterchen?«

»Ja, hab ich das?« fragte Marie und versank in Gedanken. »Lasset mich recht aufrichtig mit Euch reden«, fuhr sie fort, »und antwortet mir, wie Ihr denket: glaubet Ihr, daß der, so sein ganzes Leben lang sich schwer wider seinen Gott und Schöpfer versündiget hat, aber in der letzten Stunde, wann er dalieget und mit dem Tode ringet, seine Sünd aus einem aufrichtigen Herzen bekennet und bereuet und sich Gott ohne Zweifel und ohne Bedenken anheimgibet, glaubet Ihr, der ist Gott wohlgefälliger als einer, so sich ebenfalls mit Sünde und Ärgernis schwer gegen ihn vergangen hat, aber dann viele Lebensjahre lang gestritten hat, seine Pflicht zu tun, und jede Last getragen hat, ohne zu murren, nie aber im Gebet oder offener Reue sein früheres Leben beweinet hat; glaubet Ihr, daß die, so da gelebet hat, wie sie gemeinet hat es sei rechtlich zu leben, aber ohne Hoffnung auf Belohnung da droben und ohne darum zu beten: glaubet Ihr, Gott werde sie von sich stoßen und verwerfen, wiewohl sie niemalen ein Gebetswort zu Gott gebetet hat?«

»Darauf vermag kein Mensch zu antworten«, sagte der Magister und ging.

Bald darauf reiste er ab.

Im August des nächsten Jahres wurde das Urteil über Fährmann Sören gefällt und lautete auf drei Jahre Arbeit in Eisen auf Bremerholm.

Es war eine lange Zeit, das zu leiden, eine längere Zeit, zu harren; dann verging auch die.

Sören kam nach Hause, aber die Gefangenschaft und die harte Behandlung hatten seine Gesundheit untergraben, und ehe Marie ihn ein Jahr lang gepflegt hatte, trugen sie ihn auf den Kirchhof.

Noch ein langes, langes Jahr mußte sich Marie mit dem Leben quälen. Dann ward sie plötzlich krank und starb. Sie war während ihrer ganzen Krankheit gar nicht im Besitz ihres Verstandes, und der Pfarrer konnte daher weder mit ihr beten noch ihr das Abendmahl reichen.

An einem sonnenhellen Sommertag begruben sie sie an Sörens Seite, und über den blanken Sund und die korngelben Felder sang das ärmliche Leichengefolge, müde von der Wärme, ohne Trauer und ohne Gedanken:

»Herrgott, dein Zorn tu von uns wenden,
Dein blutig Zuchtrut an allen Enden
Uns plaget redlich und uns tät schinden,
Dieweil wir voll Sünden.

Denn wolltest nach unsrer Sünd und Gebrechen
Uns strafen und unser Urteil sprechen,
Müßt alles gehn zugrund und Falle,
Ja, ich und wir alle . . .«

Romane, Erzählungen, Prosa

Hans Christian Andersen. Glückspeter
Mit Scherenschnitten von Alfred Thon. it 643

Bettina von Arnim. Bettina von Arnims Armenbuch
Herausgegeben von Werner Vordtriede. it 541
– Dies Buch gehört dem König
Herausgegeben von Ilse Staff. it 666
– Die Günderode
Mit einem Essay von Christa Wolf. it 702

Apuleius. Der goldene Esel
Mit Illustrationen von Max Klinger zu »Amor und Psyche«. Aus dem Lateinischen von August Rode. Mit einem Nachwort von Wilhelm Haupt. it 146

Jane Austen. Emma
Aus dem Englischen von Charlotte Gräfin von Klinckowstroem. it 511

Honoré de Balzac. Die Frau von dreißig Jahren
Deutsch von W. Blochwitz. it 460
– Das Mädchen mit den Goldaugen
Aus dem Französischen von Ernst Hardt. Vorwort Hugo von Hofmannsthal. Illustrationen Marcus Behmer. it 60

Joseph Bédier. Tristan und Isolde
Roman. Deutsch von Rudolf G. Binding. Mit Holzschnitten von 1484. it 387

Harriet Beecher-Stowe. Onkel Toms Hütte
In der Bearbeitung einer alten Übersetzung herausgegeben und mit einem Nachwort versehen von Wieland Herzfelde. Mit 27 Holzschnitten von George Cruikshank aus der englischen Ausgabe von 1852. it 272

Ambrose Bierce. Aus dem Wörterbuch des Teufels
Auswahl, Übersetzung und Nachwort von Dieter E. Zimmer. it 440
– Mein Lieblingsmord
Erzählungen. Aus dem Amerikanischen von G. Günther. it 39

Die Blümlein des heiligen Franziskus von Assisi
Aus dem Italienischen nach der Ausgabe der Tipografia Metastasio, Assisi 1901, von Rudolf G. Binding. Mit Initialen von Carl Weidemeyer. it 48

insel taschenbücher
Alphabetisches Verzeichnis